講談社文庫

疑薬

鏑木 蓮

講談社

目次

疑薬

――将棋では即時に失格となる禁じ手、「二歩《にふ》」というものがある。初歩的なミスではあるがプロ棋士も犯すことがある。しかしその過ちに相手が気づかず、自らも沈黙を通して勝負に勝てば、勝敗は覆《くつがえ》らない。この沈黙に、私はたえられるだろうか――。

プロローグ

一年前——。

川渕良治《かわぶちりようじ》は司会者から呼ばれ、壇上へと向かう。登壇すると、会場のあちらこちらからカメラのシャッター音が聞こえた。

ヒイラギ薬品工業の新年会の席上、抗インフルエンザウイルス薬である〝シキミリンβ《ベータ》〟の販売を祝して、主任研究員である良治の表彰が行われることになった。シキミリンβは研究から九年八ヵ月を経て、ようやく昨年、厚生労働省の承認を得た。医療用として販売できるまでに、さらに約一年の準備期間を要し、実質一〇年仕事だったことになる。

社長の楠木悟《くすのきさとる》が賞状を持って舞台の中央へと歩み出た。

良治は悟の正面に立つ。

「良治、よくやったな」悟が賞状を広げる前に小声で言った。

「父さん」囁《ささや》いたとたん、熱いものがこみ上げてきた。「いえ、すみません」社内ではけっして使ってはいけない言葉だった。

母、照美《てるみ》と悟は、良治が高校生のときに離婚していた。悟は実父には違いないが、その後彼は再婚した。前妻の子供を自社に就職させたのは、子供が生まれなかったからだ。大学進学の資金を出してくれ薬学の道に進む道筋も悟がつけてくれた。おそらく会社を継がせる気でいたにちがいなかったのだ。しかし良治が入社して間もなく、後妻の紗子《さやこ》に子供ができた。

とはいえ良治は悟を尊敬していたし、好きな研究開発部で働けることに感謝していた。

「ヒイラギ薬品工業大阪研究所主任研究員、川渕良治殿。貴殿は研究開発に精励し『シキミリンβの研究及び応用開発』で新薬承認を得て上市《じょうし》することに尽力されました。その功績は他の社員の範であると認め、記念品を授与しここに表彰致します。ヒイラギ薬品工業株式会社、代表取締役社長、楠木悟。おめでとう」

悟のしわがれた声が胸に響いた。

「ありがとうございます」賞状を手にして深々とお辞儀をした。

「新薬開発の成功率がわずか二万分の一といわれる中、三五歳という若さで新薬を生み出された川渕主任研究員に、改めて大きな拍手を」と司会者は良治を持ち上げる。

「では川渕さん、ひとこと、どうぞ」

良治はマイクに向かい、壇上から場内を見渡す。

従業員数五四〇〇名のうち約三分の一が在阪勤務で、そのほぼ全員が大阪駅にほど近いRホテル三階の会場に参集している。その一同の目が良治に注がれていた。

ヒイラギ薬品工業の前身は、江戸時代に大阪で創業した薬種問屋だ。明治期にはヨーロッパからの輸入薬販売へ転向した。製薬に本格的に乗り出したのは昭和四〇年代に入ってからだ。総合ビタミン剤「Vミン」を輸入して販売した際、まだ十代だった悟が陣頭指揮を執り、開業医、薬局、薬店にスッポンのように食らいつく泥臭い営業手法で驚異の売上を果たした。以降、ビタミン剤や抗生剤などを自社開発して着実に利益を伸ばし、後発組としては異例の発展を遂げたといってもいい。現在、国内シェア第五位の製薬メーカーだ。

しかしこれからは泥臭さなど通用しない。会社を左右するのは、優秀な人材を擁した研究開発部門の働きにかかっていると良治は信じていた。

「私は、創薬こそ我が社の命だと思っています。製薬メーカーは、開発の手を止めてしまえば死ぬ。ですから研究員は、寝ても覚めても分子構造や微生物たちのことを考え続けています。二四時間、三六五日試行錯誤の連続です。しかしそんな状態でないと、新薬は生まれないのです。ペニシリンが、フレミングの数え切れない失敗とそれでも諦めない努力と探究心から生まれたように、考えを中断しないことによってのみ、人類を救う医薬品を世に送り出すことができる。シキミリンβも私と寝食を共にし、研究に邁進《まいしん》してくれた研究員のお陰で完成したのです。改めて、研究開発部のみんなにお礼を言います。ありがとう」と言って真っ先に研究員の滝本容子《たきもとようこ》へ目が行った。

容子は、シキミリンβと他のインフルエンザ薬との決定的な違いである化合物を発見した功労者だ。彼女の執念なしにシキミリンβは生まれていない、といっても過言ではない。

なにしろ抗インフルエンザウイルス薬には副作用がつきものだとされてきた。代表的なタミフルやリレンザは重症化を抑えるという点において有効性は認められているけれど、副作用をコントロールすることは難しい。ところがシキミリンβは有効性を高めた上に副作用をゼロに近づけた。小児から高齢者、妊婦や体力のない患者まで幅広く使用できる画期的な薬なのだ。

大きな拍手の中、良治は降壇してハンカチで目頭を押さえる容子の隣に立った。

「おめでとうございます」先に容子が涙声で言った。

「ありがとう。本当は君を紹介したかったんだ」

「そんな、私なんてとんでもないです。ただ私は本当に嬉しいんです、この日がきたことが」うつむき、またハンカチで頬を拭う。こぼれ落ちそうな瞳が、四歳しか年下でないとは思えないほど幼く見せた。髪を後ろで留め、きちんと揃《そろ》った前髪が眉の上にかかっていた。

「苦労したもんな」

「ええ。めまいがするくらい顕微鏡を覗《のぞ》きましたし、マウスたちの……」容子は充血した目でうなずく。

マウスたちの命も奪ったという言葉を呑《の》み込んだようだ。

彼女が研究開発部にやってきたのは九年前、二二歳のときだ。滋賀の薬科大を卒業したばかりだったのに、トキシコキネティクスという薬物動態試験での分析力は群を抜いていた。

「動物たちには悪いけど、仕方ないことさ。いきなり人体実験はできないんだから」と、通り一遍の慰めの言葉を口にした。動物実験でどれだけ多くのデータを取得するかが、創薬の要《かなめ》になる。吸収、分布、代謝、排泄《はいせつ》などのデータを残し、実験動物たちは命を落としていくのだ。「いずれにしても、これで彼らの死は無駄にならないってことだ」

「そうですね。絶対に無駄にしてはいけない」時折夢に見るのだ、と容子は漏らした。

「何を？」

「マウスとラットが出てくるんです。そして、悲しそうな目でじっと、私を見るんです。もういい加減馴《な》れたはずなんですけど」

「そうか。おれはもう見なくなったな。人を救うためだって、言い聞かせたから」事実、一時は飯《めし》が喉を通らず、体重が八キロも減ったことがあった。

「それで、大丈夫になりました？」

「誤魔化しだ。だけど、新薬開発こそが人類を救うと思っている」

一際大きな拍手が起こり、壇上を見上げると再び悟の姿があった。恒例となっている年頭の訓示が始まる。

「諸君、新年おめでとう。本年は川渕主任研究員の表彰から幕を開けたこと、実に喜ばしい。しかし、これからは特許切れという厄介な問題が我が社にも立ちはだかってくる。皆もすでに知っている通り、他の製薬会社が合併や買収を開始しているのは、来たるべき二〇一〇年問題への対策だ。我が社も『勝つべからざる者は守なり。勝つべき者は攻なり』という孫子の言葉にあるように、これからの数年は、勝つための条件を整えなければならない。そのためには勤務環境の劇的な変化が起こることも覚悟しておいてほしい。勝てると判断したときは一気呵成《いっきかせい》に駒を進める。このことを理解しておいてくれ。皆の健闘を願う。以上」

会場は拍手の大音響で包まれた。しかし良治は拍手できなかった。悟は勝つ条件を整えると言った。また勤務環境の劇的な変化という言葉を使った。勝つための条件は新薬開発ではない、と宣言されたように感じた。

隣の容子を見た。彼女も手を叩《たた》かず、唇を噛《か》んでいた。

1

「お母ちゃんには、かないません」生稲怜花《いくいなれいか》は皿に盛られた鯛《たい》の刺身を見て声を上げた。

母にはほとんど視力がなかった。それなのに居酒屋「二歩」で出す焼き物と揚げ物以外の料理をこなす。それだけではなく、耳でお客さんの機嫌も察知できた。怜花にはさっぱり分からないが、嬉しい気持ちの人には楽しい音、落ち込んでいる人には悲しい音が聞こえるのだそうだ。

「私だって二十一やそこらのときは、何もできなかったのよ」

「べべんべん、これ以外は、したことなかったもんね」怜花は、目の不自由な母へ口三味線を聞かせた。

店の目玉は、母が演奏する三味線だった。そして三味線で演奏するのが、もっぱら洋楽だったのだ。

近隣は中小零細企業が多いから、演歌などの方が馴染《なじ》みがあるのではないかと思ったのだけれど、三味線が奏でるビートルズには不思議な魅力があって、母の演奏を目当てに通う常連客も少なくない。中には熱烈なファンもいた。

五脚のテーブルと六席のカウンター、三畳ほどの調理場と、こぢんまりした店だけれど、母には毎回真剣勝負の大舞台だった。

「でもいまじゃ、そのお陰でお店も大繁盛！」

「冗談ばかり言ってないで、早く運ばないと……」母の声が飛ぶ。

「鯛が逃げるって言うんでしょう」怜花は母の口癖を真似《まね》た。「うちの魚は活《い》きがいいからね」

刺身に添えるわさびをすり下ろして皿に添えると、客のテーブルに運んだ。

「怜ちゃん、相変わらずべっぴんやな。どや一遍おっちゃんとお馬さんを見にいかへんか」競馬の予想屋をしてる浜五郎《はまごろう》が、自慢の耳毛を引っ張りながら言った。彼も母の三味線に魅せられたひとりだ。

「そやね、浜さんの予想が当たるところ見てみたいしね」

「あ痛っ、痛いとこついてくるなぁ、可愛《かい》らしい顔して」浜が顔をくしゃくしゃにした。

「うちのお酒をたくさん飲んで、もっと酔っぱらった方が当たるのと違う？」そう言って浜を横目で見た。

「あらら、商いも上手やな、怜ちゃんは」

浜と一緒にいた三人の友人が笑った。

「はいはい、看板娘でございますから」と厨房《ちゅうぼう》に戻ろうとしたとき、後ろから呼ばれた。

「怜ちゃん」吉井玄《よしいげん》の声だ。

「おっす、玄ちゃん。お久しぶり」

女らしい言葉使いをしろ、と父から注意されるが、玄のプリンスメロンみたいな脳天気な顔を見ると、つい彼が自分より六つも年上であることを忘れてしまう。交際して四年が経《た》つけれど、べたべたした関係は性に合わなかった。「一週間も、うちみたいな可愛い子を放っておいて、金策ですか。それは、さぞかしたくさん借りられたことでしょうね」嫌みを言った。

玄は、去年父親が病気で入院したため、急遽《きゆうきよ》家業の工場を継ぐことになった。吉井紙工業という主にパッケージを造る会社だ。トムソンとかいう型抜きの機械を六台も所有し、昔はそこそこ儲《もう》けたそうだ。

いまは三台を稼働させるのが精一杯で、ご多分に漏れず不況風のあおりを受けている。ただ地元でも顔役だった時期があって、彼の両親や親戚の気位は高い。飲み屋の娘を歓迎する者はいなかった。

「相変わらず、冗談きついな。怜ちゃん、今晩、時間とれるやろか」申し訳なさそうに玄が尋ねる。

「うちの店も、かっつかつの自転車操業やからね、お金の相談は無理」

「借金の相談とちがうんや」いつもより少しだけ深刻そうな顔つきになった。

玄の顔は生まれついての間抜け顔というのか、目が細く垂れ目で眉が下がっているため笑みを浮かべているようにしか見えない。その顔のせいで、死ぬほど腹が痛いと医者に泣きついたというのに信じてもらえず、もう少しで盲腸を悪化させるところだったほどだ。それが、いまはどうも様子がちがう。

「何かややこしい話みたいやね。分かった、一時頃に勝手口から入ってきて。開けとくから」

「おおきに」と言う玄をちらっと見て、怜花は厨房へ戻った。

「玄ちゃんの声だったけど、何だか元気なかったわね」空いたお銚子《ちょうし》を持って戻ると母が言った。

「うん、何や知らんけど暗い顔してた」

「ご両親と上手《うま》くいってないのかしら」

母が言いたいことは分かる。玄は家業を継ぐに当たって、怜花との結婚を条件の一つにしたのだった。怜花には何も言わないが、猛反対されたにちがいない。

「うちとのこと反対されてるから。でも、結婚なんてまだ早いと思ってるし、そんなにうちのこと気にくわんのなら、こっちから願い下げやわ」言い捨てた。

「もう、またそんなこと言う。あなたも子供じゃないんだから、先方がどうして反対なのか、分かってるでしょう。玄ちゃんと一緒になりたいのだったら、短気起こさないでじっくりと説得する気がないとだめ」そう言いながらも、母の手はおでんに入れるすじ肉を串に刺している。

「うち、この店が好きなんや」と言うと、誠一《せいいち》が揚げたばかりの特製串揚げをキッチンペーパーを敷いたバットにとった。「だいたい、うちがいないとあかんよね、お父ちゃん」黙々と油を見つめる誠一に話しかける。

誠一はうなずいた。それはたぶん怜花にしか分からないほど小さなうなずきだ。

「おおきに、お父ちゃん」そう言って怜花は、串揚げを皿に移し客へ出しに行く。

誠一は怜花の実の父親ではなかった。

実父の名前は守屋《もりや》伸三《しんぞう》、ギター弾きだった。実父と母は、青森から音楽で身を立てようと上京した。三味線を弾きながら洋楽を歌うバンド「ＲＥＩ《レイ》」を結成し、メジャーデビューを目指したが失敗。それでも諦められず活動の場を地方に移し、デビューの機会を窺《うかが》っていた。しかし、芽が出ないまま、幼い怜花を連れて地方を転々とする暮らしが続いた。

そんなとき東大阪で居酒屋を営む現在の父、生稲誠一が、演奏活動の場として店を快く提供してくれたのだそうだ。

その後は「二歩」を拠点に京阪神で演奏活動をして何とか生活していた。

不安定な暮らしの中、父は遊び歩くことが増え、家に帰らないことが度々あった。一〇年前の師走、母が風邪をこじらせ寝込んだときもそうだった。一向に熱が下がらず嘔吐《おうと》を繰り返す母を見かねた誠一が、評判のいい隣町の病院に緊急入院させた。

母は一旦快方に向かった。が、あるとき急に全身のかゆみを訴え出す。かいてはいけないと看護師から注意を受けながら、身をよじる母の姿を見ていられず、怜花は夕オルを使ってかいてやった。しかしかゆみは治まるどころか徐々に強くなった。

次の日、怜花は病室に入れてもらえなかった。

自分が母の身体《からだ》をかいたせいで病気が悪くなったのかと、院長の三品《みしな》に尋ねた。三品はそれには答えず、父を診察室に呼ぶように告げた。

三品の顔が怖かったのを覚えているのだが、診察室で話された内容はほとんど理解できなかった。分かったのは、母の目が見えなくなるかもしれないということだけだった。

医師の説明が終わると、父は亡霊のようにふらふらと立ち上がり無言で診察室を出て行った。そしてそのまま、病院に戻ってこなかったのだ。

母が眠る深夜の病室で、父の帰りを待つ怜花の側にいてくれたのは、誠一だった。一一歳だった怜花は、母親が失明するかもしれないという事実に耐えられなかった。

しかしそれ以上に、そんな母と自分を置いて消えてしまった父に怒りを覚えた。お金ができるとすぐどこかへ出かけて無一文で戻る父。母がたしなめると暴れ、容赦なく母も怜花も殴った。父がいなくなって、なぜかその事が鮮明に蘇《よみがえ》り、怜花は食べ物を受け付けなくなった。

そんなとき、誠一は母の世話をしながらも怜花に何とか食事をさせようと、懸命になってくれた。中でも甘く味付けして練った「はったい粉」は忘れられない味だ。何を食べても受け付けず吐いていた怜花だったが、それだけは食べられた。美味《おい》しいというのとはちがう、別の温かな味がしたように思う。

退院した母に、うちにこないか、と誠一が言うのを聞いたとき、なぜかほっとした気持ちになったのを覚えている。

怜花の心の中に、もう各地を転々としないですむという気持ちと、もしかしたら誠一とずっと一緒にいることになるという予感があったのかもしれない。

「二歩」で暮らすようになって、飲み屋の子だといろいろ言われたこともあった。でも、運んだ皿をテーブルに置く音や、あちこちで打ち鳴らされるビールジョッキの乾杯の音、おっちゃんやおばちゃんのはしゃぎ声、何より母の演奏と拍手の充満した店にいるのが、怜花は大好きだ。

東大阪という土地に早く馴染みたくて、努めて大阪弁を話すように心がけた。いまでは照れることなく大阪弁で玄をまくしたてるほど上達したと思っている。玄に言わせると、気色《きしょく》悪いときもあるらしいが、気にしない。

ただ母が誠一の籍に入ったのは、二年前に守屋の失踪宣告が認められてからだ。姿を消してもなお、八年間も母に迷惑をかけ続けていた実父への嫌悪感はいまだ失《う》せていない。

最後の客がひけて、片づけを始めようとしているとき勝手口から玄が入ってきた。

「おっちゃん、おばちゃんお疲れさんです」

「玄ちゃん、いつも怜花がお世話になって」母が玄の声のする方へ頭を下げた。

父は「おう」と一言だけで、いつも通り仏頂面に戻る。

「お母ちゃん、玄ちゃんになんか世話になってない。面倒見てるのはこっちの方や。なあ？」玄の肩を叩いた。

「うん、まあな」玄の返事には、いっそう覇気がない。

「ノリ、悪いなあ」

玄は最後の客が呑んだお銚子とお猪口《ちょこ》を洗い場に持って行き、ふきんでテーブルを拭いて、「ここ、ちょっと使わしてもらいます」と母に向かって言った。

「玄ちゃんゆっくりしていってね」

母の言葉を聞いて、怜花は前掛けをとって玄の向かいに座る。「で、なに？　うちはまだ、結婚なんて、せえへんよ」

「結婚な……その話なんやけど」玄の声は、蚊の方がもうちょっと大きな羽音を立てるというほど小さかった。

「反対されてるのは、よう知ってるんやから」笑って見せた。

「いや、おれは何があっても怜ちゃんと一緒になる。そやから諦めんとお袋を説得するつもりや」

「それは嬉しいけど」

「今日はその話やのうてな、変な男が訪ねてきよった」

「変な男って」一瞬、守屋のことが頭をよぎる。とたんに背筋が寒くなった。玄は実父の顔を知らない。「幾つくらいの男？」

「そやな三〇代後半かなあ」

「そう……」守屋は今年四五歳になるはずだ。ミュージシャン気取りでいつも若い格好をしていた。鼓動が激しくなる。

「そいつが、怜ちゃんの家のことをいろいろ訊《き》いてきよったんや」

「うちの家て、ここのか」

「うん。おばちゃんのことをいろいろ調べてるようや」

「うち、どこかの大富豪に見初《みそ》められたんやろか」不安を紛《まぎ》らわせようと冗談を言ってみた。

「おれも、一瞬そないに思った」玄の顔に笑みはない。「いや、真面目な話、そんな雰囲気やったんや。そやから興信所かって訊いたった」

「どうやった？」

「そいつは雑誌の記者やった」玄は名刺を差し出した。

名刺には「なにわ新報社　矢島公一《やじまこういち》」とあった。

「記者、か」ほっとして声を漏らす。

「怜ちゃん、正直に言うてくれ、なんかあったんか」真顔で玄が言った。

「あのね、こんな狭い地域に住んでて、何か問題起こしたらたちまち近所中の噂《うわさ》になってるのと違う？　うちは品行方正、お店は明朗会計です。税金を誤魔化すほど儲けもないし、粉飾するほど見栄《みえ》っぱりでもない」

「ほな何やろ。ひょっとしたら、これか？」玄が親指を立て、厨房の方を気にする。

「うちが一番恐れてることを簡単に言わんといて」ひそひそ声で続ける。「わざわざ守屋が偽物の名刺を作ったってこと？」

「違うて、守屋さんが何か問題を起こしたんやろかと思ったんや。おれんとこだけやのうて、布施《ふせ》駅前の薬局でもこの店の昔のことを訊いてたみたいやから」

「もしそうやったら、うちは承知せえへんで。耳の穴から手ぇ突っ込んで、奥歯ガタガタいわしたる」ドスのきいた声を出した。

「怜ちゃん」玄がのけぞった。「えらい怖いな」

「これ、怜花。また汚い言葉使って、いい加減にしなさい」厨房の柱を摑《つか》んで、母が顔を出した。「玄ちゃん、ごめんなさいね。いつも注意してるんですけど。ほんとに許してね」と玄に頭を下げた。

「おばちゃん、気にせんといてください」

「可愛いから、何でも許してしまいますねん」玄の声を真似て母に言った。

「これ、怜花」母が眉を寄せた。

「このことでお袋がこれや」玄はまた小声で言い、両手の人差し指を頭上に立てた。

「鬼にならはったんか、怖っ。そらまあ、何でも別れさせる理由にはなる」

「感心してる場合とちがうで。入院で気弱になって、もうちょっとで懐柔できそうやった親父《おやじ》も怒り出したんやから」

「味方ゼロか、情けない。……けど実際、何を調べてるんやろう」怜花は「お父ちゃん酎ハイつくって」と厨房の父に声をかけた。

玄はアルコールの飲めない身体ではなかったが、苦みを嫌った。

何も言わず父は、焼酎をキリンレモンで割ったキリンレモンハイのジョッキを二つ怜花の前に置いて、また片付けの続きをしに厨房へ消える。

「おおきに、おっちゃん」玄がジョッキを手にして大きな声を出した。

「玄ちゃん、うち、この記者さんに話聞いてみる」矢島の名刺を指ではじいた。

「直接か。そんなんして大丈夫か」酎ハイに口をつけた玄が目を向ける。

「なにわ新報社って月刊『ザ・実話』を出してるとこやろ？　嫁入り前の弱い女性に、あらぬ噂を立てられたら疵《きず》になる。一体何のつもりかはっきりさせたるわ」手の指をボキボキと鳴らした。

もし守屋の行方を矢島が摑んでいるとすれば、訊きだして文句の一つも言ってやらないと気が済まない。

「おれも一緒に行こか」

「ううん。一緒にいるとこ、おばちゃんに見つかって、また血圧上げられてもかなわんさかい、うちひとりで行く。これ貰《もら》っとくわ」指に挟んだ名刺を振った。

2

ヒイラギ薬品工業東京本社の定例会議の終盤、社長代行である川渕良治が発言すると、専務の西部匡《にしべただし》はいつもの甲高い声を張り上げた。

「社長代行と言えば、会社のトップです。いつまで研究者のおつもりですか。利益が二の次じゃダメなんです。いい加減に頭を切り替えてほしいもんです」

良治は奥歯を強く噛みしめた。

西部は社内でも弁が立つ方で、口べたな良治に勝ち目はない。ましてや入社以来研究畑を歩いてきた者など、ヒイラギ薬品工業の創業から営業の最前線で闘ってきた人間からすれば、赤子の手をひねるようなものだ。西部には会議のたびに、こっぴどくやり込められていた。

「私も営業の重要性は分かっているつもりです」とにかく言葉を発する。

社長の楠木悟が脳梗塞で倒れ、二年前突然社長代行を言い渡された。降って湧いたチャンスだが、必ずものにして名実ともにヒイラギの頂点に立つというのが母との約束だ。ここでめげていては先はない。

「それはありがたい。とにかく二〇一〇年以降、製薬業界は、まさに地殻変動を起こしているといっても言い過ぎじゃない。社長の方針通り地固めしていただかないと」

彼の地殻変動という言葉が大げさでないほど、六年前から医薬品業界は揺れていた。高い薬効と巨額の利益を生み出してきたのがブロックバスターと呼ばれる大型医薬品だ。それらの特許期間は二〇年間となっていて、次々と期限を迎えていた。

特許が切れれば、新薬を開発した会社だけでなく、どの製薬会社も同じ効能の薬を生産し、販売することができる。そんな後発医薬品、ジェネリック薬は、特許使用料が不要な分、当然値段は安くなる。

安価になれば医療費も下がるとし、厚労省が医療費削減のためにジェネリック薬の数量シェア七割を目標とする施策をとった。まだ劇的とはいえないが、今後も普及スピードは加速すると考えられる。一方で環太平洋経済連携協定《TPP》での特許保護期間論議の行方も不透明だ。

いずれにしてもヒイラギ薬品工業のような新薬を開発し販売するメーカーにとって、ジェネリック薬が出回るのは脅威だった。複数の製薬会社がジェネリック薬を上市すれば、少なくとも二割の利益を失う覚悟が必要になる。どこもそうだが過去のブロックバスターが会社の屋台骨だ。ヒイラギの場合は、主力商品の高血圧治療薬が今年特許切れを迎える。

「もちろん、私も戦略を……」特許切れ直前に、申請事項をわずかに改変して特許期間の延長を図ったり、医薬品の開発時のデータを公開せず、ジェネリック薬を製造する会社が申請をしにくくしたりして対抗するが、それにしても防戦一方だ。良治は意を決して言った。「私は、やっぱり新薬開発こそが打開策になると思っています」

「そりゃ我が社は製薬会社ですからね。新薬メーカーとして創薬していくことも重要なのはよく知ってます。しかしですね、研究に一〇年、一〇〇億から二〇〇億の予算をつぎ込んでもですよ、何万分の一の確率でしか商品にならない現状を……、いや研究者の代行には釈迦《しやか》に説法でしたな。いま現在、救世主を待っている余裕はないんです。同じ研究者でも翔《しよう》さんは、これから画期的な新薬は難しいって言うてるそうです」

弟の翔は昨年から薬科大学の研究室で高分子ナノカプセルの研究をしている。医薬品ではなくその入れ物に着目しているのだ。西部は、彼こそがヒイラギを継ぐに相応《ふさわ》しいと思っているのかもしれない。しかし、いくら翔を担ぎ出そうと画策しても、いまのままでは良治を排除することはできない。

悟は脳梗塞の後遺症で失語症となったけれど、依然として会社の舵《かじ》を握っている。彼は儲けた者が勝利者だと豪語しながら、血は水よりも濃いという考えを強く抱いていた。

だが、良治にとっても悠長なことを言っていられないのは同じだ。とにかく実績を出さないとならない。

「もちろん他にも手立ては考えています」

「では、楠木社長が推し進めておられた医仁《いじん》製薬との提携についてはどうなってますか」

「それは」また言葉に詰まった。

医仁製薬こそ、ジェネリック薬国内シェア第二位のメーカーだ。

「海外の企業に出し抜かれる前に、ここは国内で一致団結して、むしろこちらが世界に攻勢をかけるチャンスだと思うのですがね」と西部が言った。

かねてから聞かされてきた西部の愛国精神論だ。他の国内製薬メーカーは、海外の製薬会社やベンチャー企業を買収することで生き残ろうとしていたが、悟や西部のようなヒイラギ草創期の重役は逆行するような発想しか持ち合わせていなかった。

この古い企業体質が障壁なのだ。

「そのあたりは社長といま話を詰めています。方針が決まり次第、定例会議に上程しますので」

「社長がお元気なら、とっくにまとまっている話ではないんですか。どうせジェネリック薬の波はとめられまへん。それやったらその波の力を利用して商売せんと」西部の関西弁がところどころで顔を出す。

「分かってます、ですから医仁さんとは条件面での話を詰めているんです」

父、悟の考えは何度も聞いて知っている。

ジェネリック薬にも弱点はある。彼らは後発ゆえに強力な販売網を持っていない。そのため商品の安定供給がしにくく、今ひとつ医療現場の信頼を得られていない。そこに目をつけた悟は、ヒイラギの持つ、薬品卸会社とのネットワークを使ってジェネリック薬を拡販することを餌にした。

こちらのメリットは、ヒイラギの特許切れの薬品をそのまま医仁製薬のジェネリック薬として供給できるというものだ。それによって生産費用分だけでも得ることができるし、薬そのもののシェアを保てばM&Aを実行したときの企業価値は落ちない。

「まあ進んでいるなら、ええんですけど」さらに西部は良治に言葉を投げつける。

「あなたはもう一社員じゃないんです。ヒイラギの社長の名代《みょうだい》なんですよ。売り上げ八三〇〇億円を本年度も死守せねばならんのです」

「創薬会社として、慎重になっているだけです」

「また新薬の話でっか。優先順位が違うでしょう。医仁さんとの提携が一番。それとも社長は方針転換をお認めになったんですか」

「いや、それはないです。しかし、近いうちに有望な新薬についての計画案を取締役会に上程できるはずです」

乳がん、肺がん、すい臓がんの抗がん剤と同時にがんペプチドワクチンの開発が進んでいた。この開発は根回しの段階で、取締役の四割はすでに良治の開発優先に賛同していたし、これまでの研究データを示せば、ぎりぎりではあるが過半数に達すると踏んでいた。

「世界が求める国産医薬品を生み出し、輸出することが急務だと厚生労働省だって痛感しているんです」良治はあらん限りの気力を振り絞って言った。

日本の医療費がかさむ原因のひとつに高齢化があげられるが、輸入医薬品がもたらす三兆にも上る貿易赤字の方も深刻だった。

「国際競争力というのなら、高血圧治療薬の次に力を入れてきた抗生物質をさらに伸ばすことも一つの手でしょう。我が社には、鳴かず飛ばずの抗インフルエンザ薬があったんじゃないですか。あれだって期待の新薬だった。これからの季節、さらに患者数が増える。きちんとプロモーションすれば、それなりの利益を出せる商品でしょう。いいや、やりようによってはシキミリンβは化ける薬です。手塩にかけて育て上げた有望選手かて、レギュラーにならんと実力が発揮でけへん」

「シキミリン……」と漏らし、隣に座っている秘書の滝本容子が、居住まいをただしたのが分かった。漢方薬から有効成分の抽出に成功したのは、他ならぬ容子だ。副作用の劇的な軽減によって、他の抗生剤や鎮痛剤との併用を可能にした。

インフルエンザといえども、通常、患者は風邪などの諸症状を主訴として来院する。そのため医師は対症療法として、熱や頭痛で苦痛を訴える患者に、鎮痛、解熱剤を処方するのが常だ。しかしこれまでの抗インフルエンザウイルス薬は、鎮痛、解熱剤と相性が悪い。薬効が相殺《そうさい》されたり、逆に過剰になってしまうからだ。それゆえ医師の判断が難しい上に、インフルエンザの簡易検査をするなどの手間がかかった。その点シキミリンβなら、併用しても副作用の心配がほとんどなく、予防効果も高いので気楽に処方することができる。

「もちろんシキミリンβを活用する方法は考えています」と言ったとき、容子が良治を見た。

「そうですか、安心しました」

「ただ……いまは低分子の時代ではないんですよ。バイオ医薬品こそが、副作用の心配も少なく、利益を生むようになる」少し熱くなってしまった。西部の挑発に乗ってはいけない。彼は、良治がいかに社長代行の器ではないかをみんなに知らしめたいだけだ。「専務、今一度新薬メーカーとして、前を見て歩きませんか」良治は容子を一《いち》瞥《べつ》する。

容子は議事録を作るために、タブレット画面に目を落とし、ため息をついた。彼女がシキミリンβを我が子のように大事に思っているのはよく知っている。しかし、過去に縛られていては、〝いま〟が、いや未来が見えなくなる。

「ほう、過去の栄光にしがみつかないとはご立派ですな。ほなプロモーションに力を注ぐ気はないんですか」

「いまシキミリンβにそこまでの予算はつけられません」

「なんと、可愛くないとは。ご自分が生み出した新薬ですよ。一二年前に承認されてからシキミリンβ販売のプロジェクトチームの予算は年々縮小された。代行に就任されたらきっと予算が増えるものだと思ってたんですがね」西部が驚いたような目を向けてきた。

「まがりなりにも私は、会社の代表です。個人の感情は二の次です」

「なるほど大人ですな。いいんですよ。研究員時代のように熱意を持って経営を考えていただけるんでしたら、私には何の文句もおません」西部が視線を注いだ先は、良治ではなく隣の容子だった。

西部の関西人特有のイントネーションが、東京育ちの良治にはどうしても馴染めない。すべて皮肉が込められているように聞こえるからだ。

もっとも会社の重役の半数が関西弁を使うため、彼らの会話にはついていけなかった。シキミリンβ開発プロジェクトの主任研究員として、一〇年以上大阪研究室にいたがいまも馴れない。

その後、中枢神経系用薬、循環器系薬、抗アレルギー薬、抗炎症系、抗感染症系、抗がん剤とがんワクチン系それぞれの研究報告、来年度より天下ってくる厚生労働省の人事が発表されて定例会議は終了した。

良治は、会議室から逃げるように飛び出した。

社長室には戻らず、そのまま社屋から出てすぐの神田《かんだ》淡路町《あわじちょう》の交差点でタクシーを拾う。

「小石川後楽園まで」運転手に告げると、携帯で秘書の容子に外で打ち合わせがあると伝えた。思わず出るため息を隠すように花粉用のマスクをはめた。

後楽園の奥の築山《つきやま》にある古びたベンチに海渡《かいと》秀也《ひでや》がやってきた。彼は学生時代からの友人で、薬品卸会社「薬研《やげん》ホールディングス」の営業担当《MS》部長をしている。

「いつも、すまん」良治はマスクを外して立ち上がった。そしてベンチに海渡が座れるスペースを作ると再び腰かけた。

「それはいいさ。しかし今日は梅を見る客でいっぱいだな」海渡は、来た道を振り返りながら大きな尻をベンチに降ろす。

「早咲きのが、いい香りを放ってるからな」

今年は一月から天気は大荒れで、二月に入ってからも雨の日が多かった。それでも草木は季節が移ろうのを感じとっている。

「それを見ないで、こんな薄暗いベンチで野郎が二人っきりって変だと思われるぞ」

肥満体を揺らして海渡が笑った。海渡はただの肥満体ではなかった。学生時代にはアマレスでならし、日本一の栄冠に輝いたこともある。

その快活な笑い声が、あまりに西部とちがっていておかしかった。

「ここが落ち着くんだ」そう言うと入り口で二本買った缶コーヒーの一つを海渡に渡

す。

海渡はサンキューと礼を言うとすぐにプルタブを開けた。

「また番頭さんとやっちまったのか」竹林から流れてくる散策者の目を気にしながら、海渡が言った。口から出る息が白い。

彼は西部のことを番頭と呼ぶ。経営者継承の障害になるのは常に先代から仕える番頭だ、というのが海渡の持論だ。

「ああ。いつものように嚙みつかれた」

「それにしても社長代行に嚙みつくなんてな」海渡は自分の太鼓腹を叩いた。

「番頭一派は、とにかくおれが研究畑出身だってことが気に入らないんだ。開発か営業か、永遠のテーマだよ。毎回神経戦を展開してる」

「まあ代行なんて、確かに微妙な立場だよな。野球でいうところのセットアッパーみたいなもんか」

「そうだ。抑えて当たり前、打たれれば責任問題。よほど条件が揃わないと、勝ち投手にはなれない」ため息をついて缶コーヒーに口をつけた。

海渡には愚痴が言える。学生時代、酒に酔った勢いで自分はヒイラギの社長の息子で、本来会社を継ぐべき人間なんだと漏らしたことがある。

そのとき海渡は、お前なら自力で社長になれるから、そのときは自分を重役に頼むと笑った。真《ま》に受けることも、馬鹿にすることもないごく自然な海渡の態度がありがたかった。この男には何も隠さなくていいんだ、こいつの前では強がる必要はないんだと思えたのだ。

「中継ぎにも、ちゃんとホールドポイントってのがあるようだぜ」

「そうなのか。営業畑の人間は、競争力のある薬なら自社開発するよりも、すでにそれを開発しようとしている会社を買い取る方が安くつくと思っている」

「生産パイプラインを持っている会社を買収か。どこも盛んにM&Aをやってるな」

「時代の流れだから仕方ないとは思うけど、あくまで新薬メーカーでいたい。だとすると先鋒《せんぽう》は研究開発部じゃなきゃいかん。それは滝本さんをはじめ、研究者組の共通認識だ」

「滝本さんか。お前が開発部から引っ張ったんだから、彼女だって大変だろう」海渡は、秘書の滝本容子を一人にしてやるな、と言った。

「そうだな」

「お前も四六だろ、いい加減女心ってのを分かってやれよ」海渡は、容子が良治に気があるんだと、露骨に悔しそうな顔をつくった。「おれが独身だったら、すぐにでもフランス料理のディナーに誘うぜ」と笑い、また腹の贅肉《ぜいにく》を揺らす。

「そんなんじゃないよ。だいたいもう誰かいるだろう」

容子の理知的で、それでいて愛嬌《あいきょう》のある瞳、笑ったときの唇の形、ちょんと覗く白い八重歯を思い浮かべた。

「おう、それで今日は何だ」海渡が真面目な声を出した。

「うん。お前、いまも大阪へはよく行くんだろう？」

「ああ。去年まで関西方面を統括してたからな。いまもドクターから飲み会の誘いがくる。それがどうした？」

「鶴橋《つるはし》に『三品病院』というのがあるんだが、知ってるか」

「よく知ってるよ。おれは担当じゃなかったけど。セミナーの打ち上げで若い医者と話したこともある。家入《いえいり》っていったかな」

「そうか」

「何だよ、歯切れが悪いな。ちゃんと言えよ」海渡が苛《いら》ついた顔を見せた。

「そこの院長から連絡があったんだ。シキミリンβのことで個人的に相談したいんだって」声が震えた。

三品は大阪で病院を経営する医師だ。良治が知っている頃の三品病院は小規模だったが、改築改装を重ね、現在はベッド数二〇〇程度の中規模病院となり、息子たちもそれぞれ独立して病院経営に乗り出したと聞いている。

「それはどういう意味なんだ」海渡が眉を顰《ひそ》めた。

「不気味だろう？　ちょっと調べてくれないか」

「不気味って、三品医師の評判は悪くないぞ」鵜呑《うの》みにはしないが病院関係者の噂話も情報源にしている、と海渡は付け加えた。「何があった？」

「簡単に言うと、因縁をつけられているんだ」

「因縁って、穏やかじゃないな」身体の向きを変えて良治を見る。

「海渡、お前だから言うが、一〇年くらい前に三品病院である女性にアレルギー性の皮膚反応が起こったんだ」

良治は、流通して間もないシキミリンβを使用した患者に起こった事故のことを口にした。

「スティーブンス《S》・ジョンソン《J》症候群《S》か」

「うん」ため息を吐いた。

「で、その患者はどうなったんだ」

「ほぼ失明状態だ」

「……そうか。ちょっと待て、シキミリンβについてのそんな報告、うちにはないぞ」海渡は抗議するような口調で言った。「まさかお前……隠蔽したのか」

「社長の指示には逆らえなかった」

「お前な、そんな逃げ口上が通用すると思うのか。もしシキミリンβでスティーブンス・ジョンソン症候群を発症したというのなら、きちんと報告してもらわんと、おれたちの商売にも影響するんだぞ」

「希《まれ》なケースだ。他のどの薬剤よりも副作用が少ない抗インフルエンザウイルス薬がシキミリンβなんだ。なのに……滝本くんはいまだに信じてないよ」

容子はその後三年ほど、シキミリンβの副作用に関する研究を続けていた。むしろシキミリンβのことをリセットさせて、次の抗ウイルス薬の研究へ向かわせるのに苦労したほどだった。

「お前はどうなんだ?」

「副作用なんてもう懲り懲りだ。できれば忘れてしまいたい。ただおれのバックボーンでもあるだろう?」

「二万分の一の男か。だから代行に抜擢《ばってき》されても文句が出なかったってことなんだな?」

「そうだ。確かにシキミリンβは、その一例を除けば画期的な医薬品だったんだ。だけど、あのときうやむやにせず徹底調査すべきだったと思う。そしたら何かの間違いだったってことが証明されたかもしれない。とはいえ代行になったいま、上市された薬にこれ以上かかわっている暇はないと思ってる。副作用の少ないバイオ医薬品に金と時間、そして研究者たちの頭脳を集中させたい」

「一例だから捨て置いたってことか」そうつぶやいてから、「新薬推進の立場だと、そうなるんだろうが、商品を売るおれらのような人間からすれば、頭の片隅に置いておかないといけない情報だ。本当にそれだけなんだな」と海渡は念を押してきた。

「信じてくれ」

「で、何を調べればいい？」

「そもそもどんな人物か知りたい。もみ消すのにそれなりのリスクを払ってるのに、何のためにいまごろ蒸し返してきたのかが知りたいんだ。いまつまらんことで躓《つまず》きたくない、分かるだろう」

「まあな。会社の舵取り、厳しそうだからな」

「多角化より、やっぱり創薬だとおれは思ってる。時代に逆行しているようだが、それで乗り切れる力がうちの研究員にはある。研究畑にいたおれだからこそ、彼らの力量を知ってるし、信じてやれる。日本医療研究開発機構《AMED》ができたのも一〇年後、二〇年後の製薬会社を見据えているということだ」

良治は政府主導で設立された薬や医療機器の開発を支援する独立行政法人の名を口にした。

「資金供与機関《ファンディング・エージェンシー》、か。研究機関と製薬会社、それと医師を結びつけてくれることに期待はしてるよ。治験を好んでやる病院は、本当に少ないものな」

「医師も薬剤師も日々の仕事で手一杯だ。そこの整備というか調整だけでもやってくれれば、創薬に風が吹く」

「親父さんの方は説得できているのか」

「いや、それは……」筆談でのコミュニケーションはとれているけれど、悟の思考能力が以前のようにあるとは思えない、と言った。

「大丈夫なのか」

「親父は、おれの目指す方向が違うことを承知しているんだ。それを知っていながらおれにチャンスをくれた。実績を出せばいいんだよ」

「お前が頑張るのは、おふくろさんのためでもあるんだろう？」

「まあな」

母は楠木家を去るとき、良治を育てるのは無理だ、置いてゆけと言われた。しかし頑として渡さなかった。その息子が川渕の名で、代行とはいえヒイラギのトップにいる。それだけで母は溜飲《りゅういん》が下がったと涙を流したのだ。

「そりゃあ、そうだよな」しみじみと言って、海渡はコーヒーを飲み干した。

「親父の存在感はいまでも大きい。その親父がおれを代行に選んだんだから、いくら西部に毛嫌いされてもどうってことない。ただし……」

「弟が研究で成果を出したら、どうなるか分からんってことだろう？」

「おれに確固たる実績がないときは、危なくなるな」

「競わせるつもりだな。商魂注入ってことかも知れんが、お前の親父もえげつない」

海渡は缶を握りつぶした。

「時間が、ほしいよ」

「不可能でもないさ」海渡は、薬品卸会社の人間の顔つきになっていた。「日本では伸びない一般用医薬品《ＯＴＣ》だけれど、欧米では、断然有望だからな。アメリカのＯＴＣの基準は日本より甘い」医者にかかるよりも、自分の健康は自分で守るセルフメディケーションの考え方がアメリカでは浸透していた。

医療用医薬品の成分を一般用医薬品に配合したものをスイッチＯＴＣという。その販売許認可にかかる期間が、日本で五年以上のものでもアメリカでは二、三年で済む。

「市販後三年の間に重篤な副作用が発覚しなければ、認可が下りると思ってもいいもんな」

「日本とは大違いだな。日本では、遅い上に国民皆保険のお陰で医者に処方された方が安いしな。いまはまだ全医薬品の売り上げの十数パーセントほどしかスイッチされてない。とはいえ、うちは一般用医薬品にスイッチされると医療用医薬品の取扱品目が減るから歓迎できないけど」海渡が鼻で笑った。

「シキミリンβは医療用医薬品よりも、一般用医薬品に移行させてしまいたい。海外市場なら相当いけると思っている」

良治は、許容される有効成分、用量、剤形などが整えば自由販売できる米国で、抗インフルエンザ薬のシキミリンβを一般用医薬品に転用させようと計画している。小児から高齢者まで使用可能という特徴は、まさにセルフメディケーションに合致する薬だ。

「そのためにシキミリンβの身体検査を徹底しないといけないってことか。アメリカ食品医薬品局《FDA》だって副作用には当然目を光らせてるからな」

「しかし、ＦＤＡが認め、一般用医薬品としてドラッグストアで販売できれば、シキミリンβは抗インフルエンザウイルス薬の定番になるはずだ」

「人気商品、間違いなしだな」

「うん。だから問題になる情報は丁寧につぶさないといけない。三品医師のことが気になるんだよ」

「分かった。ただ埋め合わせはしてもらうぞ」

「薬価か？」

日本で薬は国民の健康と命を守ることから、厚労省の厳しい管理下に置かれている。それは価格においても同じで、薬価を決めるのも厚労省だ。つまりマージンも自社で決められない。

たとえば薬価を一〇〇円とされると、どの病院でもその薬の値段は一〇〇円だ。そこに開発費など経費も含まれているから自《おの》ずと利益は固定される。ただし医療現場も経営は厳しく、同じ効き目が期待できるのなら少しでも安い薬を使いたい。そこで手腕を発揮するのが薬品卸会社だ。製薬会社の営業は値段交渉も集金もせず、それらはすべて卸会社に任せている。直接交渉すると医薬が分業にならず、癒着の構図ができあがるからだ。

医療現場は卸会社に値引きを迫る。卸はそれができないと商売が成り立たない。わずかであっても価格を下げてしまう。卸は損をしてでも商品を動かすのだ。しかし裏でその損を製薬会社が払い戻して穴埋めすることが多い。競合他社のひしめく中から自社製品を販売してもらうためには、それも仕方なかった。

「いや、情報だよ。お前のとこのM&Aに関する最新情報だ。それによって扱う薬剤が増えたり、種類が変わったりするんだから素早く対応したい」

「インサイダー取引にならない程度なら」

「それはこっちもごめんだ。そうだ、お前のとこの医薬情報担当者《MR》で木崎《きざき》っていう女性、知ってるか。そんな末端の人間、分かるわけないか」

「そう、だな。で、その女性がどうかしたのか」

「埼玉の病院でうちの若いのと鉢合わせしたんだ。ドクターが最新の医学知識に詳しいって舌を巻いてたそうだ。ヒイラギの社員教育を見習えって言われたんだ」

「人事課を褒めとくよ」

「そうだな、たまには褒めてやれよ。よし、三品の件、任せろ」大声で笑いながら言った。「寒空に、ここまできた甲斐《かい》があった」

「すまんな」

「いいってことよ。なんか温かいもんでも食おうか」海渡は大きな腹を撫《な》でながら言った。

「かなり冷えてきたな」

「ベンチが冷たいんだ。シャモ鍋ってのもいいな」

「すまない、また社に戻らないといけないんだ。研究主任と会うことになってな」

「お偉い方は、忙しいな。じゃあまた今度、ゴチになるさ」海渡は笑顔で言った。

3

午前一一時、仕込みをするには時間があった。怜花は大阪市中央区北浜にある「なにわ新報社」の入っているビルに行ってみることにした。

事前に、めっきり減った公衆電話から名刺にあった携帯番号に電話したが、留守番電話に切り替わるばかりで埒《らち》が明かなかった。

外観は古いレンガの建物で、エレベーターも外国のアパートメントにあるような金属がむき出しのものだ。五人は乗れないだろう狭い箱で五階まで行くと、目の前にドアを開けっ放しにした部屋があった。

入り口に近づきクリーム色の壁との間から、開かれたドアに張られた白いプレートを覗く。なにわ新報社で間違いなかった。

「矢島さんをお願いします」一番近くのデスクに座る中年女性に声をかけた。

「お約束ですか」ノートパソコンのキーを叩きながら顔だけ向ける。

「いいえ。けど、話があるんです」

「いま席を外してますんで、お名前と連絡先をこれに書いてください。連絡させます」女性が小さなメモ用紙を差し出した。

「あのね、そちらさんがうちのことを嗅ぎ回ってるんです。今さら連絡先も何もないでしょうが。布施の『二歩』という店にいる、生稲怜花が文句言いにきたって伝えてください。それで分かりますから」大きな声でそれだけ言うと、怜花はメモ用紙を突っ返してきびすを返した。

背中に女性が何か言う声が聞こえていたが、無視してエレベーターの妙に押し応えのあるボタンを手のひらで叩いた。相撲のつっぱりの要領だ。

文句の一つも言ってやらないと気が済まないのに、空振りとなると余計に苛立ちが増す。バッティングセンターでも見つけて、思いっきりボールを叩いてやりたいと思いながら、淀屋橋《よどやばし》駅へと向かう。

土佐堀川《とさぼりがわ》に沿って歩くとさすがに川風が冷たい。マフラーを巻いてきてよかった。もうすぐ駅につくという場所で、背後から「生稲さん」と男性の声で呼ばれた気がした。

立ち止まり振り返ると、「生稲怜花さんですね」と言いながらオールバックの男が駆け寄ってきた。細面で眉が太く、ふとカマキリを連想させる顔立ちだった。近くにくるとひょろっと背が高く、やはりカマキリに似ている、と思った。

「ひょっとして、あんたが」男性の顔を下から見上げる。

「なにわ新報社の矢島です。初めまして」矢島が名刺を出そうとした。

「名刺は持ってます。だから、ここまできたんで」マフラーのポンポンを背中に勢いよく回す。

「会社の女性が電話をしてきて、生稲さんがえらい剣幕だったと言ってましたが、ほんとうだったんですね」と微笑《ほほえ》んだ矢島の顔に悪びれた様子はない。

「あのね、うちは、あんたにクレームをつけにきたんです。あんたは今から、うちに怒られる人なんですよ」言って聞かせるしかない。

「私が、あなたのことを嗅ぎ回ってると、言いたいんですね」

「現に嗅ぎ回ってるじゃないですか」ブルゾンの前を合わせ、腕組みをした。

「うん、確かにそう思われても仕方ないか」

「なんや、それ。居直るつもりですか。うちは嫁入り前の乙女なんです。妙な人間にうろつかれたら変な噂が立つやもしれないんです。いったい何のために、そんなことをするんですか」目一杯怖い顔で、頭上の矢島の顔を睨《にら》む。

「まいったな、そんなに見つめないでください。照れますから」

「はあ？」

「まつげが長いな、それ自前ですよね」

「なんで文句つけにいくのに、付けまつげしないといけないんですか。化粧かてしてません」きっぱり言った。

「色白ですもんね、すっぴんで充分です。やっぱり北国の女性の血を引いてるんだ」

目が笑っているように見えた。

「ふーん、そう言うとこ見ると、やっぱりうちらのこと調べてるんや」

「ええ。怜花さん、あなたの両親のことをね」と、あっさりと白状した。

「いけしゃあしゃあと。だから何のために、と訊いてるんです」

「そうですね。そうだ、ちょうどいい。あなたに訊きたいこともあったんです。どうです、温かいものでも飲みながら話しませんか」

「お断りです」見上げているのが辛《つら》くなって、首を左右に振ってほぐす。

「お母さんの目のことなんです。失明の原因を調べています」

「母の目……」と言った瞬間に、病室で母の背中をかいた日のことが蘇った。

タオルに細かな皮膚片がついていてとても嫌な感覚だった。「視力を失うかもしれない」と医師から告げられたときも怜花はタオルに残った皮膚を指の爪でほじくり出していた。

「失明の原因について、三品医師からどんな説明をされたのか伺いたいんです」

矢島の目は笑っていない。その顔に得体の知れない不気味さを感じ黙ってしまった。

「決して怪しい者じゃありません。私は真相を知りたいだけです。そうだ、これを読んでみてください」新聞記事をコピーしたものだった。

「何ですか、これ」手にしたが内容を読まないように目を背けた。

「とにかく読んでください。それで話す気になったら、電話をください」矢島は手で携帯を耳に当てる格好をした。

「今度は留守電にメッセージを入れろってことですか」皮肉を込めた。

「あなたのきれいな声を聞かせてください」

「うち、キザな人嫌いです」

「そう毛嫌いせず、その記事を読んでから決めてくれればいいですよ。私はあなたの力になれる人間だと思っています」矢島は一礼して、社の方に戻って行った。

淀屋橋から大阪難波《なんば》を経由して鶴橋まで行き、駅ナカの喫茶店に入った。席に着きホットチョコを注文し、矢島に手渡されたコピーをブルゾンのポケットから取り出した。早く読みたかったのだけれど、どこからか矢島に見られている気がして、少しでも淀屋橋から離れたかった。

問題を提起しておいて、人の反応を観察してるようなところが、矢島にはある気がする。すんなりと信用できない印象だった。

運ばれてきたホットチョコを一口飲んで、二ヵ月ほど前、昨年一二月二一日付けの新聞記事に目を落とす。

大阪の高齢者施設でインフル集団感染、八〇代男女二人死亡

大阪市は二〇日、天王寺《てんのうじ》区鶴橋の有料老人ホーム「なごみ苑《えん》」で、入所者と職員計三八人がインフルエンザに感染、うち患者二人が死亡したと発表した。

府保健予防課によると、男性が一八日に心不全で、女性が一九日に肺炎で死亡した。二人は一〇、一一日にインフルエンザの症状が出た。同施設の顧問を務める三品病院、三品元彦《もとひこ》院長によると、二人は持病を抱えており、感染が死亡と直接関係があるかどうかは不明としている。

　二人とも予防接種を受けていたことが確認されている。同施設では六〜九日に、職員二〇人、入所者一六人がインフルエンザに感染。迅速検査では全員がB型陽性だった。


　顔を上げると店内を見回した。鶴橋の出来事を記した記事を、同じ鶴橋駅で読んだことに因縁を感じてしまった。

　因縁はそれだけではない。三品医師の名を目にしたとたん、母の病状を告げられたときと同じ、冷たさと痛みを手足に感じた。

　一一歳だった怜花には、話の内容もそうだが三品の細い目と鼻の下にあったちょび髭《ひげ》も嫌な思い出だ。

　矢島がこれを手渡したのは、記事に三品医師の名が出てくるからにちがいない。だとすれば、母の失明の原因は三品医師にあったとでも言いたいのだろうか。

　あの日、三品医師が何を言ったのか思い出そうとしてみた。不思議なことに何も出てこない。たぶん母の命だけは助けてほしいという気持ちが強かったからだろう。全面的に三品医師に頼るしかなかった。それに、そのあとすぐに父がいなくなったこともあって記憶がバラバラになっていて、ちゃんとつながらない。母が退院してから嫌なことはみんな努めて忘れようとしていたことも手伝っているのかもしれない。

そうだ、確か日記があった。そこには病院でのことを詳しく書いた覚えがある。両親が演奏をしている間、残された楽屋でせっせと書き綴《つづ》っていた日記は、小学校三年生から母が退院するまで続けていた。どさ回りをしなくてもいい、と言われた日から、怜花も日記を止《や》めた。

母に付き添わなくてはならず、ひとりぼっちになることが少なくなったからだ。

怜花は冷めたチョコを飲み干し店を出た。


店に戻った怜花は仕込みを済ませ、開店する五時までの間に日記を確かめようと二階の自分の部屋に入る。両親の前では、当時の話は禁物だ。母にとっても辛い出来事だったろうし、誠一にとっても守屋の影がちらつくのは嫌なはずだ。

押し入れから段ボール箱を引っ張り出す。子供時代の絵本や小学校時代に読んだ本と一緒に、鍵のついた日記帳はしまってあった。小学校三年生になったばかりの頃に、母にせがんだものだ。それ以後、毎年同じ種類のものを買って貰《もら》った。

五年生の日記帳の途中で終わっているページを開く。そこから二ページさかのぼれば問題の日の記述が現れる。深呼吸してページをめくった。

一二月一二日

神さま、お母ちゃんを助けて。

お母ちゃんはきのうの夜から熱が下がらず、食べたものをもどした。気持ち悪くて先生からもらった薬もはいてしまう。苦しそう。わたしが何度だいじょうぶって聞いても、うーんうーんとうなっているだけ。このままだとお母ちゃんが死んじゃう。

なんとかして、とあやめさんにたのんだ。あやめさんが、気持ち悪いのを治すお薬をくれ、それを飲むとお水が飲めた。

少しおいて、またお薬を飲んだ。その様子をみて、あやめさんが、いま飲んだ新しいお薬がきっときくからと、なぐさめてくれた。

一三日

夜に先生が病室にきた。お薬を増やしたからよくなるとやさしく言った。よかった、これでお母ちゃんがなおる。やったー。にふのおっちゃんが怜花ちゃんが折ってるツルがきいたんちゃうかって言ってくれた。千羽にはぜんぜんたりないのにな。がんばって折ろう。

一四日

先生の言うとおり、お母ちゃんはいたいと言わなくなった。熱も少し下がってきた。そのかわりかゆい、かゆいと言い出した。ツルを折るひまがないくらい、そこら中をかいてあげた。先生が直接はダメと言って、かくのだったらタオルにしなさいと言った。

さく山さんも、こまさんもわたしの顔を見ると、さっとどこかへ行く。いつもめそめそしてるからきらわれたのかもしれない。だってお母ちゃんが心配なの。

一五日

せなかもおなかも、顔もぶつぶつができている。かゆい、かゆいとさけぶのでかいてあげた。手ではおいつかないのでタオルでごしごしとこすった。あかがぼろぼろと落ちる。きれいなお母ちゃんの顔の皮がぼろぼろになった。ものすごく悲しい。

あやめさんとひさしぶりに話した。わたしのことをきらいなのってきいてみた。するとあやめさんは怜花ちゃんがかわいそうで見ていられなかったからだと言った。

いつもひとりでお母さんのかんびょうをしてるからって。

一六日
先生が、明日お父さんに話があるから、午後二時に受付にくるようにと言った。

一七日
助けて、助けてください。
お母ちゃんの目が見えなくなるかもしれない。先生が、命とひきかえにしつめいするかもしれない、と言った。このままだと脳がおかされてしまい、最悪の場合死んでしまうから、それをふせぐお薬を使った。背中がただれてかゆくなったように目もただれたのかもしれない。変な名前のしょうこうぐんだから、見えなくなるかも。
お母ちゃんには言えない。お父ちゃんはどこかへ行ったまま、まだもどらない。にふのおっちゃんがいてくれてよかった。おっちゃんがいないと、

日記はそれで終わっていた。
寒い部屋なのに怜花は汗をかいていた。その汗が冷えたのか、身体が震える。

こんなこと、思い出したくなかった。

エアコンのスイッチを入れ、半纏《はんてん》を羽織り、こたつに潜り込んだ。身体の芯に氷柱があるかのように、内側から凍えそうだった。

こたつの中で丸くなり、首までこたつ布団をかぶるが、いっこうに寒気が治まらない。

矢島が憎くなってきた。彼さえ現れなければ、日記を見返すこともなかったし、あの日を思い出すこともなかったのだ。

いまさら母の失明の原因を知ったところで何になる。母の目が見えるようになる訳でもないのに。

それに母は普通に暮らしている。三味線の腕も落ちてはいない。持ち前の明るさと強さで、前向きに生きているのだ。

もういい。原因など分からなくてもいい。

そう心に決めると、こたつの暖《だん》がじわじわと身体に浸透してきた。

怜花は大きく息を吐き出し、上半身を起こした。

最後までいた浜が店を出た後、彼の差し入れの鯛焼きを三人で食べるためにコーヒーを淹《い》れた。たまに浜は近くで甘い物を買ってきてくれた。そんなときは後片付けの前にブレイクをとる。

「怜花、何かあったの」母に鯛焼きを手渡すと、訊いてきた。

「なんで？　別に何もないけど」

何かへまをしたのだろうか。

母は息づかいや歩く音、お客さんと話す声の調子などの違いを察知する。だから細心の注意を払っていたはずだ。

「お客さんからの注文を受けたときのあなたの反応が、いつもとちがってたわ。一拍遅れてたの。考え事してた証拠。それに母さんの顔色ばかり窺《うかが》ってた。視線って感じるものよ」

「視線を？」

「そう、感じるの」

「考え事は、玄ちゃんとのこと。あそこのおばちゃんがなかなか認めてくれないのはどうしてかなって」

「そうなの」母がうつむいた。

「ああ、ごめんなさい。それはウソ。結婚に反対されてることなんて、うちはそれほど悩んでない」とすぐに訂正した。

母が責任を感じることが一番嫌だ。

「じゃあ、何があったのか教えてくれる?」

「うちのこととか、お店のことを調べてる人がいる」怜花は矢島のことを話した。

「今日、その矢島という記者に会ってきた」

「なんやのその人。危ない人と違うの」

母と一緒に、父も怜花の顔を見た。

「危ない人には見えなかったけど」

「けど、どうしたの」

「調べてる内容が、お母ちゃんの目のことみたい」

「私の目のことって、どういうことなの?」いつになく険しい表情だ。

「その記者、お母ちゃんの目が見えなくなった原因を調べてるらしい。何も話す気がなかったんでサッサと帰ってきた。けど気になって」

「どうしてそんな昔のことを。何の目的か知らないけど、余計なことはしないでくれ、とはっきり断りなさい」母が強く言った。

隣の父が硬い表情で怜花を見た。「怜花、母さんの嫌がることは……」

「分かった。ちゃんと言う」

「私は津軽で育ったから、目の不自由な三味線弾きの人を知ってる。その人、凄《すご》い腕の持ち主だったわ。生きていくために人間離れした芸を身につけたんだと思う。その方に比べたら、私はまだまだ。それに誠一さんがいるし、怜花、あんたもいてくれるから恵まれてる。いまは感謝の毎日なの。命があるからそういう風に思える」と言って、母は手にした鯛焼きをほおばった。「浜さんのくれる鯛焼き、冷めても美味しい」

「うちもよばれる」大口でかぶりついた。甘さが口中に広がり頰が痛かった。

一気に食べてしまった怜花を見て、父が自分の鯛焼きを半分にして差し出した。

「ええの？」

父は小さくうなずいた。

「ありがとう」怜花はそれを一口で食べた。

夜食を終えると三人で後片付けをした。その後、メモを父に手渡した。そこには新聞記事を受け取ったことを記した。

寝る直前、父がメモの返事を部屋の戸の隙間から放り込んだ。

メモには「お母さんは三品先生に感謝している。それはおれも同じ」とだけ、四角く角張った文字で書かれてあった。

原因など知る必要がない、ということに違いない。この両親の気持ちを矢島に伝えて、もうかかわらない方がいい。

怜花は布団に潜った。しかし眠りにつけなかった。

高齢者施設で二人の人間が死んでいるという事実を見過ごしていいのだろうか。

いや母は助かったのだ。亡くなった二人の高齢者は、やはり記事に書いてあるように「持病を抱えており、感染が死亡と直接関係があるかどうかは不明」だ。

そうだ、持病があったから亡くなったのであって、三品医師とは関係はない。三品病院といえば、ここ十年ほどで大きくなった病院として東大阪では有名だ。三品医師の顔もローカルテレビ番組や雑誌などでよく見る。つまり新聞記事を探せば三品の名前などすぐに見つかるということだ。

インフルエンザの死亡記事に登場しただけで、母の目のことと結びつける方がおかしい。見過ごすも何も、端《はな》から無関係だったのだ。

怜花はそう思い込もうとした。ところが目を瞑《つむ》ると、一〇年前の三品の顔がちらついてまどろむこともできなかった。

4

矢島公一はアポイントメントなしに、なごみ苑の事務長室を訪ねた。何度も取材を申し込んだのだが、色よい返事をもらえなかったからだ。

死亡が報じられてからごった返していることは矢島にも理解できる。だが、大手新聞や雑誌の記者が苑から出ていくのを目にしては大人しく引き下がれなかった。

「佐野《さの》さん、読朝《よみあさ》や週刊真相の取材を受ける時間はあるんですか」ノックもせずにドアを開け、デスクに座る佐野に声をかけた。

「何や、いきなり」眼鏡を下げて上目づかいで睨む。「取材はお断りです」

「うちが小さい会社だからですか、それともまだ根に持ってるんですか」食い下がる。

佐野とは、高齢者施設の特集を組んだときの取材で会っていた。その際書いた建物の閉鎖性に比べて、個人のプライバシー面に配慮が欠けているようだ、と評した矢島の記事に激怒して、会社まで怒鳴り込んできたという因縁がある。

「あほらし。あんなもんとうに忘れてます。私はいたってあっさりした質《たち》やからね」佐野は眼鏡の位置を直した。「何も話すことあらへんさかい、去《い》んでんか」大きな手で追い払った。

佐野は高校時代に花園に出たラガーマンだったと聞いている。六〇歳前だが、がっしりとした体軀《たいく》は健在で、矢島など小突かれただけで吹っ飛ぶだろう。

「佐野さんのお手間はとらせません。スタッフに話を訊きたいんです」ここは建物の構造上、敷地内に入らないとスタッフへの接触が難しかった。事務長の許可が必要なのだ。

「絶対にあきまへん。てんやわんやです。読朝さんやらにかて、それはさせてませんで」

「でも彼ら、佐野さんとは話をした」

「今回のこととは別の話や」邪魔くさそうに言った。

「じゃあ、酒見《さかみ》さんのご家族から許可をもらってからにしましょうか」殺し文句を使った。

酒見房江《ふさえ》は亡くなった高齢者の一人だ。医療事故などの場合、管理体制によほどの自信がある場合を除き、被害者に何かと入れ知恵されることを恐れるはずだ。

「ちょっと待って、それはあかん、勘弁してくれ」佐野が素早くデスクから立ち上がった。「この通りです、矢島さん」とデスクに両手をついて頭を下げた。

やはり医療過誤で訴えられることを怖がっている。叩けば埃《ほこり》が出る可能性が高い。

「なら取材許可出してくださいよ」

「何でうちをいじめるんでっか？　ランキングを下げられてから、入居者の家族からいろいろ問い合わせがあって難儀してますねん。ほんま殺生な話や」

「社会正義のためですよ」笑いをこらえて言った。

正義ほどいまの自分に似合わない言葉はない。

「正義って……なんぼ突いたかて、払えませんで。お宅の雑誌に広告出しても効果ないさかい」

佐野は「ザ・実話」への広告料をせしめるために矢島が取材していると思っているようだ。広告料など会社に入ったところで、個人の財布は膨らまない。

「今日は、そんなちんけな話で伺ったんじゃないんですよ。二人も亡くなってるんですから」

「広告料を、ちんけって言うんか。これまでさんざん協力させてきて」佐野はきつい目をした。

「まあまあそうカッカすると身体に障ります。本当に今日は真面目な話をしにきたんですよ。うちが絡むことで、何て言うか他のマスコミとの衝撃を和《やわ》らげる。そう、緩衝材になると思うんですがね」

「何でおたくが緩衝材に？　かえってややこしなるんやったら分かるけど」捨て鉢な言い方をした。

「いかがわしいからですよ。一流の新聞はもちろん二流の雑誌にしたって、うちと一緒にして欲しくないでしょう。ウソだと思うなら、なにわ新報さんに全部言いましたから、そっちに訊いてくれって突っぱねてみてください。みんな逃げちゃうから」冗談半分に言って笑った。

「あんさんには負けますわ。ほな酒見さんの家族とは話さない、と約束してもらえますか」ごま塩頭に手をやりながら目だけを向けた。

「いいですよ。私は看護師の資格を持ったスタッフにさえ話が訊ければ」

「私の同席が条件でっせ？」佐野は施設内電話に手をかけ、猪首《いくび》を回しながら言った。

「交渉成立ですね」微笑みかけたが、佐野の顔はほころばなかった。

なごみ苑は広い中庭を囲むように建っている。出入り口は事務長室のあるエントランス一ヵ所しかない。もちろん非常時の避難口は随所に設けられていて防災面での問題はないが、口の悪い人は、刑務所みたいだと言う。

中庭のほぼ中央に多目的ホールのような平屋の建物があり、そこにスタッフがいた。

矢島は佐野に伴われ、その建物に入った。小ぶりの体育館みたいな板張りの部屋を突っ切ってスタッフルームと書かれた戸口についた。

「ちょっとここで待っててもらえまっか」佐野が部屋に入った。

言ってはならない事柄などを、事前に打ち合わせしているのだろう。

五分ほどして佐野の丸い顔が少し開いた戸の隙間から覗く。

室内には事務机が四脚と大きめの応接セットがあった。ソファーに座るように促され、腰を下ろすと四〇歳代と思える女性が、目前にやってきた。彼女に寄り添うように佐野が並び、共にソファーに座る。

「香河《かがわ》さんです。うちの看護師長ですわ」

佐野の紹介に香河は会釈した。声は聞こえないけれど、唇が「こんにちは」と動いた。

「お忙しいのに恐縮です」名刺を差し出して言った。「亡くなった入所者について伺いたいことがあるんです」

「あの、取材の主旨をお聞かせください」香河はハスキーな声だった。

柔らかなソファーに座りながらも背筋が伸びて姿勢がよく、しまった口元がいかにもしっかりした看護師だという印象を与える。

「私は医療福祉関係の記事を担当する記者です。ここも以前取材したんですけど」ちらっと彼女の隣の佐野を見た。

「香河さんは、三年前からうちにきてもろてるさかい、あのときはいはらへんかったわ」佐野が言った。

「以前はどこかの病院で？」

「ええ」

「差し支えなかったら教えていただけませんか」

「三品病院です」

「やっぱり」意図せず口に出てしまった。「あ、いや、三品医師がここの顧問でもあるんで、そうかなと思ってたんですよ」

「うちの苑とは深い深い付き合いなんや。たまに往診にきてもらうと、うちの入所者も大喜びする。あんな大きな病院の、しかもテレビで見る医者が、自分ら年寄りの話を親身になって聞いてくれる言うてな」

「そうでしょうね」

「それで取材の主旨は？」香河が静かにもう一度訊いた。

「すみません。いろんな医療福祉関係の施設の取材をしています。その中であった事故についても」わざと言葉を切って香河を見た。そして低い声で言った。「原因が、どこにあったのかを調べてるんです」

「うちで亡くなったお年寄りは、基礎疾患を持った方です。事故とは言えないものだと思いますが」きりっとした目を向けてきた。

「事故ではない？　それじゃインフルエンザは死亡に関係がないとおっしゃるんですか」ポケットからICレコーダーを出してテーブルに置いた。

「ちょっと、録音するなんて聞いてまへんで」佐野が声を出した。

「分かりました。じゃあメモを」レコーダーのスイッチを切るふりをしてポケットにしまい、手帳を開く。

「確かに引き金になったとは思います。ですが、すでに身体が弱ってましたし、免疫力も落ちてましたから」

「そのうち亡くなるだろうと」嫌みな言い方をしてみた。

「そうは言いません」冷静な口調だった。「ですが、季節の変わり目でもありますし、体調を崩しかねません。それに予防接種もされてました」香河は施設に落ち度はない、と言いたげだった。

「症状はどうだったんですか。つまり通常のインフルエンザでみられるものだったのか、どうかです」

「最初はふつうの風邪と同じで、熱っぽく関節に痛みがあると訴えました。ただすぐに抗生物質に頼るのはよくないので毛布を一枚増やして温かくし、安静にしてもらったんです」

「様子をみたんですね」

「そうです。熱はウイルスと闘うための防護本能だと指導されていますから」

「三品先生の指導ですか」

「ええ。でも、施設の職員がインフルエンザに集団感染して、看護する人間の手が足りなくなったんです。だから丸一日しても熱が下がらなかったので、その夜先生に報告したんです」深夜だったが、香河の報告を受けた三品は施設にやってきたという。

「三品院長自ら、深夜の往診ですか」

「先生は患者さんのことを第一にされてますから。それでインフルエンザの簡易検査で陽性が出たんです」

「集団感染してるのが分かっているのに、検査するのが遅いんじゃないですか」

「二人ともきちんとワクチンの接種をしていました。それに簡易検査での陽性率が一番高いのが発症から一日経ってからです。検査のタイミングは適切だったと思いますけど」

香河の話し方は静かだけれど、語尾に力がこもっていたように思えた。

「なるほど。それで治療に入った訳ですね。使用されたお薬は、タミフルですか、それともシキミリンβですか」わざとゆっくり話し、彼女の反応を見ようとした。

「お二方とも持病があると言いましたね。どちらがどうだったとは申し上げられませんが、お一方は腎臓に、もうお一方はすい臓に問題を抱えてました。さらに抗不安薬、精神安定剤も常用してたんです。医療福祉関係の記者さんなら分かっていただけると思います」

香河に動じる気配はなかった。

さまざまな副作用が報告され、いく例かの死亡事故を踏まえると、糖尿病や腎機能障害などがある場合はタミフルの服用には注意が必要だった。特に思春期の患者の異常行動という精神的副作用については、より慎重さが求められていた。その点をすべてクリアしていると言われているのが、シキミリンβだ。

香河はシキミリンβだと言っているようなものだけれど、薬名そのものは明かしていない。そこに香河の頭の良さを感じる。

この状態で記事を書いたとしても、記者の憶測となってしまう。もちろん、記事にしたとすればの話だ。

「そうですか。容態が急変したのは、その薬を服用してどれくらい経った頃ですか」

「服用してからの経過は申し上げられません」

「どうしてですか」

「いま死因の調査中ですから」

「なるほど。では発症してからと言い換えます」

「一週間ほどしてからです。元々体力のない方たちですから」また入所者の持病の悪化だったと、香河が付け加えた。

「もう、その辺でええんとちゃうか」佐野が口を出した。「病状の経過としては十分やろ？」

「あと一つだけ。治療に当たった三品先生の様子はどうでした？」

「先生、ですか。先生は普段通りです」

「重症化しているのに？」

「ご質問の意味が、分かりかねます」

「香河さん、すまんな。ほな仕事に戻ってんか」佐野が矢島の言葉を遮断した。

「失礼します」香河が頭を下げてソファーから立ち、後ろのデスクに戻った。

「さあ矢島さん、お引き取り願えますか。ほんで、あんじょう約束守ってくださいや」佐野が大きな身体を揺らして立ち上がった。

「佐野さんにも質問があるんですよ」

「もうあきまへんって、矢島さん」頭を振った。

「インフルエンザに罹《かか》った職員も治療したんですよね」

「そら、そうですよ」

「三品先生が？」

「それは入所者だけです。三品病院に勤めている先生がきてくれました。ああ、もうよろしいやろ、ほんまに忙しいんやから」

矢島は追い立てられて、なごみ苑を後にした。エントランスを出る前に、職員プレートをそっと見てメモした。香河のフルネームは香河彩芽《あやめ》だった。

5

視線を感じる。母が言った言葉だ。怜花は箒《ほうき》を持つ手を止めて腕時計を見た。午後四時半を少し過ぎていた。開店を待つ客が、様子を窺っているのだろうかと、辺りを見回す。そんな人影はなかった。

店の前を掃きながら、二〇メートルほど先の四つ辻《つじ》まで行く。角のコンビニの前にいる近くの高校の制服を着た男子生徒たちと目が合った。一人がちょこんと頭を下げる。浜の長男で駿馬《しゅんめ》だった。

「おっす、駿馬。勉学にいそしんでる？」近寄り声をかける。

「まあ」彼は照れくさそうに言った。

横の二人の友人がにやつきながら訊いてきた。「あの、生稲さんですよね」

「そうですよ。別の名をミス布施、いやミス大阪府の怜花ですけど」しなを作った。

「駿馬が話があるようです。なっ、ほなおれら店に入ってるし」そう言うと二人が駆け足でコンビニの中に入っていった。

「何やあいつら。怜花さん、すみません」駿馬は制服の襟元を直す。浜とは似ても似つかない細身で、外国人みたいに鼻が高く男ぶりがいい。

視線の主は駿馬だったのだろうか。

「駿馬、話って何？　お父ちゃんが毎晩うちにくるから、その回数を減らせって意見してほしいのかな？　それなら、定休日以外に休肝日を一日設けるよう言うてあげんこともない」と微笑みかけた。

「いえ、そんなんと違うんです」

「あっ、ほな、うちに惚《ほ》れてしまったとか？」白目をむいて笑いかけた。いま流行の変顔《へんがお》だ。

「あのう……訊いていいですか」

「あれ、リアクション無し？」肩すかしにあったというジェスチャーをした。オーバーアクションが大阪のノリだ。

「吉井さんと付き合ってるんですか」

彼の真剣な顔つきに怜花の方が戸惑った。

「うん。そういうことになると思う」

思春期の男子のことはよく分からないが、茶化してはいけないと思った。案外男子の方がもろいところがあることも、玄を見ていればよく分かる。

「そう、ですか」駿馬の視線が地面に落ちた。

「あんた、また背が伸びた？」空気の重さに耐えられず、話を変えるしかなかった。

「ええ、ほんの一センチほど」

「そんなちょっと」

「普通、分からないですよ」駿馬の口元が笑った。

「そうやね、分かるはずないな。あっ開店の時間やから、行くね」コンビニの中の時計に目を遣《や》り、慌てた口調で言った。駿馬の友人たちが嬉しそうにこっちを見ている。

小走りで店に戻り、暖簾《のれん》を手にした。そのときまた視線を感じた。

素早く戸口から顔を出して角のコンビニを確かめる。とっさに男がうずくまったのが見えた。

駿馬ではない。

矢島に会って以来何かを感じる怜花は、店に入って厨房を抜け勝手口から路地に出ようと考えた。そこからコンビニの前へとつながる細道がある。反対側からうずくまった男の行動を確認できるからだ。

「どうしたの慌てて」途中で母が声をかけてきた。

「ちょっと」とだけ言って勝手口から外に出て、走ってコンビニへ向かう。角で立ち止まり、店の方を覗いた。

ニット帽を被《かぶ》り、よれよれで汚れたジャンパー姿の男が足を引きずるように店に向かって歩いていた。男はまだ暖簾の上がっていない店の入り口で立ち止まり、中の様子を窺っているように見えた。

これまで感じてきた視線はあの男からのものだったのか。いったい何者なのだろう。体型から矢島でないことは明らかだ。そもそも彼ならすでに会って話をしているのだから、変装する必要はない。

気持ちの悪さを感じたが、このまま引き下がる訳にもいかない。怜花は意を決して男の後を追った。

もう少しで声をかける距離まで近づけるというときに、男がちらっとこちらを見た。異様な目の光と無精髭《ぶしょうひげ》だらけの顔に、足がすくんだ。と次の瞬間、男は店の斜め前の路地に消えた。

怜花はしばらく動けなかった。

「いったい何なの?」母の声と共に店の戸が開いた。

「店の開くのを待ってるお客さんがいたようだったから、声かけようかなって思ったら逃げていった。ぼったくりの店やと思われたんかな」と言って笑ってみせた。

「そう」母がすんなり引っ込んだ。

怜花の息づかいに、何かを感じ取っているはずなのに母は何も聞かなかった。

ホームレスなのか、それとも誰かが変装しているのか。気になったが、いまは忘れよう、店の仕事の方が大事だと言いきかせた。

数日後。午後八時には恒例の三味線ミニコンサートが始まる。店の奥に椅子だけを置き、そこに母を腰かけさせる。三味線を手渡すと弦を調律し始めた。

その音が店内のムードを一変させる。愁いを含んだ弦の音は、覚えてはいないのだけれど津軽の吹雪を連想させた。一瞬にして目の前に目さえ開けていられない雪を降らせる。音とは不思議なものだ。

今夜の曲は「Strawberry Fields Forever」だった。母は何を弾くかそのときの気分で決めていた。だから奏《かな》で始めるまで怜花も知らない。

ビートルズ世代の客は、小声で口ずさみながら聴く。それぞれが思い思いに歌うために、不協和音のように聞こえるが、それを三味線の音色は上手く生かした。全体としてとても心地いいハーモニーとなるのだった。

多いときで五曲、少ないときは三曲のミニステージだ。客たちは、演奏が終わった後も余韻に浸るのが手に取るように分かる。若い頃の思い出話をし始めたり、歌詞の意味を解説したりして各テーブルが盛り上がるからだ。

「ああ、終わってしもたんか」店に駆け込んできたのは浜だ。

「間の悪いこと。浜さん、外すのは予想だけやないな」と常連客の一人が声をかけると、みんなが一斉に笑った。

「ほんまやな、しもたことした。怜ちゃん生ビール頂戴」浜はカウンター席に座った。「そや、何や表にけったいな男がおったで、気ぃつけや」

「またうちのファンかな」作務衣《さむえ》の襟元を押さえて、斜に構える。「きれいなのも罪だわ」

あのジャンパー男に違いない。

「あんまり道ばたで色気を振り撒《ま》かん方がええ」

「あらそう？　何もしてへんのやけど、内面からフェロモンが漂ってしまうのかなあ」生ビールのジョッキを、腰を振りながら浜の前に置いた。

「あかんて怜ちゃん。おっちゃんとこの息子かて……、まいってるようやねん」そう言いながら、旨《うま》そうにビールを飲む。

「まあ年上の女性に憧れる年頃ってあるから」真面目な口調で言った。

「あれ、びっくりせえへんのか」上唇に泡をつけた顔を上げた。

「えっ、まあ、近所にこれだけのべっぴんがいるんやもん、高校生かて放っておかへんわ」

「そうやな」

「けど、浜さんとこは、息子さんとちゃんと話ができてるから、健全だと思うわ」

「自分から話しよったんとちゃうねん。堪忍したってや、怜ちゃんの写真を携帯の待ち受けにしとったらしい」それを駿馬が風呂に入っているとき、母親が見たという。

いい気持ちはしなかった。

「ほんま堪忍や。そんで女房が心配してな」

「駿馬くんに限って心配ない」駿馬に会ったことと、そして彼に自分と玄が交際しているのか確かめられたことを話した。「きちんと言っておいたから、後は時間が解決してくれると思います」

「そうやったんか。怜ちゃん、迷惑かけたな。すんませんでした」浜は頭を下げた。

「そんなんいいから、すじ煮込みも注文して」

「ほな頼むわ」浜はジョッキを傾けた。

怜花は笑顔でいたが、浜が見たという男のことが頭から離れなかった。あの目の男がまだこの辺をうろついていると思うだけで気持ちが悪かった。

悪いことは続く。明くる日の午後、矢島が店にきた。

「こんなとこまで、何しにきたんですか」入り口で矢島を追い返そうとした。

「じゃあ外で話しましょう」

「話すこと、何もありません」戸を閉めようと手を掛ける。

矢島は腕を入れ、それを阻止した。戸が軋《きし》んだ。

「あの記事読んだでしょう。あれは三品医師が使った薬のせいだと私は思っています」矢島は早口で言った。

「うちとは関係ないですから」手に力を込めた。戸がさらに大きな音を立てる。「警察、呼びますよ」

「いまの状態を野放しにしたら、また死者が増えるんです。それでもいいんですか」

「だから関係ないって言うてるでしょう」と言い放ったとき、矢島の力が抜けていくのが分かった。

「一〇年前、三品病院で何があったか知りたいんです。どういう経緯でお母さんの目が不自由になったのか聞かせてください」

矢島は戸の向こうで話し続けるつもりだろうか。そんなことをされたら、母や父、近所の人にも聞こえてしまう。

「矢島さん、止めてください」板戸越しに言った。

「当時、三品病院にいた人間の名前だけでもいい、教えてもらえないですか。絶対にご迷惑になるようなことはしません」

「もう迷惑なんです」

「人の命がかかっている。私は諦めませんよ」

矢島の言い方に迫力を感じた。

「それはそちらの勝手です。うちらは自分の暮らしを守るために、必死なんです。それとも、うちらの暮らしなんか、どうでもいいと言うんですか」大声を張り上げられない分、一言一言に力を込めるしかない。

「では、直接お父さんとお母さんに伺いましょうか、と言いたいところですが、熱に浮かされていたお母さんは何もご存じないでしょうし、お父さんに伺うしか……」

怜花は戸を開けてしまった。「あんた何言うてるの。父には関係ないことです」気づくと外に飛び出していた。

「やっと出てきてくれましたね」矢島が微笑んだ。

「いい加減にして。うちはほんまに怒ってる」矢島の背広の襟を摑んだ。身長差があるから怜花がぶら下がっているような格好になってしまう。

「その怒り、お母さんの光を奪った人間に向けませんか。その人間は何食わぬ顔で、笑って暮らしている」矢島は自分の襟を摑んでいる怜花の手を、やさしく包んだ。

「放してんか」

「あなたが、放してくれたら」矢島が、怜花の手を覆った自分の手に目をやる。

「わ、分かった……放します」指を開くと、矢島も手を放す。怜花は素早く手を引っ込めて言った。「そんな悪い人がいるんですか」

「私はそう思って調べてるんです」

「あんたは、それを暴いて記事にしたいだけなんでしょう。売名行為みたいなものじゃないんですか」矢島の温《ぬく》もりが残る手を、片方の手で包んだ。

「売名だなんて、うちのような弱小新聞社ではそれすら無理です」

「何でそこまでして？」

「それを言えば、協力してくれますか」

「そんなの、話を聞いてみないと」

「私が想像した以上に、あなたは正直な女性だ」

「ほな、ちょっと待っててもらえます？」

母には玄に会いに行くと嘘《うそ》をつき、着替えて外に出た。

近所だとまずいから、タクシーで大阪駅まで行き、ホテルのラウンジで話すことになった。

怜花はイチゴショート、矢島はモンブランにコーヒーがついたケーキセットを頼んだ。矢島が美味しいからと勧めたのだ。

ケーキとコーヒーが運ばれると、怜花が切り出す。「まずは、三品先生にこだわる理由を聞かせてください」

「三品病院に勤めていた友人を捜しています」口調が重かった。「突然いなくなったんです。あの病院で、何かあったと思っています」

「どういうことですか。よく分からへんのですけど」

深刻な話ということは伝わってくるけれど、矢島の言っている意味が呑み込めない。

「そうですよね、こんな言い方じゃ分かりませんよね」矢島が自分を責めるように両手で頬を叩いた。

「そのお友達が、三品病院で消えてしまったってことなんですか」

「ええ、家族にも行く先を告げず彼女はいなくなった」

「彼女？　女の人ですか」友人という言葉から、勝手に男性だと思い込んでいた。

「女性です」

「男でも女でも、どっちゃでもいいですけど、ただ連絡がつかないだけなのでは？　こんな言い方したら悪いんですけど、ただ避けられてるということだって」

「いや、それはないと思います」瞬時に否定した。

矢島のその様子から、彼女との関係が親密だったと感じた。

「あ、そうですか。で、その人の仕事は、お医者さん、それとも看護師さんですか」

「治験コーディネーターという仕事をしていました」

「治験というのは、聞いたことあります。新聞なんかでもたまに全面使うて広告してる。それって人体実験みたいなものですよね」　怜花はケーキのフィルムをはがして舐めた。クリームの甘みでほっぺたが痛い。

「人体実験と言ってしまうと身も蓋もないですけど、まあそんな側面もなくはないでしょうね。ただ、人命にかかわることですから、きちんと手続きを踏まないとあなたの言う実験のようなことはできなくなってはいるんですよ。そのために彼女のような仕事がある」

「その女の人が治験の手続きしてはったんですね」

「そうです」

矢島は治験コーディネーターの仕事を説明してくれたが、モニタリングとかプロトコルとか、エンドポイントなどの言葉が出てきて、怜花にはさっぱり理解できなかった。

要は製薬会社から依頼されて、病院内で医者と患者との間に立って、その薬が効いているのか効いていないのかを判断するための証拠となる書類を作る、言わば管理人みたいなものだ、と理解した。

「患者がワラにもすがる思いで、新薬でもなんでもいいから飲ませてくれと言う。そうしたら、承認される前のお薬だけど、効きそうなものがありますよ、と製薬会社が持ってくる。医者とそのコーディネーターさんがきちんと管理してるので飲んでもいいんだってことになる」思っていることをただ並べた。

「だいたい合ってます」

「そのコーディネーターの人、ああ、ややこしいな、名前言うてもらえませんか」

「駒野《こまの》浩美《ひろみ》さんです」

「こまの……」聞き覚えがあった。

「そう、病院では、『駒さん』と呼ばれていました」

「こまさん。こまさんは、どっちかの目の横に……」

怜花の言葉を引き継いだ矢島が言った。「左の目尻にほくろがありました」

「……ほな」怜花の知る女性に間違いなかった。

「知っているんですか、駒野さんを」矢島が小さなため息を漏らした。

「あの、こまさんと連絡がつかないんですか」浩美が小学五年生の自分と変わらない背丈で、細い身体だったのをはっきりと覚えている。

彼女は普通の折り鶴ではなく、一枚の折り紙に切り込みを入れて、四羽の鶴がくちばしをくっつけた連鶴《れんづる》を折る名人だった。「矢島さん、こまさんに嫌われることしたんと違うんですか」

「いえいえ、そんな覚えはありません」激しく首を振って否定した。

「ふーん。そうだ、こまさんは、あやめさんと仲が良かったようでした」ふと思い出したことを口にした。「あやめさんというのは、母が入院しているときに面倒みてくれた看護師さんです」

「あやめ？」

矢島の目が見開いたようだった。

「あやめさんを知ってるんですか」

「あやめ、というのはどんな字を書くんですか」

「漢字は覚えてません。こまさんがあやめさんと呼んでたし、うちにもそう紹介したんで、漢字までは知らんのです」

「苗字《みようじ》は分かりますか」

「なか、中山《なかやま》か中谷《なかや》やったんと違いますかね」微《かす》かな記憶をたどった。

「もし、あやめというのを色彩の彩に植物が芽を出すというときの芽だとすれば、その人は香河彩芽さんかもしれません。そうだとすれば結婚して姓が変わったんでしょう。ついこの間、会ったばかりです」

矢島は、新聞記事にあった、なごみ苑に取材しに行った際、そこの看護師長をしている彩芽と話したと言った。

「だったらそのあやめさんの方が、こまさんのことを知ってると思いますよ」と言ってみて、怜花には別の疑問が湧いた。「けど、そんなこと本当にこまさんの行方を捜してたら、分かることと違うんですか」信じてもいいのか、という目で矢島の顔を眺めた。

「きちんと話した方がいいですね」苦笑いして言う。

「やっぱり何か誤魔化してたんですね」

矢島は顔つきもそうだが、態度も口調もウソっぽい。ことに目は、浮ついた感じのときと、真剣なときとのギャップが激しかった。このタイプは、信用してはいけない、と自分に言い聞かせた。

「そういう訳ではないんです。では、これまでの経緯を話しましょう。でも、きちんと話したら、生稲さんも協力してくださいますね」

「うちは誠意には誠意で返す女です」胸を張った。

「その言葉、信じましょう」矢島はコーヒーを一口飲み、深呼吸をする。

そのしぐさも、どこか芝居がかっていた。

一五年ほど前、駒野浩美は四年間看護師として働き、現場で患者と向き合う中で新薬を待ちわびる切実な声を聞いてきた。また製薬会社や薬品卸会社の人間と接することで、創薬の世界に興味を持ったという。

「当時、駒野さんが看護師をしていた病院に、私が急性十二指腸潰瘍で入院したんです。そのとき医師会主催の開業医向けのセミナーを取材していたんで、気が合ったというか、いろいろ話す機会が多かったんです。彼女は創薬にとても興味があったし、私は医療関係の担当だったんで自然に親しくなりました」照れ笑いを浮かべ、そのまま続ける。「彼女は本当に勉強熱心で、薬の副作用や飲み合わせなんかもよく研究してました。たとえば痛風の薬を飲んでいる人が解熱鎮痛剤や抗生物質を服用すると相互作用でよくないことがあるそうです。そんな場合でも、どこの製薬会社のものなら比較的安全だとか、そんな風に自分でメモを作ってたんです」矢島は一気に喋《しゃべ》った。

矢島はそんな彼女を見ていて、治験コーディネーターに向いているのではないかと思い、提案してみた。

「目を輝かせて、やってみるって彼女は言ったんです。私は、本当によかれと思って言ったんですよ」矢島はうつむく。

「それはそれでよかったんと違いますか。矢島さんが落ち込むことではないと思いますけど」一応慰めの言葉をかけた。男が落ち込んでる姿はあまり好きではない。

「いや、私が軽率だったんです。当時はまだ医療関係の取材を始めたばかりで、そんなに医薬品業界を知らなかったくせに、安易に勧めてしまった」

「製薬会社の仕事が、何か怖いものみたいに聞こえてきますけど、薬ができたことでたくさんの人が助かっているんでしょう？」

「一つの薬ができるのに数百億かかると言われています。恐ろしい金額ですよ。それ自体、人助けですから尊い仕事なのかもしれませんが、製薬会社とて命がけです。戦場みたいなところなんです。でもそれは言わずに、駒野さんにいいことだけを並べたような気がしてならない」

「なるほどそういうことですか。何となく分かってきました」

その後、浩美は治験コーディネーターとして病院から治験施設を支援する会社へ転職した。そのうち矢島も忙しくなり、疎遠になっていったそうだ。

「私が会社で医療関係の取材をしていることがネックになったんだと思います。看護師も治験コーディネーターの仕事も守秘すべき事柄が多いですから」

「お互いの仕事が、疎遠になった理由ですか」

「大きいと思いますね」矢島は、彼女を情報源のひとつになる、と考えていなかったと言えばウソになると言った。

「それやったら、しょうがないですね」

「ええ、私としては反省すべき点です。あなたが、こまさんこと駒野さんに会った頃には、もう連絡も絶っていました」

ところが二ヵ月ほど前に、なごみ苑で高齢者死亡事故が起こった。

「いの一番に顧問の三品医師に取材を申し込みました。しかし、かたくなに拒否されて……。それで三品病院で働いている人たちに接触を試みたんです。すると駒野さんも三品病院にいることが分かりました」

そこで浩美に会って話を聞こうとしたのだと言った。

「彼女が名古屋にある治験施設支援の会社に勤めたところまでは知ってたんですが、また大阪に戻っていたなんて、まったく知らなかったんです」

「で、せっかく再会できると思ったら、今度は彼女がいなくなったということですか」

「そういうことです。おかしいでしょう」

「よっぽど嫌われているんじゃないですか」と冗談を言ったが、矢島は笑わなかった。

「駒野さんは、なごみ苑のことで何かを知っている。だから、それを調べる私を避けているのだと踏んでいます」

「なごみ苑のことを矢島さんから訊かれたくないから、行方をくらましたって言うんですか」

「ええ」

「そんなことあるんかな」怜花は矢島の顔を見た。

何も姿を消さなくても、取材拒否をすればいいだけのことだ。その方が手っ取り早いではないか。

「私はあると思っています」真剣な顔だ。

「こまさんの、お家《うち》の人はどう言うてはるんです？」

「実家は愛媛松山なんですが、そちらに連絡はないそうです」

「こまさんって、いまいくつですか」自分は一〇年前の浩美しか知らない。「ご結婚はしてはるんですか」

「今年、四〇歳です。独身みたいですね。私もお母さんへの電話でそれを知りました」

「四〇歳、独身女性ですか。何でも実家に知らせる人もいるでしょうけど、そうでもない人だっていると思いますけどね」

「お母さんの口ぶりだと、連絡を絶やすことはなかったと言うんです。なんでも、お父さんの身体の具合がよくないんだとかで、心配して電話をくれていたんだと」

「ふーん。こまさんのお母さんは、矢島さんにそんなことまで言わはったんですか」

「治験コーディネーターとして転職するときに、私のことを話していたみたいです」

というと急に声を潜めた。「気になるのは、いなくなったタイミングなんです」

「どういうことですか」

「なごみ苑の死亡事故のことで、私が三品院長に取材を申し込んだ直後ということです」

「ちょっと考えすぎのような気がするんですけど」

「とにかく私はこの二ヵ月間、三品病院を洗ったんです」

新薬の申請と承認手続きには大量の書類が厚労省に提出される。承認データの中に治験に携わった人物の氏名が明記されていて、それはインターネットで閲覧できたと矢島が調査の経緯を説明した。

「なごみ苑で使われたのはヒイラギ薬品工業のシキミリンβという抗インフルエンザ薬だと思われます。そこでシキミリンβの申請書類を見たところ、一五年前に治験が実施されていました。場所は三品病院で、コーディネーターが駒野さんだったんです」

その事実を元に調べると、当時浩美が後輩看護師の長谷麻奈美《はせまなみ》と親しかったことを摑んだ。が、彼女はすでに三品病院を辞めていたそうだ。人伝《ひとづ》てに「八尾《やお》マリア病院」にいることが分かり、矢島はすぐに麻奈美を訪ねたという。

「長谷さんの話によると、治験が無事終了して、シキミリンβが厚労省に承認されたことを知った駒野さんは、自分のことのように喜んでたそうです」

「それはそうでしょう。そうするために治験コーディネーターになったはったんですから」

「それにコーディネーターとしての初仕事だったそうですしね。彼女としても本当に嬉しかったと思うんですよ。ですが、シキミリンβが正式に使われるようになった一年くらい後に、もう治験はやりたくないと言っていたそうなんです。あるときを境に」矢島が鋭い視線を向けてきた。

「あるときって?」何となく嫌な予感がした。

「守屋さん、いや生稲さんの事故の後です」

「やっぱり母の目の……」

「彼女が治験に嫌気が差した原因は、生稲さんの事故ではないかと長谷さんは思ってるそうです」

「母の病気の治療に関係してるということですね」

「ええ。そこで、ある推測が成り立ちます」

「なごみ苑と母の失明との共通点が、インフルエンザの薬だと言わはるんですか」

「その通り」

「ちょっと待ってください。こまさんは治験なんかもう嫌になってたのに、まだ三品病院にいたんですよね」嫌な思いをした職場に戻っていた浩美の心理が分からない。自分なら環境を変えたいと思う。

「だから駒野さん本人から話を訊きたかったんです。しかし三品病院の誰に尋ねても知らない」

「矢島さんは三品病院の人が、こまさんの行方を知っていながら隠してると思ってるんですか」

「ええ。それに、なごみ苑で使用された抗インフルエンザ薬は、やっぱりシキミリン
βだとすると……」

「お年寄りは、お薬の副作用で亡くなったんですか」

「可能性があると私はみています」

「そしたら……母の目も副作用？」歯茎が痛いほど奥歯を噛んだ。

「充分あり得る話です。もしそうなら副作用がほとんどないのが売りの薬だけに、逆に危険だ。すぐに報告されるべき事故だったはずです」副作用と思われる症状が出たら、医者は厚生労働大臣に報告しなければならないと医薬品医療機器法「第六十八条の十」に書いてあるのだと矢島は言った。

「ああ、何や分からんようになってきた。でもそのシキミリンβは、人体実験の結果、大丈夫やから承認された薬なんですよね」大きな声になってしまった。

「あの、人体実験ではなく、治験です」真顔で矢島が言い換える。

「どっちゃでも、うちにとっては一緒です」ふくれっ面で言った。

「国が認めたものであることは確かです。その治験コーディネートに、駒野さんがか

かわったのも事実だ。だから新薬は出回ってからも調査するんです。もし、お母さんの目が危険な副作用のせいだと報告されていたら、なごみ苑の事故はあるいは回避できたかもしれません」と暗い声を出し、左右の客を一瞥した。

「分からへんのですか、すぐに副作用だって」

「先日お渡しした新聞記事、覚えてますか」矢島が訊いてきた。

「まあ、だいたいは」

「そこにこんな文言があったでしょう。『同施設の顧問を務める三品病院、三品元彦院長によると、二人は持病を抱えており、感染が死亡と直接関係があるかどうかは不明としている』と」矢島は諳《そら》んじた。「患者に何か起こったとしても、それを副作用と関連付けるのは難しいんです」

「無関係とも言い切れへんでしょう?」

「その辺りが、実にもどかしい」矢島が下唇を噛んだ。「ですから、お母さんの容態がどのように変化したか、伺いたいんです。薬害だったのかを探る手がかりにしたいんですよ」

薬害——。

怜花は言葉を失った。

黙ったままケーキを食べてコーヒーを飲む。その間に矢島の言ったことを整理しようとした。

矢島は、そうすることを見守っているように黙ったままケーキを口に運んだ。

食べ終わると矢島がコーヒーのおかわりを注文した。

「うち、幼すぎたんやと後悔してます」怜花が口を開いた。

「何をですか」

「母のことが、ただただ心配で、あんまり周りが見えてませんでした。とにかく物心ついたときから旅回りで、母だけが頼りの暮らしだったから。少しくらい体調が悪くても、風邪で熱があっても歌を唱《うた》う母が、入院したこと自体にうろたえてしまってたんです」

「我慢強いお母さんだったんですね」

「だからよほど辛かったんだと思います」

「どんな小さなことでもいいんですよ。子供のあなたが見たこと、感じたことを教えてもらえれば、それでいいんです」

「それなら、つたない日記があります」意を決して言ったとたん、誠一のメモの律儀な文字が浮かんだ。

――お母さんは三品先生に感謝している。それはおれも同じ――

「日記があるんですか」矢島が乗り出した。

「大したことは書いてないですが、いまはそれ以上の記憶がないんです」当時のことを必死で忘れようとしてきたから、と矢島に言った。

「嫌な記憶は、できるだけ早く忘れたいですからね。それで、その日記は見せていただけますね」

すぐに返事できなかった。

「お願いします」矢島がテーブルに手をついた。

「コピーでもいいですか」実物を見せるのは恥ずかしかった。そこには幼い怜花の悲しみが充満していたからだ。

「明日、受け取りに伺いますよ」

「それはやめてください。父が嫌がります」

「お父さんが？」

「両親にとって、もう済んだことなんです」怜花にとっても、本当は振り返りたくない過去だった。

6

三品への調査を頼んでから一週間ほどして、良治は海渡からの電話を受けた。新橋の居酒屋「権太《ごんた》」までタクシーを飛ばす。権太は新橋駅の飲み屋街から少し離れた場所にあった。奥に個室があって学生時代によく通った隠れ家だ。

海渡がここを指定したということは、内密な話があるにちがいない。

「待ってたよ」焼酎のお湯割りセットを目の前にして海渡が手を上げた。

良治はコートを脱ぎながら掘り炬燵《ごたつ》に足を入れて座る。「何か分かったんだな」

「うん。その前に何を飲む」

「生ビールを」

海渡は呼び鈴を押して女将《おかみ》を呼び、生ビールと二つ三つのつまみを注文した。それらが運ばれてから格子戸を閉める。密閉度は高くないが、他の客と遮断できた。

「あの三品って医者、やばい存在になってきたぞ」海渡がテーブルに近寄ると腹が食い込んだ。

「滝本さんの方にも、高齢者施設の件で何度も電話があったらしい。彼女、上手く口実をみつけて断ってくれているよ」

「そりゃまた大変なことだ。この件、滝本さんはどこまで知ってる?」

「当時おれは研究主任で、シキミリンβの開発責任者だった。そのおれのところにコーディネーターを通じて三品がス《S》ティーブンス・ジ《J》ョンソン症《S》候群が生じたと言ってきた。そこまでは知っている」

「副作用ってことは？」

「彼女も専門家だから、当然。しかし、認めたくなかったようだ。あり得ないって、ずっと言ってた」

「もみ消し工作については？」

「知らないはずだ」

「三品から彼女に伝わらないだろうな」

「秘書には言わないだろう。もしそんなことを口にしていたら、実直な滝本くんのことだ、おれに問いただしてくるはずだ」

「まあ、三品も吹聴したんではうま味がなくなるものな。なんせ交渉の切り札だから」

「おれにとっては疫病神《やくびょうがみ》だ」

「確かに食えない医者だ。あろう事か高齢者施設で亡くなった患者の検体採取を遺族に申し出たらしい」

「何だって、そんなことを」

三品自身が顧問を務める施設のはずだ。検体は投薬の副作用の証拠になるが、投薬ミス、つまり医療ミスの証《あかし》にもなる。余計なことを提案すれば、やぶ蛇になるのは医者としての三品も同じではないか。悪くすると訴訟問題に発展しかねないのだ。

「そこまで腹をくくってるって証拠だよ」海渡が良治を睨んだ。

「腹をくくる？」

三品は当時から胡散臭《うさんくさ》さと、ただならぬ野心の匂いを漂わせていた。だが治験担当医としての手際のよさに、つい頼ってしまったのだった。いやあれはコーディネーターに能力があったのかもしれない。

「ああ。大阪府の保健所には因果関係は不明と報告しておきながら、切り札を用意するつもりだろう」

「ちょっと待ってくれ。シキミリンβで心不全なんてあり得んぞ」

「お前、いつまでラボの虫なんだ。現実をよく見ろ、高齢者の死亡診断書のほとんどが心不全だ。こんな便利で無難な言葉はないだろうが」

「しかし、グレード1以上の副作用は出ないように改良してる」語気を強めた。

副作用の基準はおおむね三段階で示す。グレード1は軽微で血液検査などにも異常は出ない。グレード2は重篤ではないが、軽微ではなく治療を必要とする。グレード3は重篤で、死亡または後遺症、もしくは介護が必要になる可能性もある。

シキミリンβは、一〇年前の事故を機に、さらに改良を加えていた。だからこそこれまで重篤な副作用は出ておらず、医療用から一般用医薬品へと移行する〝スイッチOTC〟となり得るのだ。

「そんな理屈が通用する相手だと思うのか。いろいろ調べて愕然《がくぜん》としたよ。大阪にこれほど大きな火種を放置しておくなんて」

「火種には違いないが、きちんと火消しをしておいたつもりだ」

「燻《くすぶ》っていたんだよ」海渡は鼻で笑った。

多額の金銭を三品には渡してある。それで検査設備を整え病床を増やしていることは良治も知っている。

「三品がそこまで悪じゃないとでも言いたげな顔だな」と言ってつまんだ枝豆で良治の顔を指した。

「いや、野心家ではあったと思っているよ」良治も枝豆を手に取る。

「ヤツも知名度が上がるにつれてどんどん欲が出たんだろうな」いつものように自分の腹の贅肉を弄ぶ。

「知名度ってテレビとかか？」

「マスコミ全般を上手く使いこなしてる」

「高齢化社会じゃない、高齢社会だっていうのがヤツのキャッチフレーズだ。早晩、関西エリアから関東へ進出していくよ。覚えとけ」

「高齢社会か、言えてるな」

「こうも言っている。自分の考える三品モデルなら、高齢者にもどんどんオプジーボを使ってあげられるようになるって。意味分かるだろう？」

　オプジーボは京都大学の本庶佑《ほんじよたすく》教授が開発を牽引《けんいん》したがん免疫療法の治療薬のことだ。小野《おの》薬品工業が世界に先駆けて発売して、手術、抗がん剤、放射線療法に次ぐ「第四の治療法」として世界を揺るがした。高いのは治療効果だけでなく当然ながら価格も破格だ。

　このオプジーボが超高額医療の代表格のように取り沙汰され、高騰していく日本の医療費についてマスコミが言及し始めた。その一つが、このままだと日本は医療費で滅びるとして、超高額医療に当たる薬剤の使用条件に年齢制限を設け、七五歳までとすべきだというものだ。高齢者の命を軽視した話で賛成できないが、医療費がすでに四〇兆円を超えている国としては必ず出てくる話だ。

　しかし、そのために薬価を下げる方向に進んでいることは、製薬会社として軽々しく歓迎できるものではない。創薬は、ただでさえ膨大な資金と時間を要する。苦労して生み出したものを安くしろと叩かれれば、開発意欲はますます削《そ》がれてしまうからだ。

　そんな心配はいらないというのか、三品モデルなら。

「大風呂敷《おおぶろしき》なだけじゃないのか」

「そうとは言い切れない何かが、彼にはある。とにかく医者としての腕もあるのだろうが、商売人としての才は群を抜いているよ」海渡はショルダーバッグから彼愛用の大学ノートを取り出しテーブルの上に置いた。「酒が回ってしまう前に説明しておく」ボールペンを手にして中央に三品医師の名を記入し、その周りに七つの円を描いた。

「三品医師は三品病院以外に、病院を二軒と介護老人保健施設と特別養護老人ホームに関係している。いや所有しているようなものだ」

「そんなに？」

「ああ。二軒の病院は息子たち、施設とホームは娘らが代表になっているがな。そしてその他にも三軒、民間の高齢者施設と顧問契約を結んでいるんだ」

「息子たちの病院はまだしも、その他の高齢者施設なんて」首をひねった。

介護施設では基本的には治療をしないため、介護保険での収入しか見込めない。保険での収入も要介護度によって定められていて、さほどいい商売にはならないはずだ。

「病院と高齢者施設に卸している薬剤を調べた。すると、高齢者施設で頻繁に急性期用の薬剤が使用されている」

「病気発症後、急激に悪くなったとき用の薬剤って？」

「たとえば脳梗塞とか心筋梗塞で使う血栓を溶解させるウロキナーゼやｔ－ＰＡだ」

「なるほど、緊急を要するものな」

「それほど緊急性がないものでも高齢者には命取りになる感染症用の抗生剤、解熱鎮痛剤も購入している。三品病院と同じように息子たちの病院でも。この結果から、ある想像が成り立つだろう？」

「患者を病院と施設の間でシャトルさせてるのか」

「そうだ。介護保険ではなく健康保険を使う治療をしてるんだ。外来と救急患者の窓口は三つ、病状が安定したら高齢者は二つの施設へ送る。しかし施設で何らかのトラブルがあれば、また三つの病院へ戻して治療する。この繰り返しで利益性を高めていくんだ」ノートに書かれた図の上を無数の矢印が行ったり来たりした。

「残りの三つの高齢者施設はどう関係してるんだ」

「おそらく三品のやり方に賛同した施設だろう」

「とは言ったって、施設に入所しているのは高齢者だろ。慢性疾患はあるだろうけれど、うまい具合に急性期の病気になんてなるものなのか」

「造影剤とか試薬などの検査に使う薬を頻繁に購入してる。うちとしてはいいお客さんだ。当然病気を発見するためにな。いや、病人を作るためだと言ってもいい」

「いくら何でも、それは考えすぎだろう」

「何言ってるんだ。そもそも人間ドックに入った結果、健常者だと診断される割合ってどれくらいか知ってるか」

良治は首を振った。

「おいおい製薬会社の社長代行なら知っておけ。二割を切っていると言われてる。つまり八割の人間に何らかの病変があったってことだ。その気になれば健康だと思っている人間から、病気の一つや二つは見つけ出せるってことだよ。ましてや相手は高齢者なんだぞ」

「放置すれば命にかかわる疾患くらい発見できるって訳か」

「医者がぐるになっているんだ」

「可能だろうけど、金のために急性期の病人を利用するなんて……。だいたいそんなことすれば、入所者の家族だって黙っていないだろう？」

「それはどうかな」深刻な顔つきになった。「冷たい言い方だが、忙しい家庭においてはそこまで老人に対する関心なんてないんじゃないか」

「自分の家族なのにか」母の顔が浮かんだ。高齢になっても、自分は母の面倒はみたいと思っている。

「お前は、お袋さんの苦労を知ってるからな」

「じゃあお前はどうなんだ。両親を施設に入れることができるのか」ビールを勢いよく喉に流し込んだ。

「分からんな。おれの顔も分からなくなったら、とても介護はできそうもない。それにどうしたって女房任せになるだろうからな……。おそらくそういう家庭が多いんだと思う」海渡は真顔で言った。

「仕方ないのかもしれないってことか」

「家族は老人に関心がないって、さっき言ったが、一方で赤の他人に任せている後ろめたさもあるんだ。そんな複雑な感情が入り交じっていて、現実を直視できないのかもしれん。そこに三品はつけ込んで、儲けているんだ」

「それにしても高齢者をシャトルさせるなんて、医者のすることか」

「恐ろしいのは三品だけじゃない」海渡が射るような目を向けてきた。「なにわ新報社って会社の人間が三品病院周辺を調べてるんだそうだ。しかも」声を低めた。

「何だ？」

「この事故を調べてるようなんだ」海渡は三味線をバチで叩くふりをした。

「何てことだ」肘をついて頭を抱えた。ビールの味が苦く感じ、急に酔いが回ったようにぼうっとしてきた。「窓を開けていいか」

良治は掘り炬燵から出て窓を少し開いた。まだ冷たい二月の夜風が頬を刺激する。

「大丈夫か」

「急に回った」と言って深呼吸し、通りを眺めた。

シキミリンβを服用した患者がスティーブンス・ジョンソン症候群を発症したことを嗅ぎつけた第三者がいるということだ。

他の抗生剤や抗インフルエンザ薬を服用しても症状が治まらず、このままだと肺炎で命が危ない、という容態だった。そこで製造販売後臨床試験に入ったばかりだったシキミリンβを試してみてはどうかとコーディネーターだった女性が言った、と三品から聞いている。

シキミリンβは肺炎にも有効性を示すデータがあった。幸い経過は良好で、熱も下がり肺炎の危機もしのぐことができた。しかし数日して患者は全身掻痒《そうよう》感を訴えた。皮膚粘膜眼症候群であることはすぐ分かり、治療を始めたが患者の角膜を乾燥から守れなかったのだという。

これまでの治験では、ただの一度も出なかった副作用だ。治験コーディネーターからすれば、副作用のレベルは間違いなくグレード3だと判断するだろう。グレード3は正確には、〝患者の体質や発現時の状態等によっては、死亡又は日常生活に支障をきたす程度の永続的な機能不全に陥るおそれのあるもの〟と定義される副作用のことだ。

新薬にとってグレード3は致命的だった。シキミリンβを広く世間に送り出すことで、他の抗インフルエンザ薬では副作用が出る幼児や高齢者、さらに思春期の患者の速やかな回復をもたらしたいという夢がついえる。また依然として死亡率の高い肺炎の治療薬にもなると期待していた良治の落胆は大きかった。

そのとき社長が『患者は特異体質だったにすぎない』と主張した。隠蔽すればいい、と言ったのに等しい。これからの世界の抗インフルエンザ薬と肺炎治療薬の市場を考えれば、特異体質の女性の症例など葬りされ。それが父の考えだった。

患者の家族は夫と娘だけで、一家は全国を転々としながら暮らしている三味線弾きだと聞いている。だから三品医師は夫への説明で、「旅から旅の生活が長く、そうとう身体が弱っていた。全身状態が悪い上にインフルエンザだけではなく肺炎も併発していて危険だった。命を取り留めたのも奇跡的です」と、もっともらしいことを並べたらしい。

その上で新薬を使ったので治療費は免除されることを告げた。そのまま上手く葬り去れるところだったのだが、患者の夫は因縁をつけてきた。

良治は三品医師の助言に従い、患者の夫に九〇〇万円、治験にかかわった院内スタッフや治験コーディネーターへ計三〇〇万円、さらに三品医師へ一〇〇〇万円もの口止め料を用立てた。それがすべての過ちの始まりだということか。

三品医師の要求はどんどん露骨になって、ＭＲＩなどの医療機器や、改築費の援助をせがむようになる。それがここ五年ほどは何も言ってこず、鳴りを潜めていたことで油断していた。

良治は身震いした。風に当たりすぎたのかもしれない。窓を閉めてまた掘り炬燵に足を入れた。

「その記者は、どこまで摑んでるんだろう」海渡に言った。

「なごみ苑を探り、三味線弾きの娘にまで接触してるとなると……」海渡は臨月を迎えた妊婦みたいに両腕を後ろについて息を吐き出し、天井を見上げた。「かなりのことを知っている可能性があるな」

「実はアメリカのサイモン社から業務提携の話がきているんだ」

「一般用医薬品のサイモン社……もしかしてシキミリンβか」

「スイッチOTCに乗り気なんだよ。これから条件闘争が始まるというときに、副作用での死者を出したなんて噂が立てばアウトになる」

「本当にスイッチしていいのか」

「開発者といえども、ケチのついたシキミリンβを大きく売り出すのには腰が引ける。シキミリンβはいつそのこと、成分を少なくして一般用医薬品に変えてしまった方がいいんだ。その方がセルフメディケーションに役立たせることができるってもんさ」

「箱の裏にしかヒイラギの名前は残らんぞ、しかも小さな字だ」

「もう終わりにしたいんだ。これからはバイオだ」

「副作用に懲りたか」

「ああ。副作用は付きものとはいえ、まったく読めない事態が起こるのには閉口する」

「抗がん剤はどうするんだ」

ヒイラギは抗がん剤開発を一つの柱に据えているはずだと海渡は言った。

「もっと強い副作用との闘いを強いられるからな」

「確かにそうかもな……なあ良治、実は頼みがある」

「何だ」

「ちょっと、待ってくれ」と焼酎のお湯割りを作る。そして何も言わず、焼酎を立て続けに飲んだ。

いいにくい事なのだろうと、良治も黙ってビールを飲む。

実際はそれほどでもないのだろうが、良治には長い時間が経ったように思ったころ、海渡が口を開いた。「実は、兄貴が一昨日、埼玉友健会《ゆうけんかい》病院に入院した」

「あの兄貴が？」海渡同様、巨漢の兄を思い出した。「肥満外来か、それとも糖尿か」

「まだその方がよかったよ。がんだった。それも、すい臓」海渡が顔をしかめる。

「すい臓がん……あんなに元気そうなのに。間違いじゃないのか」

「ふた月ほど前から急激に痩せてな。良治の言ったように糖尿病かもしれないと検査を受けたんだ。そうしたら腫瘍マーカー、CTスキャン、MRIの画像を見て医者が診断を下した」

「そうか。で、ステージは？」

「余命宣告なんかしたら、ぶっ飛ばすって言ってやったから、主治医はおれには何も言わなかった。しかし黙って首を振ったのを見るとステージⅢより悪いんだろうな」

「……そんなに。痛みとかあったんじゃないのか」

「兄貴もおれ同様、レスリングでそこらじゅうに古傷がある。背中の痛みもずっとそれだと思って湿布薬で誤魔化してきたらしい。本当はかなり痛かったんだ、といまごろ言ってるよ」

「我慢強さが仇《あだ》になったのか。で、治療はどうするんだ」

「もういまの段階だと、外科的治療は侵襲性が大き過ぎる。周辺の十二指腸から胆《たん》嚢《のう》、小腸の一部まで取ってしまうからな」発見が難しく、見つかったときはすでに中末期のことが多いのがすい臓がんだ。比較的早く見つかった場合でも、転移の予防策として広範囲を切除する。

「きついな」言葉が見つからない。

「だから、義姉《ねえ》さんとも相談して、化学療法と放射線の併用を選択した。そこで相談なんだが、お前んとこのHOB-003、あれはやっぱり強過ぎるか」

「あれは最終手段だ。同意書を書いてもらっても普通の医者は怖がる。うちでも、鬼っ子抗がん剤だって倉庫に眠ってる」

「いい評判、聞いたことなかったんだが、やっぱりそうか」

「ピンポイントで狙い撃ちできれば、破壊力があっていい薬なんだけど。やっぱり副作用がな」

「じゃあ、ペプチドワクチンの効果はどうだ？」

がんについては、これまでの低分子化合物の医薬品ではなく、抗体医薬品、つまり人体が元々持っている防御システム抗体を使ってがん細胞を駆逐するものが増えてきた。がん細胞が持つ特有のタンパク質と同様の断片を人工的に作って人体に注射すると、それに反応して免疫細胞が活性化し、がん細胞を攻撃する仕組みだ。製薬会社としては免疫細胞の反応が大きいがん細胞のタンパク質断片を見つける競争をしていた。もう低分子化合物を駆使することは研究され尽くした感があるため、創薬の舞台は今後ますますこの抗体医薬を含めたバイオ医薬品へと移行していくだろう。

「あれは、まだ臨床での治験数が少なくてデータ不足だ」それでも良治が最も期待を寄せているワクチンだった。安全性が確保され、有効性を証明できれば世界市場で戦えるワクチンとなる。そのために慎重な治験で承認へとこぎ着けたかった。

「それ、使えないか」

「治験に参加してくれるのか。それはうちの社としても嬉しいんだが、リスクが二つある」

「ひとつは分かる。ステージ４まで進んでるからな。二重盲検のことを言ってるんだろう？」

治験は治療ではなく、薬効の客観的なデータを解析するために行うものだ。そのため被験者を二つのグループに分け、一方のグループには試験薬を、もう一方のグループにはプラセボ（偽薬）を与えて、その結果を推計学的に判定する検査法をとる。どちらのグループにどの薬を与えたかは医師も被験者もともに分からないようにするのでダブル・ブラインド、二重盲検法と言う。

「そういうことだ」

「おれもこの業界にいる人間だ。偽薬に当たれば治療していないのと同じだ。そのまま悪化していく人がいることも知っている。その反面、劇的に効いた例もな」海渡の充血した目が怖いほど鋭くなった。「だから代表のお前に頼むんだ。分かるだろう」

「おいおい、お前まさか、盲検の原則を破れと言っているんじゃないだろうな」

「いまの兄貴に偽薬が当たったら、もう持たん」

「無茶言うな。患者を目の前にしている現場の医師だって、本物を使いたいのを我慢して治験に協力してくれているんだ。いや、医師だけじゃなく病院スタッフ、コーディネーターだって事前に真偽を知りたいと思ってるよ」

「患者はもっと深刻だ。新薬を使うだけで相当の覚悟が必要なんだ。そんな思いをさせておいて投与されているのがブドウ糖液だったでは済まん。そうだろう？　盲検なんてやめればいいんだ」

「気持ちは分かるが、より多くの患者に有効な薬を使って命を救うためには正当な評価と承認がいる。偽薬でも三割弱に効果が表れてしまうのが人体の不可解なところだって、お前もよく分かってるだろう」

薬が実際効いているのかどうかを厳密に判断しなければならない。それを怠れば承認後に大して効かない薬を世に出すことになるし、悪くすれば薬害を引き起こすことにもつながる。そのため偽薬をプラセボと呼び、ある確率で混入させている。

プラセボはブドウ糖だったり、生理食塩水だったりとまったく薬効はない。にもかかわらず実際に効き目をもたらすプラセボ効果が存在する。本当にその薬が効くのかを見極めるためには二重盲検治験は必要不可欠な仕組みだ。

そしてそれは治験を実施する側も同じだ。先入観や思い込みがないようにするため、患者本人はもちろん、治験を実施する医師やスタッフにも真偽が分からないようになっていた。すべては治験終了後、シリアルナンバーとの照合によってしか分からない。

「例外を認めて欲しい。頼むよ、良治」海渡が畳に両手をついて頭を下げた。

「海渡……。おれにもできることと、できないことがある」

親友の頼みはきいてやりたいと思った。しかし、会社組織はそう簡単に動かせるものではない。ましてやがんペプチドワクチンは社内でもまた業界でも注目されているものだ。競合他社の見る目も厳しいし、少しでも不正の疑いがあれば袋だたきに遭うのは目に見えていた。ｉＰＳ細胞を使用したと嘘をついてつるし上げられたニセ研究者のような扱いを受けかねないのだ。そんなこと、ヒイラギの代表としてできることではない。

「兄貴の命がかかってるんだ」海渡はさらに背中を丸めた。

「すまん。許してくれ、海渡」良治も正座して言った。「アメリカのスミス社がＦＵＦ－Ｈの承認を取った。かなり有効だそうだ」苦し紛れに口から出た。

「アメリカまで行けというのか。それともお前がＦＵＦ－Ｈをいますぐ国内で使えるようにしてくれるのか。この期《ご》に及んでお前とドラッグラグについて議論する気はない」海渡が大声で怒鳴った。

「すまん。おれは、選択肢の一つとして言ったんだ。いや、他にも方法はある。一緒に考えてみようじゃないか」

「どうあってもワクチンを使わせてくれないんだな」怒声に聞こえた。

「落ち着け、海渡。ワクチンにはもうひとつ問題がある」

「何だ」

「がんが免疫システムをかいくぐることは知ってるだろう？」返事を待たず良治は続ける。「たとえ攻撃目標が分かったところで、やっぱり制御性T細胞が邪魔をする。難治性がんではそれが顕著だ。オプジーボの援軍みたいなヤツが必要なんだが、まだ見当たらない。つまり、たとえ二重盲検でも、偽薬が当たるとは限らないが」

「治験薬に当たっても効き目に差があるってことだろう？　そんなことは分かっている。しかしもう時間がない。チャンスをくれ。申請や承認というルールが、目の前の救えるはずだった命をどれだけ見殺しにしたか。どうせ他に治療法がないんなら、何もかも無視して使ってやりたいんだ」海渡は足を崩し、一気に焼酎を飲んだ。

　しばらく沈黙の時間が流れ、海渡はもう一杯焼酎を飲み干してから静かに言った。

「良治、お前の気持ちは分かった。この件は忘れてくれ」

「海渡、おれは……」と言ったものの、何も言葉は浮かばなかった。

「ドラッグラグをなくすために、お前の会社ももっと国際共同治験をやるよう頑張ってくれよな。じゃあ、帰る」海渡は一旦足を崩して、ゆっくりと立ち上がった。

「三品のこと、ありがとう」と礼を言った。

海渡は片手を少し上げたけれど黙って部屋を出て行った。

これ以上海渡に三品の件を頼むのは無理だと思った。

良治は気が進まなかったけれど、悟が使っていた槌田《つちだ》探偵調査所に連絡を取った。

7

怜花は店を覗いていたニット帽のジャンパー男を思い出していた。

あれは守屋だったのかもしれない。

いくら忘れようとしていたとはいえ、背中を見れば父だったのかどうか分かるはずだ。いや目も横顔も見たではないか。

それでも父親だと気づかなかった。自分が完全に忘れているのか、一〇年という歳月が父を変貌させたのか。

守屋のことを好きだったことはただの一度もなかった。少しばかりギターが弾けるからといって、いっぱしのミュージシャン気取りで、母や怜花を鞄持《かばんも》ちか、付き人のように扱った。

母の演奏にあれこれ注文をつける声も仕草も、嫌いだった。どこへいっても高飛車で人を見下した態度をとっていた。だからいつも母が謝っていたような気がしてならない。

母は守屋の商売道具に過ぎなかった。もしかするとそれ以下の扱いを受けていたのかもしれない。

平気で母に男たちのお酌をさせたし、怜花が見ても変な服を着せて好奇の目にさらしたこともある。夜中に母が一人宿に戻ってきて、すすり泣きながら行水をしていたこともあった。どうして泣いているのか、聞いてはいけないと子供心に思った。

それで少しでもお金ができれば、自分だけで使ってしまう。だから母はお金を持っていなかった。そんな中で買ってくれた鍵のついた日記帳は、怜花の宝物だった。

その日記をコンビニのコピー機の上にそっと置く。強く押さえて傷むのが怖かった。

コピーの緑色の光が、日記帳を撫でる。

うちが守る、お母ちゃんとお父ちゃんを。

怜花はもう小学校五年生ではない。当時のように睨まれたくらいでひるまないし、頬を殴られたり太ももを蹴られたりしても泣かない。

「怜ちゃん、今日は店休みやろ」後ろから玄の声がした。

「今日は用事がある」振り向きもせず答え、日記帳をコピー機からレジ袋に入れた。袋には、いま買ったばかりのスポーツ紙が入っている。

「怒ってるんか」

「何も怒ってない」玄の前を通り抜けてコンビニを出た。

玄が後ろからついてくる。

「前も言うたけど、どれだけ反対されてもおれは怜ちゃんと一緒になるさかいに。なあ久しぶりに映画でも行こ」

「だから用事があるって言ってるでしょう。それにおばちゃんに言うといて、うちはどちらでもいいので、せいぜい反対してくださいって」玄に向かって舌を出して白目をむいた。

「またそないなこと言う。約束したやないか、結婚するって。あれはウソか」

「ウソかも。うちは悪女ですから。それじゃ、これから大事な人と会いますので、失礼させていただきます」慇懃無礼《いんぎんぶれい》な言い方をした。

「大事な人って?」玄はレジ袋を持っている方の袖を摑んだ。

それを振り払い言った。「男の人です」

「誰や」玄にしては大声だった。

「あんたも知ってる人。とにかくいまは忙しいんです。うちのことは放《ほ》っといて」

「おれが何か悪いこと言うたんか、それとも何か気に障ることしたか」

「そんなこと訊いてくるところが、うっとうしい」そのまま急ぎ足で、布施駅に向かった。

　電車に乗ってから言い過ぎたかとも思った。けれど玄を見てるとなぜか苛立つのだ。

　一〇年前、馴れない土地で不安だったとき、声をかけてくれたのが高校生の玄だった。とても嬉しくて、頼もしかった。何より玄は気持ちのやさしいお兄ちゃんだった。

　近所の野良猫を可愛がったり、小鳥に餌をやったり、虫や花もむげには扱わなかった。酒乱で暴力的な男を毎日見てきた怜花にとって衝撃でもあったのだ。

　無口だけどよくしてくれる「二歩」の父が母にそうしたように、おしゃべりでやさしい玄も怜花の心の傷を治してくれたと感謝している。

　だがそれが恋とか愛なのかが分からない。

「将来結婚しような」と高校一年生になったとき言われた。断る理由が見つからず、うなずいた。玄のことは好きだし信頼しているのに、なぜか苛立つ自分がいた。ここ最近すきま風が吹いているような感じがする。

　電車を乗り継ぎ、そんなことを考えているうちに淀屋橋駅に着いた。そこから携帯で矢島に連絡をとる。

五分ほど待たされると大きなバイクで矢島がやってきた。

「暴走族かと思た」ヘルメットをとる矢島に向かって言った。

「日記のコピーを見せてください」

怜花はバッグからコピーを出し、バイクにまたがったままの矢島に渡した。

矢島は黙読すると再びコピーを怜花に返す。

「こんなんでは、やっぱりダメですか」

「いいえ。さあ乗ってください」ともう一つヘルメットを差し出す。

「はあ、うちが乗る？」

「早く」

「なんで、乗らんとあかんのですか」

「後ろが嫌なら、運転しますか」

「えっ、そんなアホな。免許持ってないし」

「じゃあ後ろで我慢してください。会ってほしい人がいるんです」そう言うとヘルメットを装着して、エンジンを吹かした。その音に道行く人がこっちを見た。

怜花は慌ててヘルメットを被った。サイズが大きくて首の据わらない赤ん坊のようだ。

「どこにつかまったらええんですか」

「私の胴にしっかりしがみついてください」

「こう、ですか?」怖々《おずおず》矢島の胴に両手を回す。

「もっと、しっかり」

「はあ……」彼の腹の辺りで手を結ぶ。

細いウエストの腹筋に力が入ったと思った瞬間、頭が後ろへ引っ張られバイクは走り出していた。慌ててきつくしがみつく。

背中に頬をつけているから右側の風景しか見えない。道路脇の商店や家並みが、いままで味わったことがないスピードで後方へと流れている。

風のうなりとエンジン音で何も聞こえないけれど、バイクを操るたびにクラッチを切ったりつないだりする金属音が耳に伝わる。そして矢島の筋張った筋肉が連動するのが分かった。

前に前にぐいぐい引っ張られていく感覚が、心地よかった。身体を任せる、命を預けるというのはこんな状態のことを指すのだろう。

それが恐ろしくもないし、嫌だとも思わなかった。

「どこまでいくんですか」大声で尋ねた。

「八尾です」矢島が叫ぶ。

「八尾？」

「ええ」

「何でうちが？」

「きてもらえば分かります」と言うと矢島はさらにスピードを上げた。

強引さに文句を言おうと思ったのだけれど、甲高いエンジン音と風のうなりがきつく、大きな声を張り上げる気が失せた。

八尾マリア病院の看板が見えてきたときから、長谷麻奈美と会うことは分かった。それならそうと言えばいいのに、いきなりバイクに乗せるなんて強引な男だ。

病院内の喫茶ルームでコーヒーを飲んで待っていると、薄ピンクの看護服の上に紺色のカーディガンを着た小柄な女性がやってきた。

「あまり時間、とれないんですけれど」と言うと麻奈美は怜花に会釈して向かい側に座った。

どうせ矢島が、無理に約束を取り付けたにちがいない。

矢島が飲みものを勧めると、麻奈美はホットレモンティを頼んだ。セルフサービスの紅茶を矢島がテーブルに置き、「こちらが、三味線を弾いておられた守屋怜子《れいこ》、いまは生稲怜子さんの娘さんです」と怜花を紹介した。

こちらが、という言葉に、母のことは矢島と麻奈美の間ですでに話し合われていて、怜花についても情報が共有されているということだと分かった。

「守屋さんの。そうですか、あの、お母さんはいかがですか」落ち着かない感じで麻奈美が訊いてきた。

「元気です。うちなんかよりよっぽど」笑って見せた。

「そうですか」少し間があってから麻奈美は「それはよかった」と深くうなずいた。目が不自由になったことを心配しているようだった。

「母は強い人です。それに何と言っても三味線がありますから」

母から津軽の盲目の三味線弾きの話を聞いたと、怜花は言った。「真似のできないすばらしい演奏だったと母は言ってました」

「それは凄いですね。そんな風におっしゃるお母さんの三味線も、聴いてみたいです」

「布施駅から徒歩五分、漢数字の二に歩くと書いて『にふ』って読む居酒屋で、毎晩八時に演奏やってます。ナースの皆さんでぜひ飲みにきてください。お刺身の盛り合わせサービスさせてもらいますから」いつもより元気を出して宣伝した。

「分かりました、ぜひ」麻奈美がようやく微笑んだ。

矢島が、怜花を見遣ってから麻奈美の顔を見た。「長谷さん、あのときの守屋さんの様子を教えてほしいんです」

「様子と言われても。私は担当ではなかったので」麻奈美の細い眉の端が下がった。

「では治験のことを教えてください。あなたもシキミリンβの治験スタッフだったんですよね」

「いえ、私は違います」自分の膝の辺りを見たままで首を振った。「浩美さんの後輩だっただけです」

麻奈美の慌てた感じが気になった。

「あのね、長谷さん。すでに治験が終了し、厚労省の承認も受けて市販後調査の段階だった薬剤です。だから、あなたが治験スタッフの一員だったとしても誰も責めませんよ」

「でも、違うものは、違うんです」麻奈美は腕時計を気にする。

「じゃあ、あの薬とは無関係ということですか」

「私は治験にはタッチしてません」

「だけど医療現場で働く者にとっては、無関係だとは言い切れない。そうですね」

「それは……」麻奈美は怜花の方をちらっと見てうなずいた。

「そして副作用に関しても」

矢島は険のある言い方をしたように思えた。

「患者さんの容態は刻一刻と変化します。薬が合わないこともありますし、飲み合わせやタイミングも関係してきます。だから医師だけでなく、看護をするナースの仕事も重要だということです」

「守屋さんの場合、飲み合わせが悪かったと言うんですか」

「そうだとは言ってません。お嬢さんには悪いと思いますが、詳細はカルテでも見ないとお答えできません」麻奈美が視線を向けてきた。「お母さんのことを忘れてる訳ではないんです。いつも心の片隅に置いて、二度とあってはならないことだと肝に銘じてます。あのとき病院にいた者は皆、そう思っているはずです」と早口で言った。

「見てもらいたいものがあります」矢島が怜花に日記のコピーを見せるよう促した。

怜花はコピーを麻奈美の目の前に置いた。「一一歳の子供が書いたもんですから、下手くそな文章ですけど」

「これは」麻奈美が声をあげた。

「あのときの日記です」と答えた。

「それを見ながら思い出してほしいんです」矢島が言葉を添える。

黙読する麻奈美の目が、三枚の用紙を何度も行き来した。時間をかけて読み返しているのが分かる。

しばらくして矢島が尋ねた。「どうです、思い出しましたか」

「さっきも言いましたけど、忘れてはいません」

「言い直します。ここから見えてくるものを教えてください」

矢島の人差し指がコピー用紙に軽く触れた。

「……抗インフルエンザ薬以外でも、このようなことは起こります。どのお薬に反応したのかは、医師でない私たちには分かりません」

「どう見ても、副作用であることは間違いないんでしょう？」矢島が椅子の背にもたれ、足を組み替えた。

「ですから断言はできません。発疹《ほっしん》はお薬だけが原因でないこともありますから、その点に関してもなんとも」

ものを考えるとき中指で眉の辺りをそっと撫でるのが彼女の癖なのだろう、しきりにその動作を繰り返す。

「なごみ苑でお年寄り二人がインフルエンザによって死亡した事故、ご存じですね」

「もちろん。市からの通達もありましたから。ですがインフルエンザが原因であると確定してません」麻奈美はまた指を眉へやった。

「あそこも三品医師が担当のようですが、それについてご意見は？」

「偶然でしょう。あなたは、自分の考えた筋書きに無理矢理引きずり込もうとしてるように思います」

「しかし、駒野さんが治験コーディネーターに嫌気がさしたのは守屋さんのことが原因だと、思っているでしょう?」

「それは駒野さんが人一倍責任感が強かったから、自分を責めたんだと思ったんです」

「つまり守屋さんの目が不自由になったのは、自分が治験にかかわった薬が原因だったということですね」

「ナースは常に、これでいいのか、あれでよかったのだろうかと自問自答しながら看護に当たってるんです。はじめて治験コーディネーターとして携わった薬が使われて、原因は分からないままでも様々な症状が表れたら、それはそれで気にしますよ。もうこれくらいにしてください」麻奈美はコピーを突っ返してきた。「お嬢さん、お母さんのことは本当にお気の毒だったと思っています。ただ言えることは、高熱が続けば最悪の事態もあり得ます。インフルエンザウイルスにも、また肺炎にも有効なお薬の処方はベターな選択だったと思います」と言って立ち上がり、そのまま立ち去った。

「怒らせてしもたんとちゃいます?」後ろ姿を見ながら矢島に言った。

「そうですね。でも手応えはありました。そうだコピーもらっていいですね」

「そのつもりでもってきましたから、どうぞ」手にしていた日記のコピーを手渡した。

8

良治は容子を伴い、都内のホテルでアメリカの中堅OTC薬会社サイモン社のCEO、リック・ウェルチと秘書のヘレン・サリバンに会っていた。

広い会議室の中央にぽつんと置かれたテーブルに四人はついていた。それぞれの前にはコーヒーカップがあるだけだ。容子の前にはICレコーダーも分厚いノートもない。本来なら専門の通訳が必要なのだが、容子の語学能力なら充分対応できた。しかも彼女は医薬品開発経験もあるからこういう席には都合がよかった。

「妙な噂を聞きました。スミス社がヒイラギに興味を持っているというものです」口火を切ったのはヘレンの方だった。ヘレンはおそらく四〇代だろう、つややかなブロンドとブルーの目が印象的な白人女性だ。

「それは初耳です。まあ新薬メーカーはどこもアンメット・メディカル・ニーズへの対応が急務ですからね。スミス社と我が社の方向は似ていますから興味を持っているんでしょう。だからと言って御社との話を推進しない理由にはなりません」と言葉を選びながら言った。

容子も慎重に通訳しているようだ。良治もこの程度の会話に不自由はしない。ただ社長代行として即断を避けるための緩衝材にしたかった。

既存の医薬品では満足していない患者の医療ニーズのことをアンメット・メディカル・ニーズというが、だいたいはアルツハイマーやがんの治療薬を示すことが多い。そしてそれらはバイオ医薬品がほとんどだった。一方でバイオ医薬品分野の研究には多額の研究費を必要とするため、ジェネリック薬やＯＴＣ薬などを含めた多角化で生き残りの道を探らざるを得ない。

医療費削減を迫られる時代にはジェネリック薬もＯＴＣ薬もそれなりに有望ではあった。ヒイラギの生き方として巧みにニッチを狙う戦略しかないというのが現在の悟の方針だ。シキミリンβを米国で一般用医薬品にスイッチすることに異存はない。けれど、良治はあくまで新薬推進派だ。

「では当社との話、進めてもいいのですね」リックが良治に向かって言った。

「もちろんです」良治はうなずいてみせる。

「他社のことは言いたくないが」と前置きしてリックはヘレンに耳打ちした。

いつもリックはそんな話し方をする。彼も慎重派なのだ。サイモン社もかなり行き詰まっていた。

アメリカで解熱、咳止《せきど》め、鼻づまり薬といえば、一番ではないにせよ三本の指に入るほどサイモン社の知名度は高かったが、やはりジェネリック薬のせいで苦戦を強いられている。

ヒイラギとしてはサイモン社の生産能力と、アメリカ全土のドラッグストアへの販売ルートに期待を寄せていた。サイモン社へのM&Aのニュースは、季節性インフルエンザがワクチン接種ではなく、最寄りのドラッグストアで買った薬で予防できるというシキミリンβの話題性と共に、必ず株価に反映するはずだ。

リックが話し終わるとヘレンが話す。「スミス社のローレンス・マクドナルドはとても狡猾《こうかつ》です。ここ一〇年はゾロ新薬で生き延びてきました」ヘレンが言い終わると、リックが良治に微笑んだ。リックは血色がよく、夏目漱石《なつめそうせき》のような髭《ひげ》をたくわえていて、五〇代だと聞いているが、髭がなければ良治と同世代に見えるかもしれない。

ゾロ新薬は、既存の薬の化学構造式をほんの少しいじることで特許切れを引き延ばしている医薬品のことだ。姑息《こそく》な手段だが、ジェネリック薬に対抗する苦肉の策だった。

「そんな事実、摑んでるのかい？」と容子に訊く。

アメリカ企業のリサーチは容子に任せていた。

「がんのゾロ新薬が多いのは摑んでます」

自分と容子の様子を見て、リックが口を開いた。「いろいろパートナーはいるでしょうが、ベストと呼べるのはだいたい一人です。そうする方が円満だと思いませんか。すべての人に対して友人なのは、誰に対しても友人でないことだから」と髭を触りながら口の端で笑った。

「友人は第二の自己だともいいますからね」と良治は英語で言った。うろ覚えのアリストテレスの言葉だ。

「なるほど、その言葉を聞いて安堵《あんど》しました」リックは大きく目を見開いた。「スミス社より、弊社の方がＦＤＡとの関係は良好です」それが本会談の目的だったと言った。

「ＦＤＡと親密だと思っていいんですね」

「健康をテーマにした消費者教育に力を注いできました。その社会貢献によって優良企業と判断されていますよ」

「どこの国でも社会貢献は優良企業の必要条件ですね。その話でこちらも安心しました」

「シキミリンβの副作用ですが、これまでのデータでまちがいありませんね」

「医療用医薬品として一件も副作用の報告はありません。スイッチするシキミリンβは、インフルエンザが流行している期間に、一週間ほど服用することで発症の予防ができるように薬効をやや下げるつもりです。さらに副作用の可能性は低くなるはずです」笑って見せ、余裕の表情を作った。海渡の真似だ。

「ブラボー。これで全米から学級閉鎖や企業工場閉鎖での損失がなくなりますね」

「当然、幼児や高齢者の死亡リスクも回避できます」

「ベリーナイス。最も株価の上昇が見込める時期に、発表しましょう」

「それまでは絶対に」そこまで言って言葉を切った。リックが唇をチャックに見立てて閉めるジェスチャーをしたからだ。

ややあってリックが再び口を開いた。「ミスター川渕、シキミリンβの日本での展開は？」

「もちろん国内でも一般用医薬品へとスイッチしていきます。ただ、その前に御社での成功が不可欠ですが」と微笑んだ。

「オーケー、情報を共有していきましょう」

話し合いはそこまでで終わった。固い握手を交わしてリックらは玄関から、良治たちは厨房を通って勝手口からホテルの外へ出た。大臣や官僚たちがマスコミ対策でよく使う手だ。

「お疲れさま」容子に声をかけた。

「社長代行こそ、お疲れさまでした」彼女は、冷たいビル風に吹かれた髪の毛を押さえながら会釈した。後ろでまとめていた髪がほつれ、頰を撫でている。

「外は冷えるね。温かいものでもお腹に入れよう。それに、二人のときは研究員時代に戻らないか」

「そんなことできません」容子は白いコートの首元に深紅のマフラーを巻きながら歩く。

互いに白衣の下はジーンズ姿で、徹夜が続くときは研究室の机に突っ伏して眠った昔を思い出した。

「いいじゃないか。二人きりのときだけだ」

海渡には言ってないが、社長代行の話が浮上したとき容子の方から秘書を志願してきたのだ。冷静な彼女が、何が何でも自分を側に置いてほしい、と言い放った。

その顔つきは、熱意でもなくある種の決心のようなものを察知させた。いや、怖いとさえ感じたのだ。それが引っかかって好意を持っているにもかかわらず、容子をプライベートで誘う気になれなかった。しかし今日は、リックとの会談を終えて緊張が一気にほぐれたせいか軽口をたたけた。

「私、そんなに器用ではありませんから」

「充分、器用だよ」

滋賀の薬科大時代は演劇部で主役を張っていたと聞く。英語も堪能《たんのう》で治験コーディネーター《CRC》の公認試験にも合格していた。それに薬学の知識と新薬の元になる化合物の探索センスは群を抜いていた。とくに新薬候補《リード》化合物を見つけ出す力は高く、本来ならそのまま開発の現場に残るべき逸材なのだ。

「とんでもないです」

「そうだ、久しぶりにお好み焼きはどうかな？」

滋賀県出身の彼女が、関東出身者たち数人に声をかけ研究所近くのお好み焼き屋によく食べに行った。良治は馴染みがなかったが、何度か食べているうちに好物の一つになった。

「かまいませんが」

「打ち合わせってことで」

「承知しました。お供いたします」

「じゃあ決まりだ」良治は、容子の真面目な顔に笑いかけた。

冷えた身体に鉄板の暖はありがたかった。ミックス焼きを食べてお腹は満たされ、容子と二人きりの食事は気持ちも温かくしてくれたようだ。

「うまいだろう。ここのおやじさん、関西出身なんだそうだ」三杯目の生ビールを飲み干して言った。

容子は口元をナプキンで拭いながらうなずいた。

「何かと理由をつけては食べに出たね。実験が上手くいってもいかなくても、狭いラボから脱出したい気持ちになったもんだ」

容子は何も言わない。

やはり以前のように打ち解けられなかった。

「あの、代行はこのまま、サイモン社との提携話を進めるんですか」うつむき加減で目だけをこっちに向ける。

「えっ、ああ」アルコールで鈍感になった頭は、すぐには仕事の話を受け付けなかった。

「私は、シキミリンβをアメリカでダイレクトOTC薬、つまり一般用医薬品として売り出すことに疑問を感じてるんです」容子はリックが会談でスミス社を牽制《けんせい》したことも気がかりだと言った。「サイモン社の風邪薬の成分も元は医療用医薬品でした。二一年前にモーリス社を買収して自社ブランド化したんです」

「モーリス社の研究開発部の部長だって経営陣の中に入っているじゃないか」

「私の調査では、元モーリス社の人間で、サイモン社に残ったのは数名だそうです。その他は皆解雇されたんですよ。サイモン社には、敏腕の解雇専門のコンサルタントがついていると言います」

「解雇専門って、ちょっと待ってくれ。じゃあ君はヒイラギもモーリスと同じ道を歩むっていうのか」無理に笑って見せた。そして続けた。「日本の製薬会社の特徴を知ってるかい？　良い悪いは別にして自己資本利益率が低いんだ」代行になったときの会計士の請け売りだった。「つまり預金高が海外の企業より多いってことさ。買収資金はうちの方がある。主導権をあちらに握らせるようなことはないさ」

「私、実はシキミリンβを大衆化させる意味が分からないんです」

やはり彼女の疑問はそこにあった。

「ちゃんと話さないといけないとは思っていた。すまないと思う」

「代行が新薬開発、それもバイオ新薬に特化したいと思っているのは分かっています。社長や専務たちとちがう方向だということも。ですから余計に心配なんです」

「社内での対立がかい？」

「そうです。社内での方針の違いを巧みに利用して、サイモン社はモーリス社を吸収したんです」

「なるほど、対立を利用したか」

対立というよりも、西部らは良治を排除しようとしている。

「サイモン社との業務提携は、ヒイラギを分裂させます」

「分裂しなければいいんだろう」

「まだ不安はあります。シキミリンβの大衆薬化の成功にはサイモン社のマーケティング力が不可欠です。そこが上手くいかないと、株価は上昇しません」

「リックは自信を持っているようだった」

「代行はシキミリンβという列車を走らせるレールを、サイモン社にゆだねることになります」

「むろんそれが目的だ。一からレールを敷く手間も資金もないんだから。だが、良質の列車を持ってる」

「いくつかある列車の一つなんて、私、嫌なんです。シキミリンβの価値はそんな低いものじゃありません」

「列車の一つにはしない。シキミリンβは季節性、変異型問わずインフルエンザの予防薬として全米で認知されれば、世界中で使用される〝ブロックバスター薬〟になる可能性を秘めている。僕たちが産んだ子供が、さらに大きな存在に成長するんだ」開発に携わった者ならむしろ耳触りがいいはずの言葉を選んだ。

「シキミリンβの排他的独占権が切れるまで、まだ五年あります。その間に国内で医療用医薬品として成長させたいんです。その方がヒイラギにとってもいいと思うんです」

「私だってタミフルやリレンザを凌《しの》ぐと思っていたさ。しかし、やはり後発組は弱かった。予防までできる利点は、医者にとって痛《いた》し痒《かゆ》しだ。予防ならワクチンがあるし、罹患《りかん》すれば知名度のあるタミフルを使いたがる。ヒイラギの研究開発はシキミリンβで終わりじゃない。もっと視野を広げようじゃないか。シキミリンβは承認を受けた一二年前に我々の手を離れた。これからはバイオ医薬品の時代なんだ」

「低分子の研究など、必要ないとおっしゃるんですか」容子は強い口調になった。

「そうは言わない。しかし副作用に振り回される低分子に、魅力を感じなくなっているのも事実だ」

「シキミリンβでの副作用はない、と思っています」

「私もそう思う……だけど一度とはいえ、けちが付いてしまった」良治は容子の目を見た。

彼女は一〇年前の三品病院での副作用事故のあと、さらに改良を加えた。

「私は生みの親として、子供を信じています」容子は、毅然《きぜん》とした口調とは裏腹に優しい表情を浮かべた。

「それは、当時の研究員みんなも同じ気持ちだろう」

「そうでしょうか」

「ああ、そうだ」

「シキミリンβは終わった薬ではありません。大衆薬ではなく、あくまで医者が患者の命を救うための医療用医薬品として大事にしてほしいんです」

「いったんシキミリンβから離れないか？」

「代行は、どうしてシキミリンβをないがしろにするんですか」

「時代だ、時代が変わった」

「信じられない。あんなに心血を注いだのに。シキミリンβをヒイラギの主力にするべきです」

「そんなことは……代表である私が決めることだ」

「そうですね。代行、今日はお疲れ様でした。そしてごちそうさまでした」容子は丁寧にお辞儀をすると、コートを手にして店を出て行った。

風邪でもないのに背中に悪寒が走る。容子が出て行った店の入り口を見ながら、良治は背中のワイシャツの裾をズボンに入れ直し、携帯の電源を入れた。

槌田探偵調査所の槌田からのメールと留守電がいくつか入っている。良治は槌田に電話をかけた。「すまない、電源を切ってたもんで」

「いえ、とんでもありません。代行、これから会えませんか」嫌に明るい声だ。

「わかった。場所は？」

「代行が普段使われている『権太』にしましょう」

「知ってるのか」彼は良治のことも調べているということか。

「基本ですよ。何時にこられます？」

「じゃあ、これからすぐ向かう」

「分かりました。では後ほど」

悟からは優秀な調査員だと聞いていた。年齢は五〇代で、彼が三〇代のときに競合他社の動きを調査してもらって以来の付き合いだそうだ。

権太に着くと小柄な男が座っていた。良治を見て彼は素早く正座した。

「楠木社長には何かとお世話になっております。槌田です」と男は頭を下げた。

「こちらこそ世話になります」と掘り炬燵に足を放り込み、槌田へ会釈した。彼の顔は楕円形《だえん》で額が広く、そら豆を連想させた。

「槌田さん、足を崩してください」女将に乾杯用に瓶ビールを頼んだ。

互いにビールを注ぎ乾杯した後、槌田が口を開いた。「三品医師ですが、大阪総合大学医学部の第四内科教授選に出馬するようなんです」

「三品は、阪総大の出身だったのか」

「ええ、そうです。第四内科部長小田切《おだぎり》教授の後釜ですよ。小田切教授はご存じですね」

「ああ、知っている」

住宅メーカーとの贈収賄で取り調べを受けた免疫内科、化学物質過敏症の権威だ。

「たぶんタレコミでしょう。私は三品医師が絡んでいると踏んでいます」

「小田切先生の後釜に座るために？」

「おそらく」

「しかし三品はもっぱら老年内科を研究しているんじゃなかったかな」

「そこです。三品は、第四内科を老年医療に特化しようと、その手の論文を多数発表しています。また附属病院の選挙権のある医師たちへ、相当の実弾を使ってるという噂です」槌田は、噂に上っている医師の名前を挙げた。良治も知る免疫学や感染症の専門医、精神科医たちだった。

「そんな有名な医師たちにも実弾が有効なのかな」

「どうでしょうね。金銭だけが投票行動に影響するとは思えませんけれど」

「年寄りシャトルで、資金集めという訳か」良治はつぶやいた。老人のシャトルについて槌田は知らないだろう。槌田の実力を知りたかった。

「シャトルですか、代行うまい表現をされますね。三品医師の錬金術、ご存じでしたか」

「うん、まあ」槌田の調査能力は悟のいうように高いのかもしれない。

「信用できる医薬品卸販売担当者《MS》と医薬情報担当者《MR》からの情報では、投票権を持っている教授たちは、三品医師の知名度や発信力などに期待感を持っているようです。それに製薬会社への押しというか、アプローチも凄いんですよ。高齢者施設を利用したアルツハイマーの治験に始まって、老年医療関係の薬を開発する製薬会社のご意見番的な役割を担いつつあります」

ごく当たり前の睡眠薬を服用して認知症と同じ症状を引き起こしたり、用量を守った糖尿病の薬で低血糖による昏睡《こんすい》に陥った例など、高齢者への投薬についてはいろいろと分からないことが多い。実のところ薬学は、高齢化社会にまだ適応できていないということだ。

「で、当選する確率は？」

「いろいろな人物から話を聞いたんですが、大方から当確ではないかという証言を得ています」

「参ったな。三品がさらに権力を持つってことか。しかし、彼だって叩けば埃が出るんじゃないのかな」悔し紛れに言った。

「それがですね……」槌田の声が沈む。

「どうした、年寄りを食い物にして、なおかつうちを脅してるような人間なんだよ。裏ではいろいろやってるんじゃないのか」

「話を聞いた関係者は、三品を野心家であることは認めるんですが、悪く言わないいんですよ」

「圧力をかけてるんだな」良治は槌田にビールを注いでやった。

「圧力ですか」否定的な言い方だった。

「違うのか」

「押さえつけているという感じが伝わってこないんです。ただ教授になれば権力を笠《かさ》に着るかもしれませんが」と槌田が答えた。

「圧力じゃないとすれば利害の一致だろう。三品は相変わらず各社の治験に積極的なのか」

「ですね。さっき申しました高齢者向けの薬剤を治験するゾロ新薬メーカーに加えて、最近はメディカルテーラー社のＭＲが頻繁に三品病院へ足を運んでます」

「メディカルテーラーか」

「新薬メーカーですよね」

「うん、元々はドイツのヒトゲノム解析のベンチャー企業で、薬剤の適合をＤＮＡレベルで判断する技術を確立しつつある」

「ホームページでは、その技術を使って近年は、一人一人に合致する薬剤と量を割り出し患者への負担を軽減しようとしているみたいなんです。副作用のない新薬の開発を盛んにホームページなどでは謳《うた》ってますね」

「次世代シークエンサーだ」

「短時間で遺伝子配列を読み取って、患者それぞれにどの化合物が有効なのかを見つけるんですね」

「うん。あそこが狙っているのはアルツハイマーの新薬だから、三品の考えている方向と合致するよ。もし有効な新薬ができればと、企業が群がっているんだ。いや、もしかすると間葉系幹細胞の培養で、脳神経を再生するところまでやろうとしてるかもしれない」

　これまで不可能とされていた脳神経細胞の再生に光が差してきている。骨髄から採取した間葉系幹細胞を一万倍に培養して再び点滴で体内に戻し、脳梗塞の後遺症を劇的に減少させた例も報告された。画像診断では死滅した脳細胞のほとんどが再生されていたという。三品はこれをアルツハイマーの患者に利用しようと目を付けた。そしてメディカルテーラー社と手を組む。なぜならメディカルテーラー社は細胞培養技術に長《た》けているからだ。

「三品の関係する高齢者施設の患者数は一〇〇〇名は越えます。どんな治験ニーズにも応えられる、まさに人体実験場みたいなものになりつつありますからね」

「明らかにやり過ぎだ」

「そこに隙があるかもしれませんね。今後は、その辺を中心に調べるつもりです」

「うん、よろしく頼む。三品の強引さが綻びを生む可能性もあるだろう」

「出入りするMRあたりにしつこく当たれば、そのうちいい証言が出てくるかもしれません」と槌田は言ってから、一〇〇万円の調査費を求めてきた。

「分かった」振り込み先をメモした。

「それからもう一つ、気になることがあります」

「何だ」

「なにわ新報社の記者矢島公一です」

「ああ、いろいろ嗅ぎ回っているやつか」

「それもご存じでしたか。代行もなかなかやりますね。彼は入社以来医療関連の記事を書いてます。その矢島が、三味線弾きの娘と共に三品の周辺をうろついてるんですが、一〇年前に三味線弾きの看護に当たったナースに接触してます。その際、矢島はいなくなったスタッフを捜していると言ったそうです」ここで初めて槌田は手帳を開く。「その女性の名は駒野浩美」

「駒野……」

「ご存じですか」

「シキミリンβの治験コーディネーターだ。治験手順書、実施計画書の管理が行き届いていたし、症例報告書もよくできていた。優秀な女性だったと記憶している」

「よく覚えておられますね」槌田が感心した顔をした。

「治験依頼者は私自身だったんだ」

「そうでしたか」

「うん。それにしても駒野さんがいなくなったって、どういうことなんだろうか」

「姿が見えなくなって二ヵ月だそうです。その時期が気になるんですよ」なごみ苑の件で、矢島が三品に取材攻勢をかけた頃と時期が重なると、槌田が言った。

「矢島が三品に近づいたのが原因なのか」

「分かりません。その駒野さんはシキミリンβと三味線弾きの関係を知っているんですね」

「当然知っている。彼女から副作用の報告を受けた。何せ厚労省の認可を受けたばかりの薬だからね。治験病院で働くコーディネーターで経過報告書だって彼女が作成してる」

「じゃあヒイラギにとっては危険な人物でもあるんですね」槌田が新しいおしぼりで顔の汗を拭う。

「いや、あのときは抗インフルエンザウイルス薬と皮膚粘膜眼症候群の関連性については不明だと三品に言わせるために実弾を使った。これは内密に……」

「ご心配なく守秘義務があります」

「だから、いくら傍証を固めたとしても、駒野さん単独では何もできないだろう」

「そうですか。しかし矢島はゴロツキみたいな記者ですから、駒野さんを利用するかもしれません」槌田が手帳に視線を落とす。メモを確認しているようだ。

「そうか。彼女も火種か。駒野さんが姿を消したのはまちがいないんだね」

「携帯電話にも自宅マンションの電話にも出ないし、部屋に帰ってきた様子もありません。実家は愛媛県の松山市立花《たちばな》という町だそうで、そこから母親が心配して三品病院を訪ねています。大阪府警に捜索願も提出したようですから」

「いなくなったのは確かか。三品への取材が引き金になったとすれば、あの強欲医師が絡んでいる可能性もあるな」

「矢島は以前から高齢者施設のランキングなんかの記事を担当しています。その前は医薬品関係の副作用を調べていたんだそうですよ」

高齢者施設での死亡と一〇年前の患者の失明とをつなげている唯一の人物ではないか、と槌田は言って、「矢島が何かを要求してくる可能性もある」とビールを口にする。

「またシキミリンβで金を……」

「まさか駒野さんが、シキミリンβに関して代行が知らないデータでも持っているってことはないですか。ヒイラギをさらに脅すのに使えるネタを」槌田は声をひそめた。

「仮にそれを握っていたとしても、姿を隠す理由が分からん」首を振るしかない。

「矢島に知られては、ネタとして使いものにならないもの、新聞で発表されては元も子もない類いの情報なのかもしれません」

「三品のために矢島から逃げてるってことか」口には出したが、半信半疑だ。

「そうだとすれば、匿《かくま》っているのは三品医師ということになります」唸《うな》るような声を槌田が漏らした。

「どこまでしたたかなんだ」

「したたか、と言えば、実は気になることがありまして。まあ、それに関してはもう少し分かってから報告しますので、お待ちください」槌田が遠くに目を遣った。

9

怜花は暖簾を出してすぐ店の中へ戻り、戸に指一本ほどの隙間をつくった。そこから目だけで店の前の様子を探る。

息を潜めていたが、あの男は現れなかった。

小さく吐息をつく。もしあれが守屋ならどうするか考えたが、結論は出なかった。玄に豪語したように叩きのめす自信はない。だからといって許せる訳でもない。泣き喚《わめ》くのも自分らしくないし、無視するほど強くもない。

守屋がいなくなったと知ったとき、憎くて、顔も見たくない人間なのに、気持ちが晴れなかった。

一〇年前、母が退院した日、二階の部屋に布団を敷いた。

目以外はすっかり元通りになった母だったが、リハビリで疲れているのが分かったので横になってもらおうとした。けれど母は、仕込みをする誠一の側にいたいと言った。

「じゃあ、お布団なおしてくる」と言って二階へ上がると布団に突っ伏して泣いた。嫌な人間に捨てられた惨めさが急に襲ってきた。母が、拾ってくれた主人に懸命にしっぽを振る子犬のように思えて悲しかった。

父に捨てられた娘が、どれほど惨めなものか。たぶん誰にも分かってもらえない。できるだけ嫌な守屋を思い浮かべた。酒に酔い、母をなじり手を上げる。きつい香水の女性を宿に連れ込み、歯茎をむき出しにして大声で笑う締まりのない顔。あんな男いなくなってよかったんだ。そう思う後からすぐ、ならそんな価値のない男に捨てられた自分は何なんだと思う。

誠一が父として優しく包んでくれても、いくら玄が恋人として愛してくれても守屋のつけた傷が消えることはない。

こんな気持ち、母にも言えない。母の傷の深さも分かっているつもりだ。母が三品病院での出来事を思い出したくないのは、守屋に捨てられた夜のことに触れたくないからだ。母は、あんな守屋を愛していた。

守屋と一緒に演奏していた曲を母が封印したことで、怜花はそう感じた。巡業中、守屋に殴られたすぐ後でも二人の演奏の息はぴったりと合っていた。

演奏は楽器で会話をするようなものだ、と母が言ったことがある。二人はずっと、言葉ではなく音楽で会話を重ねてきた。そこに怜花も入れない濃密な関係があったのだ。

一人では成り立たない物語。

なら守屋はどうなのだ。それほどに語り合った母に愛情はなかったのだろうか。失明する恐れがあると三品に言われ、さっさと見切りをつけるほど母の存在は軽かったのか。

守屋が戻ってきたとしても、どうせお金を無心するためにちがいない。そう思う一方で、母や自分を忘れてはいなかったと思いたい気持ちもある。

そんな気持ちがどこかに残っていると思うと、自分の馬鹿さ加減に嫌気が差す。

「怜花、何してるの」

母が後ろにいた。

「戸の汚れがとれへんの」隙間から顔を離して静かに戸を閉めた。

「汚れは手ではなく、雑巾でとるものよ」

「そうやな」と言いながらジーパンのポケットからハンカチを取り出して、ガラスを拭く音を立てた。

「お母さんには怜花がシャツの一番上のボタンを留めているのか、外しているのか衣《きぬ》擦《ず》れの音で分かるのよ。それとも何、あんたはジーパンのポケットに雑巾を入れてるの？」

「……実は、店の前を通る玄ちゃんを待ってたんや」ダメ元で言い繕った。

「この間から、おかしいね。ちょっとあなたの部屋に行きましょ」

やっぱりダメだった。

「いまはお店の準備が忙しいから、後にせえへん？」

「いいから、来なさい」母が階段の方へ歩いて行った。

「掃除もあるし」と言ったが、母の足音は階段を上がっていった。

怜花は矢島と会った日のことをどう誤魔化すかを考えながら、母の後を追いかけた。

「さあ、そこにお座り」母は部屋の中央に正座して、自分の前の畳を指さす。

「かなわんな、うちかて恋人とデートぐらいするし」母の前にあぐらをかいた。「玄ちゃんもこらえ性がないんや。お母ちゃんに似てべっぴん過ぎるのも罪やな」

「ちゃんとお座り」

母には当然、お世辞など通じない。

「おお怖っ」渋々正座する。

「玄ちゃんはタバコ吸わないわね」

「彼にタバコは似合わないな。どっちかといえばチュッパチャプスって感じかな」笑い声で答えた。

「そう。じゃあ怜花、あなたタバコ吸うの」

「ちょっと待って、お母ちゃん。ええっとうちは……」吸わないと言いかけ、矢島がタバコを吸っていたのかを思い出そうとした。気づかなかったけれど、新聞記者ならヘビースモーカーなのかもしれない。「ちょっとした好奇心から、一本だけ。ごめんなさい」頭を下げた。

「そう、メンソール系はすぐに分かるのよ」

矢島がメンソール？　彼の雰囲気と合わないけれど、好みなら仕方ない。

「ちょっといい女を気取ろう思って。けど、もうこれからはそんな真似しないから」

「怜花、タバコの匂いなんてしてないのよ。みんな私の作り話です」

「えっ？」目を瞑ったままの母を見た。

「こそこそと何をしてるの？　それに心ここにあらずって感じだし」母は足音で怜花の気分が分かると言い切った。「歩くという行為ほど、そのときの気分がにじみ出るものはないのよ」

「そうなの？」

張りのある声を出したり、客への冗談も普段通りを心がけて、母にだけは分からないようにしてきたつもりだった。

「怜花がことさら道化師のように振る舞うときは、何か悩んでるときよね」

「道化師って、そんな」

「お母ちゃん、一度あなたに、ちゃんと謝ろうと思ってました」

「何？　お母ちゃん。変なこと言わんといてよ。いったい何を謝るの？」お尻を浮かせて膝で立った。

「これまで苦労をかけました、本当にごめんなさい」母が手をついた。

「そんなことやめて、やめてお母ちゃん。何でそんなこと言うの。うちが玄ちゃん以外の男の人とお茶したり、バイクに乗せてもろたからか。あっ」言わなくてもいいことを口走ってしまった。

「そんなことしてたのね」

「あの、ちょっと成り行きで」

「それは知らなかったけど。でも私の目に関係することなら、前も言ったように二度としないでちょうだい」

「何でなん？　もしお母ちゃんの目が三品先生のミスだったり、薬のせいだったらお母ちゃん一人の問題じゃないでしょ。同じような目に遭う人が出てくるかもしれないんや。その人たちのためにも真相を明らかにするのは悪いことやないと思う」正座をし直した。

説得するチャンスだ。怜花は続けた。「それに、ミスを犯しておきながら、あの病院はどんどん大きくなってるし、三品先生は有名人や。お母ちゃんが苦労してるというのに、それがうちは腹立つんや」

「苦労は、お母ちゃんよりもお父さんとあなたの方がしていると思う。謝りたいのはそのことなの。あなたは私の世話をしながら、お父さんに気を遣ってきた。お父さんの顔色窺いながら暮らしてきたの、よく分かってるから」

「そんなこと……ないよ」唇が震えた。

「いつも道化師をやってくれたから、家族になれた気がしてる」母の声も震えていた。「苦労をかけて、この通り」さらに深く頭を下げた。

「やめてっ。そんなこと言われて、どう返事したらいいの。うちが好きでピエロを演じてたんだから気にしないでって言えば、いいの？」

「そんなこと……」

「それに、そんな簡単なことじゃない。自分でもよく分からないけど、もっといろいろな気持ちが混ざってて。確かにお母ちゃんが言うみたいに、子供の頃はいつ暴れるか分からん守屋に神経を使ってた。ここで暮らし始めてからはお母ちゃんが嫌われんように、お父ちゃんのご機嫌を窺ってきたような気もする。でもお母ちゃんに謝られても、いまさらどうにもならないし」

「…………」

「ごめん。こんなこと言うつもりなかったのに」ぼろぼろっと涙がジーパンに落ちた。

「卑怯《ひきよう》だと思わないでね」と言って母は立ち上がり部屋の入り口の柱につかまる。「守屋もメジャーデビューができてたら、あんな風にはならなかったと思う。あの人の音楽への思いだけは本物だった。お母さんの三味線を分かってくれた最初の人なの。そして私に音楽の素晴らしさを教えてくれた。二人とも青春のすべてを音楽に費やした気がしてる。でも辛くなかった。いえ楽しかったし、どう言ったらいいのか自信に溢《あふ》れてたわ。将来は音楽をやって暮らすことは当たり前で、もちろんメジャーデビューもね。もう馬鹿みたいに音楽に打ち込んで……それだけに叶《かな》わぬ夢だと知ったら。本当に弱い人だから……。いまこうして目が見えなくなっても、音楽に楽しみを見いだせるのは、あのころ懸命に弾いたお陰です」それだけ言って、母は部屋を出て行った。

階段を下りるとき、手を差し伸べようかと思ったけれど体が動かなかった。

意味が分からない。いまさら、守屋が母の才能の理解者だとか、音楽に打ち込んだ青春時代を語られても、どうしようもない。感動しろとでも言いたいのだろうか。

時計を見た。仕込みを急ぐ時間だ。

ハンガーに掛けてある作務衣を着て前掛けをする。怜花は涙を拭いて顔を両手で叩き、満面の笑みを作った。

道化師か。心でそうつぶやくと階下の厨房に向かった。


次の日、買い出しに出るといった怜花に、母は何も言わなかった。母のことだから、矢島から電話を受けたのを知っている。それからの落ち着きのなさも感じ取っているはずだ。

その代わりに珍しく父が出がけに声をかけてきた。「車に気を付けるんだ」それだけだった。

父には敬礼をして応え、家を出た。布施駅まで小走りで行き、後ろを振り返る。玄や謎のホームレスがいないか確かめた。

怜花が鶴橋駅に着くと矢島が迎えにきていた。

「うち、あやめさんの顔なんて覚えてません」ヘルメットを受け取り、つっけんどんに言った。

「何かあったようですね」怜花の顔をじっと見つめ矢島が言った。

「別に。けど、やっぱりもうこんなことは」

「こんなことって?」

「こそこそと一〇年前のことを調べることです。矢島さんには協力できません」

「でも、きてくれた」矢島は自分の紺色のヘルメットを片手で弄ぶ。

「あやめさんには会うてみたいと思たからです。ちゃんとお礼も言えてないし、お母ちゃんが元気にしてることも伝えておきたいから」自分に言い聞かせた口実だ。

「分かりました。その件は後ほど」と言うとすぐにバイクを走らせた。

走行中は何も話さなかった。

バイクは駐車場とは思えないでこぼこ道で止まった。そこからなごみ苑の白い建物が見えたけれど、あまりに寂しい場所だ。

「この先に、冷凍トラックとか清掃車が出入りする搬入口があるんです」

「ちょっと待ってください。あやめさんにアポをとったんじゃなかったんですか」

「連絡はしたんですけど、事務長の許しが出ないんです」いままでも堅かったガードが、高齢者死亡事故でさらに堅固になったのだという。「前に取材をさせてもらったのが原因で嫌われたようです」

「と言うことは許可なし、アポなし？」声が裏返った。

「ええ、そうです」

「そんなことに、うちまで巻き込まんといてくださいよ」頬を膨らませた。

「こういう施設は、内部に入ってしまうと案外見つからないもんなんです」

「見つかるとか見つからないとかの問題じゃなくて、うちにはそこまでする理由がないって言うてるんです。こんな泥棒みたいなことしないで、面と向かってお礼と報告をしたいんです。矢島さん、この気持ち分かりますか」言い聞かせるように気持ちを伝えた。

「ここを越えれば面と向かえますから、大丈夫」

「いえ大丈夫じゃなくて」どうも真意が伝わっていないようだ。

「さあ、もうすぐ給食センターから冷凍食品が届きますので、その隙を狙って入ります」矢島の視線は、怜花の顔から自分の腕時計に移った。

その顔つきには、いま何を言っても無駄だと書いてあるようだった。

どうせこれが最後だ、あやめさんに会えば、矢島とも会うことはない。

数分ほどで、矢島が言うように冷凍トラックが鉄製の門の前に停車した。

「行きましょう」矢島の合図で、怜花もトラックに向かって駆け寄る。トラックの横っ腹に身を隠し徐行する速度に合わせてゆっくりと歩く。助手席から従業員が降りてきて通用門の職員と話している。なごみ苑から二人の従業員が出てきて門を開いた。

再びトラックが動き出した。今度はさっきよりも速度が遅い。

トラックの運転手と目が合った。愛想笑いを浮かべたが、どうすればいいのか分からず立ち往生するしかなかった。

「オーライ、オーライ」と大きな声を出したのは矢島だ。手招きをして後ろへ下がりながら矢島が言った。「一緒に声を出して」

「オーライ」怜花は運転手にもう一度笑顔を見せた。

運転手がそれに応え、怜花に手を振る。

「お疲れさまです」怜花は、家で父にしたように敬礼した。

その様子を見ていた矢島が「中に入りますよ」と言った。

二人は上手く苑内に侵入できた。そのまま早足でしばらく歩き、中庭の木陰に身を隠す。

「ああおそろし。見つかったんと違いますか」止めていた息を吐いて、言った。

「いえ気づいてないようです。私だけなら無理だったでしょうね。こういうとき二人だと助かるんですよ」運転手は怜花を施設の職員だと思い、門番は冷凍会社のスタッフだと思ったにちがいないと矢島は微笑んだ。

「ただ防犯カメラに映ってますから、早いとこ彩芽さんのいるところへ行かないと」

「ええ？　捕まるってことですか」

「警備員が飛んでくるでしょう。だから素早く行動します」矢島が中庭を突っ切り、もう一つの建物へ走った。

「ちょっと待ってください」反論できず矢島について走った。どこまで強引な男なんだ。

別棟に着くと中に入り、学校の職員室を思わせる部屋の前で立ち止まった。窓越しに白衣の女性が数名デスクワークをしているのが見えた。

「あそこです、香河彩芽さんは。ここの介護と看護の責任者なんですよ」

矢島の示す方向に、姿勢のいい女性が書類に目を通していた。

「うちの知ってるあやめさんです。あのときとそんなに印象は変わってないです」

「よかった。万一別人だったらと心配したんです。じゃあ会いに行きましょう」矢島はノックもせずに部屋に入った。「香河さん、先日はどうも。矢島です。この女性を覚えてますか」と彩芽に声をかけた。

「はあ？」彩芽は書類から顔を上げて矢島を見る。彼女はその視線を怜花に向けた。

会釈したけれど彩芽は思い出せないようだ。

「生稲です、いえ、守屋怜子の娘です」自分から守屋姓を使うのは変な気分だ。

「守屋さんって、あの……」彩芽は目を見開いた。

彼女は怜花の顔を凝視し、思い出そうとしているのが分かった。いや覚えているようだが、確かめている感じだ。

「その節は母がお世話になりました」

「そ、そうなの、あなたが……。そういえば面影がある」瞳が小刻みに動く。

「あのときは小学生でしたから、きちんとお礼が言えませんでした」

「お礼やなんて、そんな、とんでもないです。こちらこそ……」彩芽は席を立って、怜花に近寄ってきた。

「どうぞ」応接セットを手で指した。

「突然、すみません。驚かせて」怜花がソファーに腰かけると隣に矢島も座る。

そのとき勢いよく巨体の男性が部屋に飛び込んできた。「どういうつもりなんや、矢島はん。こないなことするんやったら、こっちにも考えがおまっせ」と大声で怒鳴った。

机に向かっている職員たちが、一斉に顔を上げこっちの方を見る。

「さあ出ていってんか」男は矢島の背広の襟を掴んだ。

「乱暴はあきません、事務長。ここは私に」彩芽が男に言った。

「そんなこというてもね、香河さん、取材はみんな断ってますんや。公平を期してもらわな、かないまへんで」矢島を摑んで離さない。

「佐野さん、勝手に侵入したことは謝ります。ですが、今日は取材じゃないんです。こちらのお嬢さんが、香河さんに世話になったことがあってお礼が言いたいと……それで私が連れてきただけです」細い首をできるだけ伸ばして佐野に訴えた。

　ますますカマキリに似ている。

「あかん、そんなデタラメが、このわしに通用すると思てるんか」佐野は矢島をつり上げた。

「苦しい、殺す気ですか佐野さん」空気を吸おうと、矢島は中腰になった。

「事務長、この人の言うことはほんまです。このお嬢さんは、以前私が看護させてもろてた方の娘さんなんです」甲高く大きな声で彩芽が言った。

「ほな、例の事故とは？」

「関係ないです。そうですね」と彩芽は言いながら、矢島の襟元に細い指をねじ込んで、隙間を空けた。

「ないです、ないです。関係ないです」少し息が楽になったのか、矢島が答えた。

「ほな、このお嬢さんだけ残して、あんさんには出て行ってもらいまひょか」佐野は矢島の襟を離した。

「いや、それは」

難色を示す矢島を佐野が睨んだ。「あきまへん」

「分かりました。では生稲さん、私は外で待ってますんで」矢島は佐野に連れられ部屋を出ていった。

矢島たちの姿がドアの向こうに消えるのを待っていたように彩芽は尋ねた。「あのお嬢さん。その後、お母さんのお加減はいかがですか」

「その節はお世話になりました。とても元気にしています」

「そう。それはよかった」

「うちのことすぐ分かってもらったようですね」

「あの頃も小学生には見えへんくらい大人びたべっぴんさんやったけど、いまはもっときれいにならはった」彩芽は目を細め、怜花の顔を見た。

「いや、そんなん照れます」顔が熱くなった。

店にくる酔っ払い客の調子のいい言葉と違い、対処に困った。

「……お母さんの事故は、私たち病院スタッフにとってもほんまに辛い出来事やった」彩芽の顔はみるみる暗くなる。「私自身、本当に申し訳なく思ってます」とうつむいた。

「あの当時のことを矢島さんは調べてるんです。それでうちのところにきたんです」

「当時のことを……それは、どうして？」彩芽は顔を上げた。

「発端はここで亡くなったお年寄りのことなんやそうです。亡くなった原因がお薬の副作用じゃないかって」

「やっぱり、それなのね。困るわ、そんなデタラメを吹聴されては」露骨に嫌な顔を見せた。「この前も言ったのに」

「うちの母の目の事故の原因も、そのお薬の副作用だったのではないか、とあの人は思ってるんです」

「……それは」表情がさらに曇った。

「うち自身、記憶から消し去りたくて、できるだけ思い出さないでおこうと思っていたんです。だから矢島さんが、いろいろ調べてることを知ったときも、いまさら昔のことなんかほじくり返してもしょうがないから放っておいてと言いました。ただ、もし母の目が一〇年前に使われた薬の副作用だったら、このまま放っておいてもいいのかと思ったんです」

「そうなの、そう思うあなたのお気持ちは分かります。私たち以上に、お母さんもあなたも、辛かったでしょうからね。お詫《わ》びのしようもない……。でも信じてください、みんな全力でお母さんの治療、看護に当たったのよ」

「うちも分かってます。知りたいのは、あのとき飲んだお薬に問題がなかったのかということです」

「お母さんの身体はかなり弱ってました。相当我慢をされてたんだと思います。だからインフルエンザに加えて、肺炎になりかけてました。体力などを考えると、とにかくウイルスの増殖を抑えないと危険な状態だったことを覚えています。シキミリンβというお薬は、抗インフルエンザウイルス薬だけど、肺炎にも有効なんです」

「命を救ってもらったと、母は感謝しています。けど、その後のかゆみはその薬の副作用と違うんですか」

「医師ではないので、私にはこれ以上申し上げられません。ただ、こんな言い方したら腹が立つかもしれへんけど、薬はみんな毒だといってもいいの。毒で、より悪い毒をやっつけるんだから、戦場となる身体の中ではいろんな反応が起こる。それが、どこにどんな形で表れるのか、誰にも分からない。いくら動物実験をやっても、治験をやっても完全に把握はできないんです。それはドクターも、薬を創り出す人たちも一緒だと思うんです」

「つまり、副作用の可能性もあるということですね」

「これ以上はごめんなさい」彩芽が頭を下げた。

「分かりました。もう一つ教えてください。矢島さんは、あのとき母がお世話になった駒野さんの行方を捜してるんだそうです」

矢島が駒野と知り合いで、連絡を取りたがっていることを話した。

「駒さん……」彩芽は息を呑んだ。

「そうです。うちも母のことでお礼を言いたいので」

「そう、連絡取れないの」

「ここ、三品先生が顧問ですよね。駒野さんが三品病院からどこへ行ったか分からないですか」

「でも違う職場だからね。駒さんと連絡が取れなくなったことも知らなかったわ。こちらでも調べてみるけど。矢島さんが駒さんと知り合い……」

「駒野さんならシキミリンβの治験コーディネーターをしてたから、そのお薬のこともよく知ってるだろうって」

「治験コーディネーターを知ってるの？」彩芽の表情が強《こわ》ばった。

「矢島さんに教えてもらったんです」

「本気で副作用だと考えてるのね、彼は」吐き出すように言った。

「あの駒野さんともう一人、さくやまという看護師さんがいはりましたよね」さくやまは、母の病室によくきて怜花を励ましてくれた看護師だ。

「ああ、サクちゃん、佐久山さんね。ええチームを組んでたわ。サクちゃんにも話を？」

「やっぱり当時のお礼を言いたいんです。佐久山さんは、いまも三品病院ですか」

「ううん、実家がある京都の病院」

「何という病院です？」

「ええっと、確か『松ヶ崎フォレストハウス』よ」

「佐久山さんの名前は何とおっしゃるんですか」

「香水の香と書いてカオリ」と言って彩芽は背後の職員の方を見た。そして怜花に顔を向けると言った。「もういいかしら。こう見えても忙しいの。あのときの看護師たちは本当にみんな患者思いのいいナースたちやったことだけは分かってほしい」

「分かっています。今日はすみませんでした」礼を言って席を立った。

松ヶ崎フォレストハウスが病院ではないことはすぐ分かる。たぶんここと同じような施設だろうと怜花は確信した。

若い女性職員に表まで送られ、周りを探したけれど矢島の姿はない。

こんなところでおいてけぼりにされても困る。

連絡を取ろうと携帯電話を取り出すと、玄からのメールが複数入っていた。開いてみると、今どこにいるのか、いつも怜花が買い出しにいく市場にいるから連絡ほしい、とかいう内容ばかりだった。どれも何の用なのかが書かれていない。

ただ怜花の居場所が知りたいだけのようだった。そんな玄に、いまなごみ苑の前だと返信すれば、大げさに驚くだろう。驚かせないような言い訳など思い浮かばないし、考えるのも億劫《おっくう》だった。

矢島のバイクの後ろに乗ったことを隠すのも面倒くさい。

玄とこれ以上気持ちが離れると、二人の関係は終わる。そう思うと寂しかった。

やはり、もう探偵ごっこはやめないといけない。

怜花は、携帯の画面に矢島の番号を呼び出した。

10

昨日、怜花が彩芽から聞き出した佐久山香の勤め先、松ヶ崎フォレストハウスは、京都の市街地からバイクで三〇分弱ほど走った場所にあった。

電話で香のことを確認すると二年前に辞めたという返事だった。尋ねても実家の住所は教えないことは分かっていた。そこで一計を案じ直接職場を訪ねることにしたのだ。

鴨川《かもがわ》の上流が出町柳《でまちやなぎ》で賀茂川《かもがわ》と高野川《たかのがわ》に分かれ、東側に流れる高野川沿いの道を北上して民家がまばらになった頃、突如現れた。

裏手が山のせいもあるが、風が冷たかった。

昨日と同じ時間に携帯電話で京都に行こうと誘ったが、怜花は「もうやめます」と言った。浩美もそうだったが、怜花もあくまでニュースソースの一人だ。それにしても彼女が日記をつけていたことは思わぬ収穫だ。それを読めば、明らかに薬害のスティーブンス・ジョンソン症候群で怜花の母親は目をやられたと分かる。副作用事故に出くわした看護師たちの動揺が見て取れた。当時、隣で眠っていた浩美が「二〇万人に一人なのに」とうなされたのを思い出した。あのときは浩美の手前、三品への追及はしなかったが、いまならたっぷりと絞りとれる。

そう思うと自然に笑みがこぼれた。

なにわ新報社で医療関係の記事を書くのにも飽きてきていた。医薬の世界も、他の業界同様利益至上主義でそこら中にきな臭い話は転がっている。関わり始めた頃は正義のペンを大いに振るってやる、という意気込みにあふれていた。

しかし、どこかをつつけば政財界の誰かを刺激すると言われ、取材記事はゴミ箱に消えた。会社をつぶす気か、と怒鳴られ、徐々にクビになることを恐れるようになった。

それならば、と正義を捨てることにした。そもそも自分の気持ちの中にそんなものが存在していたのかさえ疑問に思うほど、あっさりと。

利益至上主義というのは、考えようによっては宝の山だった。当事者の間では、利益を失うことが、何よりも悪だという共通認識ができあがっている。つまりそれを脅かされることを極端に嫌う者が集まっていた。

脅かすネタさえあれば、面白いように金になった。

はじめはジャーナリストの端くれとして、記事を書かずに金銭を得ることに罪悪感があった。けれど、何度もそんなことをしているうちに、むしろこちらの方が正義の鉄槌《てっつい》を下しているような気持ちにさえなってくる。

ところがこの数年、いいネタに突き当たらなかった。そんなとき、なごみ苑の医療事故が起こったのだ。

三品には医療過誤で、ヒイラギ薬品工業にはシキミリンβの副作用隠蔽工作の実態をネタに両方から金銭を得るチャンスがやってきた。

こんな大物を逃がす訳にはいかないと、久々に熱いものがたぎった。

矢島は広い駐車場を突っ切って玄関口でバイクを止めた。勢いよくヘルメットをとってミラーにかけ髪を整え、ジャンパーを脱ぎスーツを直す。

ここも明るいロビーに暖色系の内装だ。受付で名刺を渡し、電話で佐久山香のことを問い合わせた者であることを告げた。

「どうしてもお会いしたいんですが」

「と言われましても」グレーのジャケットを着た女性が困った顔で言った。

「そうですか……。どちらにお勤めかも？」粘ってみる。

「こちらでは分かりかねます」

「佐久山さんの実家は京都でしたよね」

「はあ」曖昧な返事だった。

「彼女が大阪の三品病院からこちらに移られたときに取材したんですよ。そのとき京都だって言ってました」信用させるために知っていることを並べた。そして住所を探るためにあらかじめ考えていた方法を実行に移す。「こちらで住所は、と尋ねても教えてもらえる訳ないか。……じゃあ、これをこちらから送っていただけませんか」

「これは？」

「当社の記念品です。私がなにわ新報社の人間だってことは電話で確かめてもらっていいです。名刺の電話番号じゃ信用できないのなら、ネットか番号案内で調べてもいいですよ」

「少々お待ちください」女性が奥の事務所に入って行った。おそらく社に電話をかけるのだろう。

少し前なら手持ち無沙汰のときはついタバコに手が行った。禁煙し始めて一年になる。まだ完全には離脱できず、時折飴《あめ》で誤魔化してきた。

数分経って女性が、荷物を受け取ると言った。「中身はどのようなものですか。割れ物だとかではないですよね」

「割れ物じゃありません。うちの社の特製のシステム手帳と、もう二月なんですが卓上カレンダーです。ちょっと待ってください。宅配便の送り状は張っておきますので、このままキャメル特急便に渡してもらえばいいです」用意してきた送り状をＡ４サイズの小包に貼り付け、送料を添えて女性に手渡した。「ではお願いします」とハウスを出た。

矢島は携帯で最寄りのキャメル特急便集荷センターの場所を調べる。センターの一つは出町柳にあった。

センターの近くの喫茶店で小一時間ほど過ごし、キャメル特急便へ電話をする。送り状の番号と送り主の名前を告げ、送り先をまちがえたようだがどうすればいいのか、と訊いた。

コールセンターのオペレーターは荷物を追跡して、午後四時頃には出町柳の集荷センターにトラックが戻るからそのとき確認して電話をかけると言った。

矢島は自分の携帯番号を教えて再び喫茶店で時間をつぶす。電話をもらえば出町柳の集荷センターに赴き、荷物の送り状に書かれた佐久山の住所を見る。

この方法は、個人情報の取扱が厳しくなってから住所を探るのによく使う手だった。オペレーターは客のニーズに応えなければクレームになるし、ドライバーに負担はかけたくない。無理をいう客をうまくさばくためには、ドライバーとの信頼関係が必要不可欠になるからだ。矢島のように自らがミスを認めて、集荷センターにまできてくれる客は悪くはないはずだ。

四時過ぎに集荷センターで荷物を確認した。控えを持参できないので配達依頼者の住所と電話番号を口頭で伝える面倒はあったが、佐久山の住所を手に入れた。「すみません、送り先に間違いはなかったようですので、そのまま配達してください」

矢島は佐久山香の住所、壬生森前町《みぶもりまえちょう》を地図アプリで検索して彼女の家に向かってバイクを走らせた。不慣れな狭い道と予期せぬ一方通行などに時間をとられたが、四〇分ほどで佐久山家に着くことができた。途中で買った菓子折が傾かないように走るのも案外骨が折れた。

辺りは夕暮れ時、街灯が点灯し始めた。佐久山家の窓からも明かりが漏れている。ただ二階建ての上階は真っ暗に見えた。

家族構成を探ろうと表札に目を懲らしたが、佐久山達夫《たつお》以外の名前はない。

矢島はインターフォンのボタンを押した。

「はい」若そうな女性の声で返事があった。

香だろうか。

「こんな時間にすみません。私、なにわ新報社の記者、矢島と申します。松ヶ崎フォレストハウスにお勤めだった佐久山香さんにお目にかかりたいんですが、ご在宅でしょうか」できるだけゆっくりと言った。

「姉は外出してますけど」女性の声は不安げだった。

妹がいるのか。

「ああ、妹さんですか。実はお姉さんが大阪の三品病院におられたときのことを取材してるんです。お姉さんは三品病院から京都の高齢者施設に移られたんですよね。少しお話を伺いたいんですが」

「そうですか……。ちょっとお待ちください」

ネクタイを締め直していると、ドアが開いた。

姿を見せたのは華奢《きゃしゃ》な体つきの女性だった。

「すみません、急に」お辞儀しながら、「あの、これつまらないものですが」玄関先で名刺と菓子折を差し出した。

「これはご丁寧に」

「お姉さんは松ヶ崎をお辞めになったんですね。いまはどちらにお勤めなんですか」

「実はちょっと体調を崩《くず》してまして」

「それはいけませんね」

「姉が三品病院にいた頃のことをお尋ねとか」妹が尋ねた。

「私、医療関係の記事を担当してまして」

「そうですか」と言ってからちょっと間が開き「どうぞ」と中に入れてくれた。

「よろしいんですか」

妹は上がり框《がまち》に座布団を置き、「お茶でも」と奥へ引っ込んだ。

「おかまいなく」と声をかけ座布団に尻を置く。

いまは、妹一人しかいないようだ。

靴棚には紳士物と婦人物が置いてあり、婦人物の比率が圧倒していた。あの妹の足のサイズは二二センチくらいだろう。それより大きなヒール靴は、母親か香のものだ。女三人に父親の四人暮らしというところか。

茶色の大きめの靴で、甲の部分がマジックテープのものがあった。それは身体が不自由な人の履くリハビリシューズにちがいなかった。

妹が湯飲みを盆に載せたまま框に置いた。「どうぞ、寒かったでしょう」彼女は部屋のファンヒーターをこちらに向けた。

「京都の寒さはこたえますね。大阪の冷え方とちょっと違います」かしこまりながら湯飲みを手にとった。上等そうな煎茶の香りが漂う。「で、お姉さんの具合はどうなんです？」と訊いた。

「姉は入院しているんですよ」

「そうだったんですか。どこがお悪いんです？」

「それは、ちょっと」言いたくなさそうだった。

「お見舞いに行きたいんですが、入院先は？」さらりと訊く。

「八尾にある病院です」

「八尾？」もしやと思い、口に出してみた。「マリア病院ですか」

「なぜそれを」妹は目を見開いた。

「いや、それは」驚いたのは矢島の方だった。「お姉さんと同じく三品病院にいた看護師さんがマリア病院にいらっしゃるんですよ」

八尾マリア病院には長谷麻奈美が勤めている。こんな偶然があるものなのだろうか。洞窟で出口を求めて歩き続け、気づくと結局元の場所に戻っているような苛立ちを覚える。

「三品病院にいた看護師……」妹は眉を顰めて復唱した。

彼女の表情に三品病院への不信の念がにじみ出ているのを感じた。

「私、実はその三品病院を調べているんです」と水を向ける。

「調べる」とまた復唱する。今度はじっと靴棚の方に視線を投げた。「あの病院には何かあるんですか」悲しげな目を向けてきた。

彼女は正座しても、目線は矢島よりかなり低い。身長は一五〇センチもないかもしれない。そのせいで余計に年齢より幼く見えている。

「あの妹さん、いや、お名前を伺ってもよろしいですか」誠実に見えるよう、自慢の白い歯を少し見せる。

「縁と書いて、ゆかりと言います」と微笑んだ。

「縁さん、あの病院には妙なところがある。それを調べているんです」と真剣な顔になって言った。「三品院長がテレビや雑誌でよく取り上げられていますが、どうも世間の評判とはちがう何かを感じるんです、ジャーナリストとして」

矢島は一〇年前の失明事故、昨年末に起こったなごみ苑での死亡事故のことを話し、いずれにも同じ薬剤が関与していると言った。

「副作用ですね」

「そうです。にもかかわらずその薬剤での副作用は報告されてません。妙ですよね。だから、それらを調べようとしていたら、三品病院で治験を担当していたことのある看護師と連絡がとれなくなったんですよ」

「姉と同じです」縁が声をあげた。「姉も一時、連絡がとれなくなりました」

「本当ですか」

「ええ。ひと月ですが、まったく家に帰ってこなかったし、携帯にも出なかったんです」

「ひと月間？　ということはひと月して連絡がとれるようになったんですね」

「それが……」縁は口を噤《つぐ》んだ。

「どうだったんですか」

「マリア病院をご存じなら、すぐに分かってしまうので言います。姉はいまあそこの神経内科病棟にいるんです。ただ、その病状が……」また言葉が途切れた。

「重要なことなんです、縁さん」言葉に力を入れた。

「姉は普通じゃないんです」暗い表情になった。

「普通じゃないってどういうことです？」

「姉がいなくなって心配していると、病院から連絡がありました。自分で八尾マリア病院を訪ねたそうです」

家族に会うよりも先に病院の診察を受けたというのだ。

「それで、自分から病院の診察を受けて、どうなったんですか」

「病院からの知らせを受けて、私が迎えに行きました。駆けつけたとき、姉はベッドで眠っていました」興奮状態だったので、ひとまずハロキサゾラムを服用させたと医師から説明された。それを受けて、縁は香の目覚めるのを待ち、薬が切れる二四時間後に再び面会したそうだ。

「どんな様子でした」

「いま思い出しても辛いんですが、姉は私を認識できなかったんです」

「認識できないというのはどういうことですか」

「記憶を失っていたんです。一時的なものでしたけれど」

「なのにいまも入院……」

「二年弱になります」

「いったい何があるんだ」とひとりごちてから縁を見た。「お姉さんの主治医はどう言ってるんですか」

「本人の希望だとしか」

「入院していて改善されないのなら退院させた方がいいんじゃないですか」

「私も母も、そう思ったもので、何度かここへ連れて帰ったんです」

しかし香はすぐに逃走したという。

「どこにですか。まさか……」

「そうです。マリア病院に戻ったんです。家族より病院の人達を頼りにしているようで、つらいんです」

「妙ですね。原因は何だろう」

失踪後、何があったのか。外因なのか内因なのか分からないが、一時的とはいえ、記憶を失うほどの何かがあったにちがいない。同じことが浩美の身に降りかかる可能性もある。

「MRIでは何も異状は見つかっていませんし、薬物検査でも」

「原因不明ということですか」

「ええ。でももう原因なんかどうでもいいような気になってます。家族のところに戻ってほしい、いまはそれだけです」

「縁さん、私が面会することを許可してもらえませんか。もちろん主治医の判断は仰ぎます」

「どうしてですか」

縁の表情に逡巡《しゅんじゅん》が見てとれた。

「考え過ぎかもしれませんが、お姉さんに二年前あったことが、今度は私の知り合いにも起こっているかもしれません。あくまで可能性です。二人に共通しているのが三品病院です。何かあると思いませんか」

「ええ。いくら世間が狭いと言っても、ひっかかりますね。分かりました、主治医に言っておきます」

「で、その主治医のお名前は?」メモを取り出した。

「神保《じんぼ》文子《あやこ》先生です」

矢島は名前をメモし、ついでに縁の携帯番号も訊いた。何の躊躇《ちゅうちょ》もなく彼女は自分の勤め先と一緒に教えてくれた。縁は、母親と共に「京都・御前病院」に勤めていることが分かった。

　次の日も、怜花に電話した。

　矢島が佐久山香の妹、縁と会った話を切り出す前に、怜花は店の仕込みがあるから、と電話を切ろうとした。いつもの勢いがなく、声の感じが暗かった。

「誘いじゃありません。ただ佐久山さんは、今回の駒野さん同様、一度失踪している。その事実と、姿を現したとき記憶喪失になっていたこと、さらにその入院先が八尾マリア病院だったことを知らせたかったんです」

「マリア病院って、長谷さんがいた病院」声が驚いていた。

「佐久山さんの妹さんから面会の許可を得てます。主治医の神保先生さえ許可してくれれば、話を聞いてこようと思ってます」

「そうですか」と言ってから怜花は黙った。

　何も言わないが、電話を切ろうともしない。電話を持ち直す手の摩擦音だけが耳に届く。

「どうかしました?」

「いえ、何も」怜花の声が妙に反響した。

「そこ、お店じゃないですね」

「どうしてそんなこと」

「否定しないところを見ると図星だ。どこです？」

「……病院なんです」

「どうしたんですか。どこか悪いんですか」

「うちではなく母が運ばれたんです」

「運ばれたって、いったい何が？」

「そんなたいそうなことではないんですけど……ちょっと怪我《けが》して」

「どこです、病院は」

「布施の救急病院」

「怪我の状態はひどくないんですね」

「そうなんですけど、うち、悲しゅうて、悔しゅうて……」玲花が声を詰まらせた。

「布施の何という病院ですか。すぐにそちらへ向かいますから」

「そんな、いいです」

「よくない。病院はどこだ！」怒声を上げた。

「布施第一病院」玲花が早口で言った。

電話を切って、矢島はバイクのセルモーターのボタンを押した。

11

怜花は、駐車場のひさしの下で矢島からの電話を切った。

こみ上げてくる怒りを何とか押さえ込もうとしながら歩き、待合室の長椅子に戻る。どこの病院の椅子も座り心地はよくなかった。

ややあって、魚の仕入れに出ていた父が駆け足でやってきた。

「お父ちゃん、ここ」椅子から立って手を上げた。

「おお。でどんな具合だ」父は、はちまきを手に握りしめて言った。

「相手が自転車やから、撥《は》ねられたといっても大怪我はしてないと思う。けど転《こ》けたから念のために頭とかの検査をするって」

「意識は？」

「それは大丈夫。ただ救急車の中で、左手が痛いって言うて」

「打ち身か」

「それもあるけど、擦りむいて血が出てた。ただちょっと気になることがある」擦り傷には包帯を巻かれていたが、手の甲と指を救急隊員が触ると顔をゆがめて痛がった。

「手の指……」父は口の中でつぶやく。

「頭のレントゲンとかが終わり次第、手の方も診てもらうことになってる」

「入院か」静かに息を吐いた。

「たぶん、一晩くらいだと思う」

「そうか。お母さん可哀相《かわいそう》にな」低い声で言った。

「お母ちゃんの手、大丈夫やろか。三味線の糸、ちゃんと押さえられるかが心配や」

父は床を見つめたまま何も言わない。

母が自転車に撥ねられたと知らせてくれたのは駿馬だった。彼がすぐに救急車を呼び、一〇分ほどで病院の処置室へ運ばれた。

目立った外傷は擦り傷と軽い打撲だったけれど、転倒して頭を打っているため検査した後、しばらく経過を見ることになった。

自転車の男はその場から逃げようとしたが、駿馬の友達らが取り押さえて近くの交番に突き出したそうだ。

巡査が病院にきて、加害者は高校生だったと報告してくれた。

「路地を曲がったら、お母さんが歩いてた、どけって言ったらいきなり白い杖《つえ》を振り上げてきた。自分の行く手を阻んだから当たったんだと言うてます。苦し紛れの言い訳でしょうが、お母さんにも検査が終わり次第その辺を確かめますので。それにしてもあの高校生達はお手柄です。近くにいた大人が知らん顔でどっか行ったそうですから」と立ち去った。

巡査の話を聞いて、すぐ怜花には母の行動の意味するところが分かった。母は音に敏感で、大声を出されるのを嫌う。杖を持ったまま耳を覆ったにちがいないのだ。

少し前に一緒に歩いていて大音響で音楽を鳴らす軽自動車が側を通ったとき、いきなり両耳を塞ぎ立ち尽くしたことがあった。

頭の芯まで響くと顔をしかめていた母の顔を覚えている。

それでも目が不自由でなければ、よけられたかもしれない。そう思うと、母が可哀相で仕方なかった。

「最近の自転車は怖いな」と隣の父に話しかけた。

「うん」いつもの父の返事だった。

しばらくして、談話室のある角の方からスーツ姿の矢島が近づいてくるのが分かった。

「お父ちゃん、ちょっとごめん」立ち上がり矢島の方へ向かう。「談話室にいるから」

談話室に入ると矢島が訊いてきた。「大丈夫ですか」

「さっきは、ごめんなさい。変なこと言うて」まともに顔を見ることができない。弱音を吐けるほど矢島とは親しくない。本来、頼るべき人間ではなかった。

「私の方こそ、怒鳴ったりしてすみません。ああこれ近くで買ったんです。こんなものならお母さんも食べられるだろうと思って。マカロンです」と白い箱を差し出した。

「ありがとうございます」箱を受け取り礼を言った。

「お母さんは検査ですか」

「ええ。もう終わると思います」

「お母さんは、どうして怪我を？」

「自転車に衝突されて、転《こ》けたんです。大事な左手を……」

巡査から聞いた話を矢島にした。話しているとまた悔しさがこみ上げてくる。それは、自転車に乗っていた男に対しての憤りだけではなかった。母が自転車ごときに衝突され、救急車で運ばれること自体に情けなさを感じたのだ。母が無様な姿で転倒させられたと想像するだけで、悲しかったのだ。おまけに大事な手を負傷している。そして、詮ないことだけれど、やはり目さえ見えていればと思ってしまう。

「道ばたで転けてる母なんて、うちは見たくないし、自転車に撥ねられて怪我するいうのも信じたくないんです。母はもっとかっこいい女なんです」つい愚痴になった。

涙がこぼれないよう天井を向いて瞬《またた》いた。ここで泣いたらもっとかっこが悪い、怜花は奥歯を噛む。

「でも一番辛いのは、お母さんだな」

「分かってます。分かってるさかい、うちかて……」それ以上話すと、どれだけ早く瞬きしても涙は誤魔化せなくなる。

「いくらあなたが悔しがっても、何も変わりません。お母さんの事故は、副作用に無頓着な製薬会社と三品医師の責任だ。これは、薬害事件なんですよ」

「そんなこと、いまここで言われても」怜花は、矢島の視線を避ける。

「いまじゃないと分からないです。いまの悔しさを、憤りを三品や製薬会社に向けないと」と矢島が言いながら両肩を掴んだ。

逃げようとしたが長い指が腕に絡むようで動けない。

「力になります。いや力を貸してください。記事として白日の下にさらすには、被害者のお母さんやあなたの協力が必要なんです。ヒイラギ薬品工業を訴えるというのもひとつの方法です。とにかく白黒つけないと」

「本人が、そんなこと望んでないって言うてるやないですか」身体をねじって腕を払った。矢島が力を緩め、手が解《ほど》けた。

「もし、この怪我で三味線が弾けなくなったらどうします」低い声で言った。

矢島の顔は逆光で暗いが目だけが光っているように見える。しかも冷たい光だ。

「そんなん困ります」小刻みにかむりを振った。「自転車なんかに当たったくらいで、そんなアホなこと……」

「あり得ることだ。あなたはさっき大事な左手と言った。その言葉が、あなたの一番恐れている事態を物語っています」さらに冷たい視線を投げてきた。

　重苦しい空気の中、談話室の入り口に人影が見えた。

「おっちゃんにきいたら、ここやて」玄だった。

「きてくれたんか、おおきに」と言って、玄とは反対側の天井を見た。彼にも泣き顔は見られたくない。

「私はこれで。お大事に」矢島は玄の横を通り抜け、廊下へ出て行った。

　怜花が矢島の後ろ姿を目で追うと、そこに玄の顔があった。

「あのカマキリ男、何しにきたんや」玄は怖い顔だった。

「気にせんといて。カマキリ、玄ちゃんもそない思たか。やっぱり、うちら気が合うわ」と無理に笑顔を見せた。

　冗談で気まずい空気を払いたかった。

「おれの携帯とかメール、無視したくせに」めずらしく玄が文句を言った。

「それは違う。うちかて、こう見えても玄ちゃんの家の人に気を使《つこ》てるんや。少し距離を置いてるふりしようとしてただけ。そや、もう検査結果出るころや」お茶を濁し、廊下の向こうの父を見ようと目を細めた。

「おっちゃんは診察室に呼ばれはった。主治医から話をきいてるから、怜ちゃんにそない言うてくれって頼まれたんや」

「それを早よ言うてんか。ああ忙し、ああ忙し」と言いながら、玄とすれ違いざまにズボンの後ろのベルトを摑んだ。「一緒にきて」


母は一晩入院しただけで家に戻れた。ただ、いまCTスキャンの画像に出ていなくても、頭は少し時間が経ってから血腫が見つかることもあるから、退院後しばらくは安静にするように言われた。

左手は手首の骨にヒビが入っていて、固定されている。痛みが取れれば問題はない。日にち薬だ。当然、店は父と二人で切り盛りする。三味線を披露してもいい、と父に提案したが無視された。もし頼まれれば一肌脱ぐつもりでいた。ただお客がそれを望まないだろう。みんな母の演奏が好きなのだ。にじみ出る懐かしさのようなものに触れたい、と浜は耳の穴をかっぽじる。

「あーあ、お店に出たいわ」母が吐き出すように言った。

母は奥の間に座布団を三枚重ねてそこに座っている。二日経って膝や腰の打ち身に気づき、畳に座ってしまうとトイレに立つのも一苦労した。

いままで巡査がきていた。調書を作成するための事情聴取だ。加害男性は隣町に住む高校三年生だった。大きな声で威嚇したものの、当人はとても反省してるようだと巡査は言った。その上で過失致傷で告訴するかどうかを母に尋ねた。

母は、高校生が反省していると聞いて告訴はしないと、怜花の予想通りの答えを口にした。巡査は後は当事者間で話してくださいと言い残して帰っていった。

「警察の事故証明があるから、相手が保険に入ってたら保険会社の人との話になりますね」と言ったのは玄だった。

彼は事故以来ずっと怜花から離れようとしない。

「治療費だけやのうて慰謝料かてもらわんとあきませんし。たぶん先方は保険に未加入やと思いますので、ごちゃごちゃ言うようでしたら弁護士立てた方がええです。うちの会社の顧問をしてる先生、紹介しますので、いつでも言うてください」笑みをたたえて玄が言う。

「玄さん、ありがとう。いろいろ助かります」母が礼を述べた。

「何言うてはるんですか、おばちゃん。水くさいですよ、なあ怜ちゃん」こっちを向いた。

「なんでうちに聞くん？」

「これ、怜花。また、玄さんにそんなこと言う」母が顔をしかめる。

「そやけど、お母ちゃん。店に入り浸ってたら、玄ちゃんのお母さんに何言われるか分からへんのやで」

「それは、そうだけれど」

「いいんです。おばちゃんが事故に遭うて、救急車で運ばれはったことは、お袋かて知ってますさかい」

「救急車なんかで運ばれて、たいそうなことになってしまったから」母が恥ずかしそうに肩をすくめる。

「うち買い出し行くから、玄ちゃんついてきて」ぶっきらぼうに言って立ち上がった。

「ああ、ええよ。ほなおばちゃん、ちょっと行ってきます」玄は呉服屋の番頭みたいな口調で母に言った。

怜花は玄と一緒に勝手口から外へ出た。

「どないしたんや、怜ちゃん機嫌悪いな」

「別に」

「分からんとでも思てるんか」

「ほな言うわ」エコバッグを大きく振って、左から右肩へ持ちかえた。

「危なっ。もうちょっとで、鼻に当たるとこや。えらい荒れてるな」

「うちな、いま迷てることが二つある」

「人生は迷いだらけ。二つぐらいやったら少ない方やで、怜ちゃん」玄がしたり顔で言う。

「一つは結婚や」大きな声で言った。

「ちょっと待ってえな。両親を上手いこと説得するさかい、短気を起こさんといて」

歩きながら、玄は首だけこっちに向けた。

「短気と違う。右肩下がりの会社でも玄ちゃんが社長で、うちが奥さんになったらやっぱりお店は辞めんとあかん。けど、『二歩』にはうちが必要やと思う」母が店を休んで改めてその存在感の大きさを思い知った。「二歩」は父の料理の腕もあるだろうが、母の魅力でもっている。

しかしそれに頼ってばかりいるのはよくない。今回は突発的な事故だったけれど、母の疲れ切って眠る姿に、自分が甘えてばかりだったことに気づいたのだった。視力の代わりに聴力や嗅覚、触覚や第六感のようなものを使うたび神経が疲弊していたのかもしれない。

「このまま無理したら、ほんまに体を壊してしまう」

「結婚したかて、お店は辞めてしまわんでもええんとちゃうか。近いんやからちょっとは店を手伝うことかてできると思うし」

横断歩道の信号が赤になった。二人は立ち止まり、何も言わずに行き過ぎる車の流れを眺める。再び歩き出して、次の路地にさしかかったとき玄が尋ねた。「迷ってるということは、取りやめると決めた訳やないんやろ？」

「言葉の通り、迷ってる」偽りのない気持ちだ。

「おれも迷ってる。吉井紙工業を続けるかどうか」

怜花は立ち止まった。それに気づかず歩く玄の背中が離れていく。「待ってえな」

「えっ」玄が振り返った。「怜ちゃんどないした？」

「足速い、ちょっと待ってえな。いまの話、ほんま？」怜花は玄に近づきながら言った。「工場、続けるかどうか迷ってるって話」

「ああ」

「それって、うちのせい？」矢島ほど背丈の差はないけれど、見上げる。

「ちゃう、ちゃう。おれ自身の問題や」

「とうとう借金、返せんようになってしもたんか」怜花は斜め向こうの児童公園に目をやった。

「それもあるけどな」玄も公園を見て、ゆっくりと歩き出した。

二人は自然に児童公園のベンチまで行って座る。

怜花は何度か同じような場面があったことを思い出す。二人の間で何も言わないのに、何となく伝わる感じが嫌いではなかった。

以心伝心と言うほどたいそうなものではないけれど、気持ちが触れあった気がした。この感覚は、玄といるときしか味わったことがなかった。

「借金だけやないって、他に何があるの？」地面に足でマルを描きながら訊いた。

「おれ、デザインで勝負してみようかなって思てるんや」玄は広告代理店で働いている友人から、一緒に会社をやらないかと持ちかけられているのだと言った。「そいつ、独立してグラフィックデザインの会社を興すんや」

「この不景気に？」

「景気が悪いからこそ、どん底から出発できるって言うんや」

「そんな話おっちゃんが聞いたら、また具合悪なると思うで」

「そこなんやな問題は」大きなため息をついた。「うちの会社にある機械を売って、土地も整理したら借金はかなり減る。後はおれの頑張り次第やと説得しようと何遍も思たんやけど。親父の身体のこと考えたらよう言わん。おれは、ほんまにあかんたれや」靴底で砂を蹴った。

「あかんたれやとは思うけど……そこが玄ちゃんのええところやから」

「あかんところがええとこか？　まあええけど。親父の会社をたたんだうえに、新しい会社に手を出すんやから、結婚なんて無理やとも考えてた。けど、おれは怜ちゃんが好きや。そやから、最近怜ちゃんがおれを避けてるのが辛いねん」

「それは、うちのもう一つの迷いに関係してる」足をワイパーのように動かして地面のマルを消した。

「あのカマキリやろ」玄にしては低い声だった。「あいつは怜ちゃんのことどない言うてるんや。真剣に……」

「そういうことやない！」玄の言葉を遮った。「勘違いせんといて。あの人がいま追ってるのは薬の副作用。こないだ高齢者施設であったお年寄りの死と、お母ちゃんの目をあんな風にしたのは同じ薬なんやそうや。両方とも副作用だと矢島さんは言うてる」玄に向き直って言った。

「薬の副作用か。それはほんまか」

「それを調べてる。お母ちゃんは、昔のことをほじくり返してほしくないって言うから、うちもどうでもいいかなと思てたんやけど」

「けど？」

「うち、悔しい。自転車に撥ねられたくらいで、お母ちゃんがあんなことになるやなんて」

「自転車かて凶器になる。死亡事故かてあるんやで。おばちゃんの場合、何も目が不自由やさかいに怪我したんとちゃうと思う」

「お母ちゃんは音の世界で生きてるから、怒鳴り声みたいなもんに過剰に反応する。

それで白い杖を振り上げてしもたんが、事故の原因かもしれへん」

巡査から聞いた、加害者の「いきなり白い杖を振り上げてきた。自分の行く手を阻んだ」という言葉を玄に話した。

「そやったんか。それで怜ちゃんは、どないしたい？」

「カマキリが、製薬会社と三品先生が起こした薬害を白日の下にさらすために協力してくれって言ってる。訴えることもひとつの方法やって」

「それでカマキリは怜ちゃんに近づいたんか」そうつぶやき、玄がどんよりと曇った空を見上げた。「今後、同じ薬で苦しむ人が出んようにしたいということなんやな。それも、怜ちゃんらしいかもしれん」

「うちらしい？」

「怜ちゃん、お店のお客さんの喜ぶ姿が好きやんか。それってお客さんやからとちゃう。怜ちゃんは、人間が好きなんやろ？」

「そうかな。まあみんな弱い人ばかりやから、うちが励まさんとあかんと思ってる」

「二歩」に通うお客は、中小零細企業や工場に勤める人がほとんどだ。怜花が生まれる前の一時期だけ、とてもいい目をしたと懐かしんでお酒を飲む。どれだけ景気が良かったかを話してくれるおっちゃんたちの目は子供のようだ。

やみくもに現実から目を背けているのでもない。現状を愚痴るときの顔つきもどこかひょうきんで味がある。怜花を前に見栄を張ることもあるし、泣き言を吐くこともある。説教をぶつときの彼らは、学校の教師よりも偉そうだ。

でも一番好きなのは、入道みたいなはげ頭だったり、前歯が欠けていたり、無精髭が苔《こけ》みたいにやたら濃いうだつの上がらない男たちが、くしゃくしゃの顔で大笑いする姿だ。

「みんな、怜ちゃんのことが好きや。怜ちゃんがみんなを好いてるさかいや。人の気持ちって伝わるんや」玄がこっちを向いた。

「そやから？」

「怜ちゃんは、おばちゃんの目をあんなにしたもんも許せへんけど、これから同じような目に遭うかもしれない人のことも気にしてる。そんなごっつい思いやりが怜ちゃんの最大の魅力なんや」と言うと、玄は突然立ち上がって野球のバットを振る格好をした。

「思いやりなんか、うちにあるかな」

「それに気づかへんところが、根っから気持ちの優しい証拠とちゃうか」熱心にスイングをしてこちらを見ようとしない。

おそらく照れ隠しなのだろう。

「優しいちゅうんやったら、玄ちゃん、あんたには負ける」

「おれ？　おれは怜ちゃんも知ってるように優しいんやのうて、ただ臆病なだけや。こんなあかんたれになってしもたんは、中途半端に恵まれてて、中途半端に甘やかされて育ったせいやろと思てる」スイングをぴたりとやめた。

「自覚してるあかんたれも、珍しい」と笑った。

「工場の機械売るというのかて、スッカラカンになった工場で途方に暮れる親父が夢に出てきて、夜中に飛び起きるんや。寝汗でびっしょりや」

「そんなに悩んでたんや。ごめんね、ちゃんときいてあげられなくて」

「そんなんええよ。怜ちゃんも大変なんやから。何せ、もっと多くの人のためになることをやろうとしてるんやし」ただ、いまは母の事故のけりをつけることを優先してくれ、と玄は言った。

「そしたらしばらく、あのカマキリと行動することになるよ」

「うーん、それは嫌やけど。ここで度量の大きいとこ見せとかんと、ほんまに嫁はんにきてもらえへんからな」またバットを振り出した。

「おおきに、玄ちゃん」

「ただ、全面的にカマキリを信用してる訳やないで」

「どういうこと？」

「おばちゃんに話聞かないで、怜ちゃんに接触してきてるのが、気になる」

「それは、うちがお母ちゃんやお父ちゃんに近づいたら承知せえへんでって言うたからとちゃうかな」

「いくら怜ちゃんが脅したかて、ジャーナリストやったら又聞きはあかんやろ。そこに当事者がいるんやから。多少強引でもおばちゃんに直接取材するはずや」

玄の父親が手形の不渡りを掴まされたことがあって、被害者なのに新聞記者の強引な取材を受けたことがあるのだと言った。「親父、なんで被害者やのにっちゅうて、うんざりしてたもんな」

「それがジャーナリストか」

確かにいままでの矢島の強引さをみれば、母に話を聞いていないのは不自然に感じる。

「言うとくけど、おれ妬《や》いてるんとちゃうで」玄が念を押した。

「分かってるって」

「分かってくれたら結構、毛だらけや」

「せいだい気ぃつけるわ」と言ってから玄の顔をまじまじと見つめる。

「なんや怜ちゃん、熱い目で。あかんで、まだ青少年が遊んでるんやから」

「うちはそこまで肉食系と違う。そやなくて、玄ちゃんも結構おっそろしいこと考えてたんやなと思て」

「何が?」

「工場の機械を売り飛ばすってこと」

「声が大きいって。この辺りでは、噂が万里を走るんやから」

「餃子《ぎょうざ》の王将か」笑ったとき、頭に将棋盤が浮かんだ。

父と守屋が、公演のないときによく店の奥で対局していたのを思い出した。

12

MRの経験がない良治にとって、やはり病院は落ち着かない。ましてや大阪総合大学病院は、第四内科教授の選挙戦の舞台だった。独特の緊張感が教授たちの間に漂っている。会う人間会う人間が、ヒイラギの社長代行の訪問に他意があるのではないかと探っているのが分かった。

行く先々で「開業医向けの経営セミナーで大阪にきただけです」と説明しなければならなかった。

無事にセミナーを終えた次の日の午後、大阪本社に顔を出し、取引のある大学病院へ挨拶回りをした。

教授選での態度はあいまいにしながら、やんわりと自社の薬品を売り込む。口べたな良治にとっては、どうしても話が薬学の専門知識に偏った。それを容子が巧みに軌道修正した。患者がインターネットなどを通して医療知識を得ることへの懸念などをさらりと伝え、医師たちの共感を誘った。研究員だった容子が、いつそんなコミュニケーション能力を身につけたのか分からないが、頼もしい秘書だといえた。

予定を終えると、良治は宿泊先のホテル梅田インターナショナルで槌田と会うことになった。

あらかじめ指定したラウンジバーの席に行くと槌田が待っていた。彼は容子を見て驚いた表情を見せた。秘書を連れてくるとは言わなかったからだろう。

「こちらは調査会社の槌田さん」と先に容子に紹介した。「社長が依頼していた探偵調査会社の代表者だよ」

「そうですか。はじめまして秘書の滝本と申します。お世話になっております」容子は名刺を出した。

「こちらこそ、お世話になってます」

二人が名刺交換をし終えるのを待って、良治はソファーに座った。続いて彼らも腰を下ろす。

良治と槌田はスコッチの水割り、容子はノンアルコールカクテルを注文した。

運ばれてきたグラスで乾杯すると槌田が言った。「昨日は盛況でしたね」

「槌田くんはどこに？」会場で槌田の姿を見なかったと言った。

「医薬品関係の方は割と知っているもので、身を隠しておりました」

「それはそうだな。どうやらM氏は、当確だね」公の場所では三品の名前を伏せることにした。どこでだれが聞き耳をたてているやもしれない。

「その話、大学病院の教授連からも出ましたか」槌田は容子を気にしながら尋ねた。

「ああ、そうだ、きちんと紹介しておくよ。秘書の滝本くんは、元は私と同じ研究開発チームに所属してたんだ」彼女は警戒しなくていいことを伝えてから、「投票権のない人間は気楽なんだろうね、噂になっている」と、挨拶回りでの教授たちの反応を話した。

「これからは老年内科の需要は高まる一方ですからね。M氏は免疫内科を包括するつもりですよ。そうなれば彼の守備範囲がますます広くなります」槌田が水割りに口をつけた。

「そういうことだね」

老年内科という切り口は、加齢による疾患を総合的に診ることができた。認知症ばかりが目立つが、眼科、歯科、耳鼻咽喉科から皮膚科、腫瘍科、血液内科、内分泌内科そして免疫内科など横断的な診療が必要になるのだ。

つまり六五歳以上という年齢制限はあるものの、あらゆる疾患への対応が求められ、それぞれに応じた医療用医薬品が必要となる。あつかうアイテムが増えれば、自ずと出入りする企業の数も増加する。

「スポンサーの競争も激化するということか」

「あれだけのサンプルを持っている医師は日本でも少ないでしょうからね」

槌田が言うサンプルとは高齢者施設の入所者のことだろう。

「すでにモルモット状態か」

「でしょうね。しかしそんなことになっているのを周りから文句を言わせないところが強者《つわもの》です。医療機関債を発行して資金調達も順調で、さらに施設を充実させる計画も進めているんです」

「医療法人が発行する証拠証券……。資金調達できれば高齢者医療施設もさらに拡充され、モルモットもどんどん……、恐ろしいことだ」

「ただ代行。彼の父親が認知症の末に亡くなってるんです」

「それが？」槌田の言うことが呑み込めない。

「先代の院長で地域医療に力を注いできた彼の父親を知っている人々が、彼を応援しているんです。老年内科への熱意は、認知症への復讐《ふくしゅう》心だっていうサイドストーリーがまことしやかに伝達されていますよ」

「同情を味方につけようって腹か」

三品のしたたかさを知っている良治からすれば、孝行話など空々しいだけだ。

「医療機関債の発行自体は悪いことじゃありませんからね。地域の住民たちがメディアに載った人物を信じて購入するでしょう。しかしスポンサーになる企業は、そういった美談を歓迎します。企業イメージを気にしますから」

活用できるものは何でも使って三品の価値を上げておく。国立大学病院の教授となって老年内科部長を目指すことも、医療機関債で地域医療を充実させることも、サイドストーリーで人間的な背景を演出することも、治験を依頼する新薬メーカーにとってはプラス要因になる。晴れて認可が下りれば、権威のお墨付きを得た商品として販売できるのだ。わざわざ手を回すことなくテレビなどメディアが取り上げるだろう。

ならば、なぜシキミリンβに固執してヒイラギを脅すような真似をするのだろうか。手間の割には利益も少ない。

「M氏は、私と直接話したいと言ってきている。滝本くんにうまくいなしてもらってるが」容子をちらっと見た。

容子とはお好み焼き屋で話して以来、必要最小限のことしか喋らなくなった。彼女の努力なのか気まずさは感じないが、二人の間に距離が生じていることは確かだ。

「その電話は録音してますか」槌田が容子に尋ねた。

「はい。代行ご自身が出られたもの以外はすべて。ただあの先生は大変慎重な方ですので」

「言葉を選び、問題になるような表現は使わない、そうですね？」

容子はうなずいた。

「録音されていることを知っているんですよ、きっと」槌田は、三品自身に電話を録音する習慣があるのではないかと言った。「院内にだって、盗聴器くらい仕掛けていそうです。あるMRが、三品の記憶力の良さには舌を巻くと言ってましたからね」

「もしそうなら、とことん厄介な男だ」

「その録音データをいただけないでしょうか」槌田は真剣な目を向ける。「ぼろを出すとは到底思えないんですが、何かないか探します」

「それは構わない」

「では、データをSDに保存してメールで送ります」容子が言った。

「ちょっと待ってください」槌田は手帳を出してペンを走らせ一枚を引きちぎった。

「このアドレスにお願いします」と容子にメモを渡す。

「承知しました」

「他にいるものができたら連絡します」

「名刺の番号が秘書室直通ですので、そこへ」

「さて……」と言って、槌田は店内を見回し、良治を緊張の面持ちで見つめた。「では本題に入ってよろしいですか」

良治は身構え、水割りを口に含む。

「例の記者が、このところ活発に動いてましてね」そう言うと槌田が、なぜか間を開けた。水割りを美味そうに飲んだり、グラスを揺すって氷を鳴らす。

苛ついたが、彼の言葉を待った。

「彼、矢島が佐久山という看護師の家に行きました」とおもむろに槌田が話し出した。「この佐久山家ですが、世帯主の達夫は地方公務員、妻の梓《あずさ》は京都・御前病院の看護師です。二人の娘がいまして姉の香、妹の縁ともに看護師をしています。香はM病院の看護師でした」

「看護師でした？」過去形が気になって言葉を挟んだ。

「ええ、それが問題でしてね。二年前に一旦失踪したんだそうです」

「失踪って」即座に駒野浩美を想起した。「しかし、一旦ということは、いまは居場所が分かっているということだね」せっつくように念を押した。

今夜の槌田は、どこか持って回った言い方をする。

「ひと月ほどして、八尾マリア病院に現れたそうです。そしてそのまま入院しました。そこの神経内科病棟です」

「神経内科って」

「いろいろ調べたんですが、ガードが固いので、どんな状態なのかは分かりません。ただ何度か、タクシーで病院へ乗り付けたことがあるというんです。その様子はまるで夢遊病者のようだったと目撃者は語っています」

「いったい何があったんだ、その看護師に」よほどの精神的なショックか、もしくは外因的な衝撃があったのか。

「いまそこを徹底的に洗おうと思っています。ただ矢島がすでにその香の妹、縁に接触していて、八尾の病院を訪問してる。まずいんですよ。香の主治医が、神保文子という若い女医でして……」

「その神保医師が問題なのか？」

「聞いて驚きです、彼女、M氏の次男坊の婚約者なんですよ。教授選が終われば結婚するだろうと噂されてます」

「なんということだ」一気に水割りを飲んだ。「どこにいっても三品がからんでくるな」とM氏の姓を口走ってしまった。

「確かに幅広いですね」槌田も感嘆の声をあげた。

　容子が空になったグラスを見て、水割りを頼んでくれた。

　その様子を眺めていて、ふとあるアイデアが浮かんだ。「槌田さん。どうだろう、いっそのこと矢島にM氏の悪行をスクープさせたら」

「それは無駄です」槌田が即座に答えた。

「どうして？　彼、なかなかよくやっているようじゃないか」槌田を見た。

「矢島が何のために、そこまでやるのかを考えてみてください」

「彼もジャーナリストの端くれだからだろう？」

「そんな青臭い正義感を持っているとは思えません」

槌田は矢島の身辺を洗ったと言った。

矢島公一は東京都の下町育ちで、父親は大手出版社の編集者だった。弟の公太《こうた》は国立大学を卒業し大手新聞社に就職し、公一は関西の私大を出て東京の出版社を受けたがことごとく落ちた。

「関西でも落ち続け、なにわ新報社に引っかかったんです。会社は夕刊紙が当たって、そこそこ業績がよかった時期もありましたが、いまはいろんな業界のランキングをつけることを売りにして生き残ってるのが現状のようです」

ランキングのために調査に入りそこで摑んだネタを用い、強請《ゆすり》たかりの類いで生きている会社だと槌田は表現した。

「つまりスキャンダルが元でランキングが下がることを避けようと、彼の強請に応じるんでしょう。多くのユーザーがランキング症候群みたいなもんですからね。そんな会社で矢島は当初医療用医薬品関係を担当していたんです。その後、高齢者施設のランキングに回されたようです」

「それで、なごみ苑か」

「そうです。そしてあの高齢者死亡事故と三味線弾きの事故とを結びつけた。問題はどのようにして三味線弾きを知ったかです。報道されてませんよね」

「それはなかったはずだ」

「取材能力があるとも思えないですし」槌田がにやっと笑った。筋肉質の顔面に無数の皺《しわ》が入った。「矢島の女性関係はかなり派手です。というか、女性の扱いに慣れてるって感じですね」

「三品病院の女性に接近した？」

「考えられます。ただ、もし一〇年前に事故を知っていたのなら、そのときから動くはずです」と槌田は言い切った。

「じゃあなぜ、いま頃なごみ苑と三味線弾きを結びつけた」

「佐久山香か駒野浩美あたりが怪しいでしょうね。さらに調査します」

「結局は強請のネタを矢島は探してるってことか」

「持ち札をどこで使ってくるか。またどれだけふっかけてくるかが、問題です」

「厄介だな」ちらっと容子を見た。シキミリンβをお荷物のような言い方をするのは禁物だ。

「とにかく、引き続き矢島をマークします」鋭い眼光を向けてきた。

飯田橋第一病院の特別室に、楠木悟はいた。病室の入ったところすぐに応接ルームがあって、妻の紗子はそこで編み物をしていた。彼女はほとんど毎日付き添っているという。

良治が室内に入ると、彼女は目だけで挨拶をする。「社長と、話してもいいですか」と了解を求める。

「どうぞ」冷たい声だ。

自分の息子、翔が研究室に入ったころ悟が倒れ、突然前妻の息子が社長代行になったのだ。面白いはずはない。ただ紗子は楠木家の遠縁に当たるため露骨に良治に辛く当たることはない。いずれは翔が会社の代表者になるものと信じているからだろう。

ベッドルームへのアコーディオンカーテンを開く。茶色いガウンを纏《まと》った悟がベッドに座っていた。こっちを見たが焦点が定まっているようには見えなかった。

「社長、良治です」声をかけた。

「うん」悟はゆっくりうなずく。

すぐ近くにあったパイプ椅子をベッドサイドへ持って行く。「ご気分はいかがです？」と訊いて、ベッドの手すりにぶら下げたホワイトボードを悟の膝元に置いて椅子に腰かけた。

悟はまたうなずき、ホワイトボードを手にした。

良治が彼の左手にペンを持たせると心許《こころもと》ない手つきで文字を書いた。

——AG。

AGは、新薬メーカーがジェネリック薬メーカーに特許が切れる自社製品を作らせて、少しでも損失を軽減させることを意味する略語だ。つまり医仁製薬の買収が進んでいるのかと、訊いているのだ。

「進めています。ご心配なく」

——三〇までに。

「先方の代理人は四〇億以上を提示しています」

——ダメだ。

「分かりました。交渉します」

——サイモン。

「M&Aアドバイザーの調査が完了すれば、具体的な条件に入ります」

——サイモン、米国のOTC市場、かくほをいそげ。

「分かりました」

──他のGE薬会社対さく、生活しゅうかんびょうの関連薬の買収商談も考えろ。

「それは、危険な取引になりますよ」

ジェネリック薬として発売するのを遅延させるために金を支払う、そんな取引も辞さないと悟は言ったのだ。アメリカでは反トラスト法に抵触すると連邦取引委員会が取り締まっている行為だ。

──西部にまかせろ。

「あの、バイオ医薬品の開発ですが」

──急ぐな。

「ですが、がんペプチドワクチンの研究もかなり進んでいます。後は臨床で結果を出せば実用にこぎ着けるんです、父さん」

悟が睨む。

「いや社長、これからは副作用の心配が少ないバイオ医薬品がマーケットの中心になると思っています」

──バランス。

「バランスというのなら、M&Aへの資金を新薬開発へ回すべきです」

──がんならどこのがんのワクチンだ。絞り込めるか。それができるレベルのものに資金は投入する、その他はベンチャー企業を一〇〇くらいで買い取れ。その方が安くつく。

読みにくい文字がさらに乱れていた。

「それでは新薬メーカーとして国際舞台で戦えません」

――疲れた。あとは西部と。

「専務は……」

――いまは、AGだ。以上。

そう書くと悟は、ペンを布団の上に放り投げた。そして目を瞑り、人差し指で床を指す。

良治はベッドサイドのボタンを押して、彼がいいという位置までベッドを倒した。

「今日は失礼します」お辞儀をするとベッドルームから出た。

「お疲れさま」ソファーに座ったまま紗子が言った。彼女は母より一〇歳若く今年五八歳のはずだ。しかし、悟の娘と言っても通るほどとても若作りだった。そんな紗子が、口元や体つきから発散する艶《なま》めかしさに悟が眩惑《げんわく》されたと思うと、腹立たしく感じることがある。

「社長をお願いします」そう言って病室を出た。

特別室と書かれたドアプレートを見つめ深呼吸すると「良治さん」と呼ぶ声が廊下から聞こえた。見ると翔がダウンジャケットを小脇に抱えて歩いてくる。

「おっす」と手を上げた。

「定例報告ですか。大変ですね」翔は屈託のない笑顔を見せる。

「まあな。研究は楽しいか」

「さすが良治さんだ、楽しいかって訊く人なかなかいませんよ」さらに白い歯を見せた。

「そうか。おれはラボが好きだったから」自然に笑えた。「だけど、翔くんの顔見てると研究が上手く運んでるって分かるよ」

「そうですね、結構いい感じです。また良治さんにも相談するかも。親父、どうでした？」病室の方を一瞥した。

「うん、疲れやすいみたいだけどね」

「そうですか。僕のナノカプセルでなんとかできないですかね、何か神経細胞に作用する薬を入れて」

「将来的には神経幹細胞を大量に注入する治療も実用化されるだろうけど。いま言ったナノカプセルの承認はどうなってるんだい？」

「大学病院との共同研究なんですが、医療機器として臨床試験に入りました」

「それはいい」

「医薬品医療機器総合機構《PMDA》の薬事戦略相談制度は、機能的でスピーディですね」

「PMDA《パムダ》のスタッフは優秀だからな。そうか、もうそこまで進んでるのか。頑張れ」負けるわけにはいかない。けれど同じ研究畑の人間としては若い翔が頑張る姿は頼もしかった。

「ありがとうございます。それじゃ」翔が病室に入っていった。

面会が終わると、雨でもない限りいつも屋上へ出る。

やはり悟の弱った姿を目にするのは辛かった。

高校時代、理科や数学のことを何でも質問してみろという悟の自信を失わせようと、懸命に難問を考えたことが、良治の成績をどんどん引き上げた。反抗心を巧みに利用されたと気づいたのは、二年のときだ。その後一年で、父が母と別れるとは思ってもみなかった。

それまでの悟は息子を教育することに際しても、手を抜かず緻密に計算していた気がする。ヒイラギがここまで大きくなったのは、悟の燃えたぎる商魂と冷徹な戦略があったからにちがいない。

しかしいまの悟は、良治の意見に顔をしかめることが増えた。このところ良治への信頼が少しずつ薄れている気がしてならない。やはり方向性の違いは致命的な溝になりつつあるのだろうか。

最も大きいのは、ジェネリック薬メーカーの医仁製薬や、ＯＴＣ薬メーカーであるサイモン社とのＭ＆Ａの問題だ。とにかく新薬開発路線よりも、まずは販路の開拓や整備を優先する方針に揺るぎはないし、新しいことを話しても頭に入らなくなっているようにみえた。

このままだと、ヒイラギはいつまでたっても古い体質のままだ。悟の病状が回復しなければ、営業畑の西部たちの力がますます強まっていく。

悟に、ヒイラギの飛躍に貢献したと認めさせ、西部たちの古い体質から脱皮させたいという思いでバイオ医薬品への大型予算の投入を計画した。

これ以上Ｍ＆Ａに予算を割かれれば優秀な研究者が他社へ流出してしまう。本音を言えば医仁製薬やサイモン社とのＭ＆Ａは先送りしたい。

肩を回したり首のストレッチをやりながら、緑化のために置かれた植木の間を歩く。そして、いつもの見晴らしのよい白いベンチに座った。

ポケットから自動販売機で買った缶コーヒーを取り出して飲むと、糖分が疲れた頭にしみいるようだった。

深呼吸をして、携帯を手にし電源を入れる。この一時間あまりのうちに二、三通のメールと五件の留守電が入っていた。

その中に海渡からのメールがあった。

──この前はすまない。

良治はその手で海渡に電話をかけた。「おれだ、こっちこそすまなかった」

「おれもどうかしていた。忘れてくれ」元気のない声だ。

「調査のことだが、お前は兄貴のことで大変だろうから調査会社に任せた」

「そうか。力になれずに悪いな。で、どこの会社だ」

「なぜだ、気になるか」悟の使っていた会社ということだけ教えた。

「いやまあ、楠木社長が使ってた会社なら、腕もいいだろう」

「そうだな。それで兄貴の容態はどうだ」

「うん。衰弱は激しい。ただおれもMSだから、治療薬を片っ端から当たってる」

「うちで協力できることがあれば……」

「ところで」海渡が話題を変えた。「お前んとこのバイオ医薬品の進み具合はどうなんだ？」

「先行予算投入がまだ決まらないんだ」

「プロジェクトチームはできてる？」海渡らしからぬ事務的な言い方をする。

「人選までだ」

「またゆっくり聞かせてくれ。そうだ、親父さんの具合は？」

「こっちも相変わらずだ」

「話ができてよかったよ。じゃあお互い頑張ろう」と素っ気なく海渡は電話を切った。

海渡と話した感じがしなかった。後味の悪さを払いのけるように、冷えてしまった缶コーヒーを一気に流し込んだ。

海渡も疲れてるんだ、と言い聞かせ屋上から降りた。

13

矢島は母への取材をしていない。

玄の言った言葉が怜花の頭から離れなかった。客と冗談を言い合っていても、厨房で母の手足となって調理をしていても、記者が被害者に話を聞かない理由を探してしまう。

いくら考えても答えは見つからず、矢島への不信がくすぶり始めた。

それは怜花の気持ちを乱すための、玄の誘導かもしれない、と意地悪なことを考えてもみた。しかし、玄がそんな計算をする人間だとも思えなかった。

矢島からはいくつも留守電が入っていたが、一度だけ母の足の具合が悪いから外出はできない、というメールを送ったきり連絡を取っていない。

玲花は気持ちがもやもやするときは、肉じゃがに入れるジャガイモの皮を包丁でむく。ピーラーを使わず、なるべく皮を薄くむこうと集中するからだ。その後の芽をくりぬく作業もストレス解消に一役買う。

「ごめんください」玄関で女性の声がした。

「はーい」と返事して、ジャガイモを大きなボウルの中に放り込むとサッと手を洗い、水滴をエプロンで拭きながら戸口へ向かう。

戸を開けるとスーツ姿の中年女性と、背の高い制服の男の子が立っていた。一見して気の早い飲んべえ客ではないことが分かった。

「あの、先日はこの子が大変申し訳ないことをいたしまして……」そう早口で言って女性は深々と頭を下げた。

「ああ、自転車の」後ろのぼうっとした顔でこちらを見る男の子を一瞥する。

「これはつまらないものですが」母親は百貨店の紙袋から手土産を差し出した。「あの、お怪我の方はいかがでしょうか」

「この人とちゃう」男の子が後ろから母に告げた。

手土産を受け取りながら玲花は言った。「被害者は母です」

「そうですか、すみません。お母様はいらっしゃいますでしょうか」母親は低姿勢のままだ。

「転けたんで、アスファルトでそこらじゅう打ってます。そやから横になってます」

「そうですか、本当にすみません。どのような状態なのでしょうか」声が震えている。

「まあ、あちこちに青たんはつくってますけど、幸い精密検査で頭には異状ありませんでした。ただ商売道具の手にヒビが入って動きにくいんで、もうちょっとリハビリがいると思います」

「商売道具と言われますと」怪訝《けげん》な顔つきで尋ねた。

「お巡りさんから聞いてはりませんか。うちの母はプロの三味線弾きなんです」事故の恨みはなかったけれど、これだけは言っておきたかった。

「そ、そうだったんですか。それなのに手に怪我を」母親は深く沈んだ目を見せた。努めて地味な服装で、抑えた化粧に見えた。

この母親をいじめても何にもならない。

「けど、時間が経てば何ともなくなると思いますし、プロだと言っても、いまはこのお店で演奏してるだけですし」と言って何とか笑って見せた。

「……ほんとうに、申し訳ありません。これ、あんたも謝りなさい」背後の息子を振り返った。

渋々男の子は前に出てきて、顎を突き出すようなお辞儀をした。

「うちのお母ちゃんはな、目が不自由やねん。そやから大きな声出されたらびっくりして身体がすくんでしまう。その拍子に杖を持ち上げてしもたんや。何もあんたが通るの邪魔しようとしたんと違う。それだけは分かって」

「はあ」また顎だけを動かし、返事をする。

「とにかく、自転車だって凶器になるということは覚えといて」

「はい。あのう……これ」とくぐもった声で言って、手のひらを突き出した。

「何やの？」男の子のごつい手のひらを凝視した。そこには薄汚れたピンク色のプラスチック片があった。

それを見た瞬間、動悸《どうき》がした。急に顔が熱くなって息が苦しい。

「これは」それが何であるのか分かっているのに、確かめるような言葉しか出てこなかった。

「お巡りさんが、事故現場でおばさんに当たったときのことを説明しろって言うたんで、そこの路地に行ったら、これが落ちててん」自分はバンドをやっているから、何となく拾ってポケットに入れて持って帰ったと、男の子は説明した。「おばさんには関係ないかなと思たんやけど、いま三味線弾くって聞いたから、ギターも弾かはるんちゃうかなと」

「訊いてみるから、預からしてもらうね」差し出した手が震える。

高校生は怜花の手のひらにおにぎり型のピックを載せた。「もし関係なかったら捨てといてください」

「分かった。おおきにな」嫌な思い出の断片だった。怜花がお気に入りのピンクの下敷きをハサミで切り刻む守屋の嬉々《きき》とした顔が蘇る。ポーズを決めるアニメの戦闘美少女にハサミが入る度に涙が出た。薄いピンクはヒロインの頬だった。

「母にはあんじょう伝えておきますので、これで」声を振り絞った。

母親が治療費のことなどを言っていたが、その内容は頭に入ってこなかった。

怜花は適当に返事をして二人には帰ってもらった。

「お客さん？」居間から母が声をかけてきた。

なぜか慌ててピックを前掛けのポケットにしまった。「自転車の子が謝りにきた。お母さんと菓子折もってきたんや」手土産の包装紙を見て答えた。

「言ってくれたら出るのに」

「被害者は、大人しく寝ててもらった方が都合がいい。いまはせいだい反省してもらわな。それだけこっちはひどい目に遭うてるんやから」と言いつつ、怜花は階段を上がり自分の部屋に入った。戸を閉め、深呼吸してみた。それでも、なかなか動悸が収まらない。

文机《ふづくえ》の前に座って机上にピックを置いた。じっくり確かめたが、怜花が持っていた下敷きにまちがいなかった。

ヒロインのピンクの頬と、そのすぐ横に描かれた曲線は耳たぶだ。黒い線のところどころがはげていて、そこが黒ずんだように見えていた。いま目の前にあるのは、守屋が切り取り演奏で使っていた世界に二つとないピックなのだ。

高校生は事故現場に落ちていたと言った。彼がバンドをしていなかったら、こんなプラスチック片など拾うこともなく、まして怜花の元にやってくることもなかった。

切っても切れない因縁のようなものを感じるとまた鼓動が速くなった。

それにしても、なぜこんなものが、母と自転車が衝突したところに落ちていたのだろう。いや、その答えははっきりしている。

母が持っていたのだ。

そして次の疑問は、なぜ、母がこれを持っていたのかということだ。一〇年以上も、守屋のものを大切に持っていたとは思えない。しかも怜花にとって忌々しい思い出の品なのだ。

どこかから出てきたものを捨ててしまおうと、前掛けの中に入れていたのかもしれない。だが、捨てるつもりなら、すぐにゴミ箱へ放り込めるはずだ。

それとも万一怜花が見つけたら、当時を思い出して傷つくだろうと考えたのか。それ
捨ててしまう場所を探していて、そのまま忘れてしまったということもある。それ

で事故に遭った。

そもそも事故現場の路地にいたのはどうしてなのだろう。

近所の買い物くらいは出かけられるが、その際は専用のバッグを持っているはずだ。たすき掛けにして両手が空くようにし、片手に白い杖も持つ。

あの日は、杖しか持っていなかった。ということは、買い物に出かけたのではなかったのだ。

ならば、あの路地に何をしに行ったのか。あそこは以前ニット帽の男が姿を消した場所に近い。あれは、やはり守屋だったということか。

守屋が、ここへやってきた——。

高校生は路地に立っていたと証言している。ならばそこまで母は守屋の後をついていったということになる。

母は自分に隠れて守屋と会った。その事実だけでも、充分汚らわしい。

このピック、母はいつから持っていたのだろう。守屋との再会の日、母はピックを受け取ったのかもしれない。

また机の上のピックを見た。これが、母の悪夢の始まり——。

しかし、何のためにこんなものを持ってきたのだ。いまごろ守屋が現れた理由は何だ。

知らん顔でどっかへ行った大人。どっちにしても守屋は、自転車に当てられ転倒した母に手を差し伸べることもなく、またしても見捨てたということか。

性懲りもなく姿を現した守屋と再会し、再び見捨てられるはめになった。嫌いな男と、嫌な母。二人に対して、嫌悪感が生じた。

怜花は唇を強く嚙んだ。

矢島も信じられなくなりつつあるいま、母の心も見えなくなってきたのは寂しかった。

怜花はピックをゴミ箱に放り投げた。

軽薄な音がして、ゴミ箱の縁に当たって跳ねた。

「馬鹿みたい」ひとりごち、思いっきり畳に寝転んだ。

振動が背中から胸に伝わり、むせた。堅く目を閉じる。

気配を感じ、ぱっと目を開くと蛍光灯の笠と母の顔があった。

びっくりして怜花は身体を起こす。「何や、びっくりした」

いつの間にか母が部屋の戸口に立っていたのだった。

怜花はゴミ箱の近くに落ちているピックを横目で見た。

「怜ちゃん、何があったの」母が壁を伝い部屋に入ってきた。

怜花の横にゆっくりと座るとき、母はピックのすぐ近くに手をついた。

声を上げそうになる口を手で押さえて止めた。

「何にもあらへん。何で、何でそんなこと訊くの？」畳のピックを見たまま言う。

ピックを拾い直したい。

「いま、怜花が馬鹿みたいって言ったのが聞こえたから」

「ああ、それ。日々反省するのが、うちのいいとこやから」視線はピックへ注ぎながら、努めて明るい声を出して笑った。

「いつもはアホみたいって関西弁で言うのに、いま馬鹿みたいって。怜花は本当に嫌なことがあると、馬鹿って言葉を使うのお母さん知ってる」冷静な口調だった。

「そうかな。うちは使い分けてるつもりはないけどな」

「素直じゃないわね」

「そこまで見抜かれているのならしょうがないから、白状する。ちょっと玄のヤツと、揉《も》めたんや」怜花はゆっくりと手を伸ばしてピックを人差し指と中指で挟んで引き寄せた。

やったと心の中でガッツポーズを決めた。

「へえ、玄ちゃんとな」

「けど、毎度のことやからお母ちゃんは気にせんといて」ピックを握り直して前掛けのポケットにしまおうとした。

もうすぐポケットというところで母の手が伸びてきた。「これは何？」怜花の手を摑んだ。

「あっ」声が漏れると同時に堅く拳を握った。

「何、隠したの？」母は手を離さない。

「何もないって」いっそう力を入れた。

そうすることがますます事態の悪化を招くことは分かっている。けれどまだピックのことを問いただす心の準備ができていない。真相を知ってしまってもいいのかと迷っていた。

「怜花、これはピックでしょう」という母の言葉で力が抜けた。

怜花の拳が綻《ほころ》びる。手のひらからピックが畳に落ちた。さっきよりもさらにちっぽけな音がした。

「お母ちゃん……」ピックを拾い、母の手に握らせた。「さっききた加害者の高校生が、持ってきてくれた」

高校生が言ったことをそのまま母に伝えた。

「そうだったの、拾ってくれたんだ」母は指でピックの縁を撫でた。

「何で？　何でそれをお母ちゃんが持ってるんや」怜花が大きな声で訊いた。

覚悟を決めた。もう曖昧にしても仕方ない。

「怜花、これ、覚えていたの？」逆に訊いてきた。

「そんなん忘れようと思っても、忘れられへん。うちが大切にしてるもんをズタズタにされたんやから」当時の怒りで声が震えた。

「薄いピンクだったわね、これ。いまのお母さんには分からないけれど。ただこうやって指でなぞると、いびつな形がよく分かる。ほら、爪で弾《はじ》く音にも覚えがあった」

母は親指でピックを弾いた。

かさかさと音がする。

「そんなこと訊いてない、うちは」責めるような口調で言った。

「可哀相やったな。こんなに小さく切り刻まれてしまって」今度は、頬にピックを当てた。

「お母ちゃん、なにやってんの？　そやからうちは……」声が詰まった。

「守屋が、ここにきた」母が突然、言った。「いまみたいにピックを爪で弾いて、津軽三味線のリズムを……もしやと思って。お母さんも怖かった、ぞっとするくらい。でも逃げてはいけないと、戸口へ出て音の方向を探ったの」母が正座から女座りへと足を崩す。「守屋は玄関に立ってた」

腰に貼った湿布薬の匂いがほのかに香《かお》った。

「あいつ……」歯ぎしりした。

「守屋はきちんと暮らせるよう、お金を稼ぐ手伝いをしてくれと言ったの。工事現場を転々としていたけど肝臓を壊して無一文で困ってるんだって」

「お母ちゃんを置いて逃げたのに。謝りもせんと、そんな馬鹿なことを」腹が立って、胃がひっくり返りそうなくらいの痛みが走った。はらわたが煮えくりかえるというのはこういうことなのだと、思った。「いまのお母ちゃんの姿を見て、ようそんなこと言えるな」

「自分を死人にした責任もあるだろうって。戸籍の回復にも協力してもらわないと、とも言われた」

玄関先だと人目につく。誠一が買い出しから帰ってきたとき具合が悪いので、路地まで守屋を連れて行ったのだと母は言った。

「きっぱりと言ってやった。私たちには、一切かかわらないでって。二度と現れるなってね」守屋を前にしたときの母の動揺が、小刻みに揺れるまつ毛で分かった。目が不自由になってからの母の癖だ。

そんな母のまつ毛を見たのは中学一年のとき以来だ。布施駅近くのスーパーで見かけた浮浪者に缶コーヒーを上げたことを知った母が、怜花を叱った。家に遊びにきた友達と笑って話していたのを聞き、部屋に飛び込んできた。

怜花の「だって可哀相やったんやもん」という言葉に対して、友達も絶句するほど母は怒った。

子供からのお恵みを、大人が本当に嬉しいと思うのか。施したいのなら自分で稼いでからにしなさい。

いろいろ言われたけれど、母の言いたかったことはそういうことだった。

「けど、そんなことが通じる相手とちゃうやろ?」声が掠《かす》れた。

母を殴る姿を何度も見ている。母を裏切って別の女性と歩く姿も鮮明に覚えている。誰がどう注意しても守屋は言うことを聞かなかった。

「あの人の呼吸、辛そうだった」

「意味分からん」

「本当に身体の具合が悪そうな声をしてたの。私をどうこうする元気も力もないように感じた」

守屋が元気だったらはじめから話をする気はなかった、と母は言う。「黙って私の話を聞いた後に、これを私の手のひらに握らせたのよ」

母はその感触ですぐに、守屋が怜花の下敷きで作ったピックだと分かったそうだ。

「音楽、音楽がやりたいんだ、と絞り出すような声で言った」

「そんなんウソや」

守屋が言いたいことは想像できた。

「二歩」にくる前、岡山の居酒屋を巡っていた。どこの居酒屋で演奏会を開いても客入りが悪く、もう次はない、とそれぞれの店主に告げられていた。そんなとき怜花を養女にもらいたいという日本酒の蔵元がいたという。守屋はお金で売るつもりだった。

蔵元の家に行ければ、文房具など新調してくれる。こんな安物の下敷きなどいらないと言った。ピックにして使ってやることをありがたく思えと言わんばかりにランドセルから教科書や筆箱と一緒に床へぶちまけた。

ピックは、母と怜花を引き裂く象徴のようなもの。言うなれば娘はどうなってもいいのか、という守屋の脅し文句にちがいなかった。

「何をするか分からん男なんや、あいつは。そやけど、いまのうちは負けへん」

「黙って帰りかけると、三品先生に挨拶に行くだけだ、と言うの。そのときにお前も一緒にきて一曲披露してほしい。いまの姿を見せて欲しいって」

「どういう意味なん？」

現在の母の姿を見せるだけでお金が稼げる。もう一度頭の中で言葉を整理した。

「もしかして、お母ちゃんを出しに使うつもりなんか。つまりお母ちゃんの目が悪くなったことの責任をとれって、脅してお金をせしめようとしてるんちゃうか」

薬の副作用で母の目が不自由になったと、訴える方法もあると矢島が言った。母は薬の被害にあった生き証人なのだ。

母が一生懸命稼いだお金を飲み代やギャンブル、果てはよその女に平気で使う守屋が思いつきそうなことだ。

「あなたがこの間から調べてるなごみ苑の死亡事故も、守屋は知ってた。その新聞記事に出てた三品病院の名前を見て、おれはまだ運に見放されてないと思ったって……」

「ほな、やっぱり三品先生を脅すつもりや」

「そうだと思う。怜花が想像してる通りでしょうね」うなだれる母は辛そうだった。

「けど、三品先生とこ行ったって何もならへんのんとちゃう」そんな単純なことなら、矢島も苦労はないはずだ。

「お母さんもそう思うけど、守屋には何か考えがあるようだったわ」

「たとえばお母ちゃんが協力して、守屋が三品先生を訴えてやるって脅しても、どうぞどこへなりと訴えなはれって言われたらしまいや。第一、守屋が裁判なんかやって勝てるとも思えへんし、そんな時間のかかることをするとも思えへん。あいつはすぐにでもお金が欲しいって感じなんやろ?」

母は何も言わず怜花に顔を向けた。

「どないしたん?」いっそう悲しげな母の顔が気になって訊いた。

「実は怜花。一〇年前にもあの人、三品病院からお金を受け取ったのよ」と言うと母は、「情けない」と小さく漏らした。

怜花は、母が唇をわずかに噛んだのを見た。

気づけば夜中の一時過ぎ、怜花は駅前のインターネットカフェに玄を呼び出していた。

母から一〇年前の話を聞き、抱えきれないほどの怒りや嫌悪感、不安などが入り交じって混乱していた。

玄なら一〇年前のことを話しても頭ごなしに守屋を馬鹿にしないと思った。一緒になって守屋の悪口を言われると、怒りを静められなくなりそうだったし、自分にも彼の血が流れていることのやるせなさも感じてしまう。

守屋のやったこと、そして母に持ちかけた話は、興奮していて支離滅裂になったかもしれない。しかし玄は黙ってうなずきながら聞いていた。

少し間を置いてから、「二匹目のドジョウかな」と玄は真剣な顔で言った。

「性懲りもない、おっさんやろ」玄が買ってきたコンビニの袋を覗く。怜花の好きな銘柄のポテトチップスがあった。

「一〇年前に、見舞い金がおっちゃんに渡されたんには、ちゃんとした理由があるはずや」玄はマウスをいじる。

「あんなやつ、守屋って呼び捨てていい」

「分かった」と返事してから玄は続ける。「病院がおばちゃんの目について何か責任を感じなかったら、お金なんか渡すことないんやからな」

「責任っていっても、あの当時の守屋を見て相手にするかな」

「それどういう意味？」

「お酒の匂いさせてたし、ろくに先生の話も聞かへんかった。最悪の患者の家族に見えたと思う」

「けど、一〇年前は実際にお金を出したんやからな。悪かったと思ったか、それともお見舞いというよりも口止め料の意味合いがあったのかも」

「口止め……。でも矢島さんは、副作用やと思う症例は厚生労働大臣に報告せんとあかんという法律があるって言ってたで。口止めということは、隠したってことやろ。法律違反になるのと違うか」

「もしそうなら三品先生は、法律に違反してまで守屋にお金を払ったってことか」玄は無駄に動かしているマウスから手を離し、チップスをつまんだ。

「副作用なら製薬会社を訴えな、あかんやろ？」

「製薬会社か……ちょっときついな」玄の声が暗くなった。

「きついて？」

「怜ちゃんもよう聞くやろ、薬害訴訟っちゅう言葉。何年も何十年も製薬会社と裁判で争ってるやつ。つまり製薬会社はなかなか非を認めんのや」

「そんなん、かなん」

「ちょっと待ってや」玄はパソコンのキーを叩く。

その様子を見て怜花は、「ほう、零細企業の社長もIT機器は必需品になってきましたね」と冷やかし、ポテトチップスを口にほおばった。

「うーん、なるほど」玄が画面に向かって唸った。何かを発見したようだ。

「なんや？」と尋ねながらチップスを玄の口に放り込んだ。

玄はチップスを飲み込んでから言った。「あんな、もしおばちゃんの事故が薬の副作用やったら、どうしたらええんやと、調べてみたんや」

「なんかあった？」

「独立行政法人医薬品医療機器総合機構の救済制度というのがあるみたいや」玄はマウスを動かす手を止めない。

「それは、なんじゃらほい」ディスプレイを覗き込んだ。

「その制度を活用すると、薬の副作用で身体に障害が残ったりしたら治療費だけやなくて年金も出るようやで」ディスプレイを指さす。「おばちゃんの場合は失明みたいなもんやから、一級や。年額にして、約二八〇万円もらえることになる」

「それだけ貰えたら、助かるわ」

「ただ障害年金をもらうとなると、この機構に請求書を出さんとあかん」

申請した書類を元に医薬品医療機器総合機構が審査し、明確な副作用だと認めれば、年金が支給される。そして日常生活が著しく制限されるような障害がある場合は請求の期限もないと言った。

「副作用か。そこで浮上するのがシキミリンβちゅう薬や」玄は、怜花が矢島との会話で何度も耳にした医薬品の名前を口にした。「シキミリンβってヒイラギ薬品工業の薬やな」と念を押す。

「そうや。シキミか、本みりんか知らんけど」怜花が笑いながら答えた。

「ちょっと待ってな、ヒイラギのシキミリンβについての承認書類が閲覧できる」

怜花は玄が検索している傍らでチップスを食べて待つ。

「何じゃこれ」玄が声をあげたので、怜花も画面を見た。

「ラットとかの動物実験、治験患者のデータもあるんやけど難しくてさっぱりや」

確かに画面いっぱいに専門用語と数値が並んでいる。

玄は肩をすくめながらも、画面をスクロールしていく。文字が上へと流れるのをしばらく眺めていた玄の手が止まった。

「どうしたん？」

『有効性を認めつつ、きわめて副作用の少ない医薬品として承認しても差し支えないと判断するに至った』と書いてある。つまりこの薬、副作用の少なさが売りなんや」

「やっぱり副作用やないんかな。年金をもらおうと思ったのに」露骨に首をうなだれて見せた。

「うーん、しかもシキミリンβを使用しましたという医者の証明も必要になる。どんどんハードルが上がっていく」玄は、また唸り声を出した。

「ほななにか、そのなんちゃら機構に申請出したら、副作用かどうか、ちゃんと調べてくれるんかいな」

「医薬品医療機器総合機構、略してパムダや。調べるというより、こっちからお医者さんの診断書を付けて、この薬でこないなりましたって申請すると、救済の対象かどうかを審査するんや」

「そのパンダへの申請には、三品のおっさんに証明書を書いてもらう必要があるんやな」

「うん。でもよう考えたら、薬の副作用で三品先生がお金払うのは筋違いやで」

「薬の副作用でなかったら、何？」

「単純に、お医者のミスかもしれへん」

「それなら、分かる」守屋はいなくなる直前、今里《いまざと》駅の近くの飲み屋で「運が向いてきた」と言っていたらしい。退院してから、母が「一歩」に出入りしている酒屋から聞いたのだそうだ。

妻が入院しているのに、そんなことを言っていたから、病院から見舞い金でもせしめたのだろうと噂になっていたという。

「けど、お金なんか払ったら、やぶ蛇や。私、ミスしましたって言っているようなもんとちがうか。にもかかわらず、お金は払った。三品先生いうのは、そんなヒューマンなお医者さんか」玄はキーボードの前に肘をついた。

「ヒューマンって、保身よりも患者さんのことを大切にする心優しい医者ってこと？ちょっとキャラクターが違うわ。患者の家族からすれば頼りがいがあったけど、優しくはなかった。どっちか言うと、強さが目立つ感じ」

「三品先生ってなんか謎やな。何より、矢島さんが怜ちゃんを引っ張り出した理由がさっぱり分からん」玄は首の骨を鳴らす。

「確かに……。何のためやろな」

怜花は整理するために、矢島と共に行動したことを順に上げてみることにした。

発端は、「一歩」の周辺で怜花の母のことを調べ回っていたことを怪訝に思った玄からの報告だった。それに対して文句をつけに行った怜花に、矢島はなごみ苑の高齢者死亡事故の記事を見せた。母の失明の真相を探ることが、高齢者死亡事故の糾明《きゅうめい》につながると主張。さらに三品病院で治験コーディネーターをしていた駒野浩美とは知り合いで、二ヵ月前から行方不明なのだと告げた。浩美のことを訊くためと言って、彼女の後輩看護師、長谷麻奈美の勤める八尾マリア病院を怜花を伴って訪問する。

また、なごみ苑にいた香河彩芽という看護師長と怜花を会わせた。その後の矢島の調べで、もう一人の看護師、佐久山香が病気で入院している事実を知ることになる。

「この香さんは、八尾マリア病院にいたんや。何や同じところをぐるぐる回ってるって感じがするわ」と頭を一回転してみせた。

「発端は、すべておばちゃんの事故で、舞台はやっぱり三品病院やな」玄は顎に手を当てた。

「なあ玄ちゃん、もし訴えるとしたら、どないしたらええの」

「ヒイラギをか」

「うん。だってカマキリが『ヒイラギ薬品工業を訴えるというのもひとつの方法です』って言ってた」

「それなら、いま言うた申請の方がええのとちゃうか」

「けど。副作用が原因やと証明しなあかんのやろ？」

「そやな」玄の声はなお暗い。

「三品先生の方は、もし副作用なら報告しなあかんのにそれをしていない。すでに法律違反なんやろ。うちがお医者さんやとして、法を犯してまで副作用のことを黙ってるのは、自分のミスを隠したいときや」

「なるほど。ちょっと、調べてみる」玄はパソコンに向かう。

待つ間、怜花もめまぐるしく動く画面を見ていた。意識して瞬きしないと目が乾燥して痛かった。

「医者のミスへの責任は、刑事と民事で問うことになるけど、よっぽど故意に傷つけるか殺害してしまわんと刑事責任を問うのは無理みたいやな。おおかたが民事や」

「民事で勝っても罪に問えないってことやなあ」

「うん、別個のもんやから。とにかく民事上の損害賠償請求には、債務不履行を理由にする場合と、不法行為を理由にする場合とがあると書いてある」

「さっぱり分かりませんわ、吉井の玄さん」

「うん……えっと分かりやすい不法行為の方から説明するわな」

「不法行為というのは分かる。三品先生がミスしたということやろ?」

「そや。けどあの先生は外科やないから、動脈切ってしもたとか、悪くもない臓器を摘出したとか目に見えるミスはあり得ない。内科であるのは投薬ミスくらいかな。たとえば自分で調合した薬を使って副作用が出たとか」玄は画面に法律の条文を表示した。

第七百二十四条　不法行為による損害賠償の請求権は、次に掲げる場合には、時効によって消滅する。

一　被害者又はその法定代理人が損害及び加害者を知った時から三年間行使しないとき。（※二〇二〇年、五年に改正）

二　不法行為の時から二〇年間行使しないとき。

「うちにとっては呪文や」

「損害賠償請求の権利は二〇年ある」

「ほないけるやん、玄ちゃん」

「いやいや、そうなんやけどな。そないに単純やないんや。損害、つまりおばちゃんの目が不自由になったと分かったとき、それが誰のせいか知ったときから三年何も言わへんかったら、賠償請求ができなくなってしまう。時効いうことや。そうなると時効成立までの時間の起点、事のはじまりが重要になってくる」

「ああもう、ややこし」得意のふくれた顔を作った。

「おばちゃんは、病気の直後から目が不自由になったと自覚してる。けど何が原因か、誰のせいかは分からへんさかい、訴えようがない。ここでや。不法行為は、加害者を知った時から三年と書いてある。もし三品先生が不法行為を働いたとする。けど少なくとも見舞い金を出したんやから、被害を与えたと思ってるし、それをすんなりもろた守屋の方は、三品先生が加害者やからお金をくれたと思った。この時点、つまり一〇年前からカウントされるさかい、もう時効が成立してる」

「いまの説明聞いていると、三品先生がわざと起点を明確にしたみたい」と言ってみたが、玄の説明は呑み込めていない。

「理論的には、そんなことも考えられるけど、その場合どうしようもないな」お手上げだと言って万歳した。

「ほな、もう一つの債務なんたらは？」

「債務不履行。これは、おれがよう知ってるお金の貸し借りのことやなくて、当然やらんとあかん診療をしなかったことを指すらしい」

病人が債権者で医療従事者が債務者だけれど、治療を施して病気を治すということを約束しているわけではないと玄は説明した。「治療したけど、治らなかったとしても医者たちに責任はないということや。また治療してる最中に不測の事態が起こって患者が被害にあっても、必ずしも債務不履行やないっちゅうことやな。おばちゃんの目の場合も、三品先生や看護師さんは最善の努力を払ったと主張するやろから、この債務不履行での損害賠償は難しい。こっちの方の時効は一〇年やからもう無理やなあ……」

そう言って玄は、またパソコンに向かった。

いろいろ調べてから、怜花に向き直る。一畳ほどの個室にはパソコンが設置されたテーブルと大きめの椅子が一脚、その椅子に半分ずつお尻を乗せていた。玄がこっちを向くと身体が密着する。

「なんや、近いな」と小声で言った。

「ごめん」玄はまた正面を向いた。

隣の個室からは女性の変な声が聞こえてきた。いかがわしいサイトを見ている客のヘッドホーンから漏れる音だろう。天井のない個室では音声は筒抜けのようだ。

「どっちみち守屋もうちらも、手も足も出えへんのやね」雑音をかき消すように大きめの声で訊いた。

「そういうことになるな。うーん、けどどうしても守屋さんにお金を出したっちゅうのは、引っかかる」

「守屋のこと、呼び捨てでええって。その何かって何よ」投げやりに言って、ダイエットコーラの缶を開け、あふれ出る温《ぬる》い泡を飲み込んだ。

「分からん。けど何やかやと企《たくら》んでる人間は、ついやり過ぎるさかいな。普通はやらない行動の裏に何かがあるもんや」玄は怜花の持つコーラ缶を奪い取って、勢いよく飲んだ。泡が口の端からこぼれた。

「温《ぬく》なってるんや。うちがプルタブ開けたん、見てへんかったんかいな」ティッシュで拭ってやりながら笑った。「玄ちゃん、今日はありがとう」

「そない言うてくれたら、夜中に家を抜け出してきた甲斐がある。こんなおれでも怜ちゃんの役に立ったんやな」

「卑下することない。今夜はカマキリより頼もしい」

「そんなつもりで言うたんやないけどな。でも、いま言うた救済制度とか時効とかのことやけど、おれらみたいな素人でもちょっと調べたら分かることなんや。医療問題を扱ってる記者の矢島さんやったら、とうに知ってるはずやないか。そやのに訴えてもええなんて煽《あお》るのは、無責任とちゃうか」

「ほんまや。救済制度があるってことかて一言も聞いてへん。うちに言うてもちんぷんかんぷんやと思たんかもしれへんけど」

「おれは、やっぱりあの人のこと信じられへん。妬いてるんとちがうで。なごみ苑のお年寄りが亡くなったことを受けてにわかに動き出したという部分だけを見たら、守屋とあんまり変わらん気がする」玄が静かな口調で言った。

「カマキリが動きだした目的はなんや？」

「たいがい金銭か権力、もしくはその両方が動機とちゃうかな」

「うちと一緒にお母ちゃんの事故を調べることで？」

「守屋みたいに誰かを脅すネタを探してるのかもしれん。あるいは敵対する企業から依頼されて動いてるということも考えられる。もちろん純粋に社会正義のためというのも可能性としてなくはないけど」

「そうか。あっ、あかん、もうこんな時間や」パソコンの画面の下に出ている時間が五時四〇分となっていた。「ちょっと玄ちゃん、うちら朝帰りやんか」

「ほんまや、時間経つのごっつう早いな。おれかて、おふくろからとんでもない誤解をうける。両親とも婚前交渉、絶対反対なんや」玄がしおれた。

「アホらし。それは乙女のうちの台詞《せりふ》や」声を潜めて笑った。そして玄に言った。

「いっそのこと、やってみるか」

「そ、そんなご無体な。結構潔癖性なんやうちの親」玄が赤らめた顔で怜花の唇を見つめる。

「あんな、やってみるかって言うたんは、本丸に乗り込んでみよかって話や。色っぽい話とはちゃうねん」

玄は緩んだ口のまま、目を見開いた。「本丸！」

「分からんか、相手の懐に飛び込んでみようって言うてるんや」

「相手って、三品病院のこと？」

返事せず、まつげを大きく上下させ、可愛こぶって微笑んだ。


怜花は夜討ち朝駆けとはいかないまでも、しつこく三品病院に連絡を取り、院長を呼び出してくれるよう頼んだ。そして四日後、ついに三品と会うことができた。

一〇年前、三品病院で世話になり失明した患者だと言い続けたことが彼を動かしたのではないか、と玄は分析した。

その玄と一緒に院長室のソファーに座っていると白衣姿の三品が入ってきた。

三品はトレードマークにしているのか、ちょび髭が手入れしたように整っている。テレビで見るより痩せている印象だ。

「一〇年前にお世話になりました。先生、うちのこと覚えてはりますか」怜花は顔が見えるように少し首を前傾させた。

三品はソファーに座りながらクリアファイルを開く。「うちは保管義務の五年を過ぎてもきちんとカルテを残してましてね。あなたが言うように、該当する女性患者様、おられますね。その患者様のお嬢さんということですね」と三品は患者に様をつけ、じろじろと怜花の顔を見た。

　患者様というのも耳につくし、人を値踏みするような三品の目も気持ち悪く鳥肌が立った。

「思い出してもらえないみたいですね。患者の氏名は守屋怜子、私は娘の生稲怜花。母の入院当時は一一歳でした」

「うん、患者様の氏名は合ってますね」三品が書類に目を落とす。

「疑ってたんですか」

「いろいろな方がいらっしゃるのでね。気を悪くせんでください」

「ほな、もっと詳しく言いましょうか？」

「いや、結構」三品が片手を上げて制止した。

怜花は、三品の言葉を無視して続けた。「一〇年前の一二月一一日、高熱を出してここにきました。インフルエンザとの診断でシキミリンβという新しい薬を服用しました。熱は下がったけど、今度は全身に発疹が出たんです。そして先生に失明する恐れがあるって言われたんです」あらかじめ考えていた台詞を話した。

「もういいです、分かりましたから。それにしても薬品名までご存じとはね。まあ昨今は何でもネットで公開してますからね」三品はファイルと怜花の顔を交互に見ていた。

「それだけやありません。治験コーディネーターの駒野浩美さん、看護師の香河彩芽さん、佐久山香さん、長谷麻奈美さんも知ってます」息継ぎなしに言った。

「……ほう、ずいぶん詳しいね。言われてみると、お嬢さんの顔に当時の面影が残っていますね。思い出しましたよ、お綺麗《きれい》なお母さんに、可愛いお嬢さんだった。うん、まちがいない」

「やっと思い出してくれはりましたか」

「患者様は多いのでね。そうですか、あなたが。で、この方は？」三品が玄を見た。

「こっちは吉井さんで、婚約者です」と玄を紹介した。

「ほう、なるほど。で、お話というのは？」

「単刀直入に言わせてもらいます。あのとき守屋に支払ったお金のことについてです」

「ちょっと待ってください。お金？ そんなもの支払った覚えはないですよ」柔和な表情で言った。

「でも守屋が、先生からもらったと言ってました」鎌をかけるしかない。

「いやいや、うちの方の記録にはありません。それにお支払いする理由がない。あのとき私も、あなたがさっき言った看護師たちも、お母さんの命を救おうと懸命だった。結果的には後遺症が残ってしまってお辛いことになりましたけどね」玄の言った通り、債務不履行の罪を免れるつもりだ。

「病気の後遺症やのうて、使ったお薬の副作用ですよね」口調を強めた。

「副作用？　絶対にないとは言い切れませんが、そうだとも言えない。薬の副作用を判断するのは難しいんですよ」

「でも、守屋は先生からもらったと言ってるし、近々さらに要求するようなことも口にしてるんですよ」と言ったとき、隣の玄がびっくりした顔でこちらを見たのが分かった。

「ほう、なるほどね。そういうことでしたか」三品は眉間に皺を寄せ、露骨に嫌な顔つきになった。「あなた方は、そんなことをするために、ここにこられたんですね」と極端に話す速度を落とし、横目で二人を見た。

「そんなことってどういう意味？　うちは母が可哀相でしかたないだけです。本人は過去のことを忘れようとしてるし、先生のことかて命の恩人やと思ってます。けど守屋にお金を渡したということは、何か落ち度があったいうこととちがいますのん？」

「当方に落ち度はない」断定口調で言った。

「落ち度がないのに何でお金を渡したんですか」

「分からん人ですね。そんな記録はないんですよ」

「もし薬の副作用なら、母以外にも被害者が出ます」興奮して、早口になった。「なごみ苑のお年寄りみたいに」

「話になりませんね」三品は鼻で笑った。「私も忙しいので」と言って腕時計に目を遣り、ファイルを閉じた。

「ちょっと待ってください。パンダ、いえ医薬品医療機器総合機構に障害年金の給付請求しようと思てますんや」舌を嚙みそうになりながら、三品に言葉を投げつけた。

「給付請求を？」三品が怜花を見つめる。

「そやから母のカルテを出してもらいます。投薬証明も書いてほしいんですわ」できるだけドスのきいた声を出した。

三品は再びファイルを開き、書類に目を落とす。彼は何も言わないが、床を叩く靴音が室内に響き始めた。貧乏ゆすりだ。

カルテを保管していたと言ったことを後悔しているのかもしれない。

一〇年前、母の病状を告げるときも三品は貧乏揺すりをしていたのをふと思い出した。緊張したときの癖だとすれば、いま怜花のとった言動が効いているということだ。

「カルテと投薬証明ね。診察したのも投薬したのもうちで、しかも副作用と思われる症状が出たときの治療もうちでやったから、投薬証明は要らないんですよ」

「えっ？　そうなんですか」

「ええ。副作用発症時の状況、その後の経過そして現在の障害の状態を記入した診断書だけでいいんです。ただ、あなた方がどうしてもと言うのなら、請求に応じますが」重い口調で言った。

「じゃあ、カルテと診断書はいただけますね」確かめるように語尾を強めて言った。

「それは、まあ」煮え切らない様子だった。

「弁護士さんに訊きました。患者の請求には応えないといけないんですよね」初めて玄は言葉を発した。

「ええ、そうですよ。しかし、いますぐというわけにはいきません」

「何でですか」

「いくらお嬢さんでも、カルテなどの個人情報はご本人でないと」もしくは代理人なら本人の委任状を持参するよう三品が言った。

「ほな、母本人と一緒にきたら、すぐにもらえるんですね」と言った。しかし、母を説得できる自信はない。

「もちろん」三品のファイルの閉じ方は荒っぽかった。

14

良治は、容子と共に社長室の手前にある応接室で客を待っていた。

三品から生稲怜子の娘が障害年金の給付請求をするという電話が、容子にもたらされたのは二日前だ。その後、槌田からは何の連絡もなく、矢島の動きもまったく分からない状態だ。気になっていたところに三品の電話が入ったのだった。

直接交渉の時期ではないが「医薬品医療機器総合機構に給付請求を出す気だ」という三品の話を聞いてはどうしようもなかった。

「医者としては診断書を出さない訳にはいかないよ」と三品は言い、今後の対処法を膝詰めで話し合うしかないと、直接交渉を迫ってきた。

槌田に相談すると「教授選挙を控えてますから、騒ぎ立てることも、露骨な要求もないと思いますが、結論を急がず、逆にヤツの思惑を訊き出しては」と助言をくれた。

その言葉で、良治は会う決心をしたのだった。

「受付の人間には？」隣に座った容子に尋ねた。

「三品先生が表敬訪問されるとだけ言ってあります。お見えになったら、できるだけ速やかにここへ案内するように指示しました」

「そう、ありがとう」

しばらく経って、約束の二時の、五分前に応接室のドアがノックされた。

「どうぞ」容子が返事して、立ち上がった。

三品は髪をオールバックにして上物のスーツを着ていた。手にはさらに高価そうなクリーム色のコートを持っている。

「ようやくお会いできました。出世なさると私のような一介の医者ではなかなか時間を割いてもらえないようですな」紅潮した顔の三品が椅子を引き、コートと鞄を置く。

「代行という仕事も雑用が多く、あっちこっちから責められどおしで、なかなか時間が自由にならないもので」

「そうですか、それは大変ですな」と言う三品の目は容子に注がれていた。

その容子はさっと三品のコートとマフラー、帽子を部屋の片隅にあるハンガーにかけた。

「いつも電話で、お話をさせていただいてるのはあなたですか」と三品が容子に話しかけた。

「先生にはいつもお世話になっております」と会釈して別室へ姿を消す。

「社長の具合はいかがですか」真面目な顔で三品が尋ねる。

「徐々に良くなってます」

「麻痺《まひ》は右ですか、左ですか」

「右です」

「では言葉が？」

「筆談で、コミュニケーションはとれてます」

「けど大変ですね。うちのリハビリシステムだったら劇的に良うなりますけどね。再生医療も導入してますし」かなりの回復実績を出していると、三品は自慢げに言った。

「やっぱり間葉系幹細胞を。しかしまだ国内では未承認では？」

「むろん治験ですよ、治験」意味ありげな笑みを見せた。

「何か方法があるんですね？」

「医師が既存の薬剤を駆使する時代は終わりました。医師自身が創薬していかないと医療の未来はないでしょうから」

「先生の老年医療の実績はよく聞いてますし、これからがますます楽しみです」

容子がコーヒーを載せた盆を運んできた。

容子は、三品と良治の前にソーサーに載ったカップを置き、席に戻る。

「滝本さん、ちょっと席をはずしてくれるか」良治は三品の視線を気にしながら言った。

三品に金銭を支払った話を彼女に聞かせる訳にはいかない。

「承知しました」容子はテーブルの筆記用具などを整え、システム手帳の上に置き、「お済みになりましたらお呼びください」と言って隣の秘書室へ向かった。

彼女の姿が消えると三品が口を開く。「滝本さんは、かつてシキミリンβの開発チームにおられたんですってね」

「よくご存知ですね」コーヒーを勧めながら言った。

「そら何と言っても、シキミリンβに関しては勉強してるんでね。実は、他の抗インフルエンザ薬よりも期待してます」含み笑いを浮かべた。

「それはどうも」

「さあ、そのシキミリンβの話をしましょうか。例の薬害被害者の娘ですが」

「いまごろ年金の申請というのは本当なんですか」

「驚かれるのは当然ですね。けどあの娘、本気です。母親を連れてきてでも、請求するという勢いでね。そうなれば、こちらとしても必要書類を出さざるを得ません」

「とめられないということですね」

「厄介でしょう？」と急に小声になり、シュガーとコーヒーフレッシュを入れてかき混ぜる手を止めた。そして含みのある表情を向ける。

三品の言い分をすべて信用する訳にはいかない。何もかも自分の企てのために利用する男なのだ。教授選挙を控え、実弾はいくらあってもいい。

「どうしても説得できませんか」

「その娘、生稲怜花というんですがね。私から見ればまだ子供ですが、なかなか肝が据わってましてね。興味深い娘です」

「いまごろそんな気を起こしたのは、なごみ苑の事故が原因ですか」素知らぬ顔で訊いた。

「おそらく、そうでしょうな」三品も他人ごとのように言った。

「申し上げにくいんですが、あの事故は三品先生の判断ミスがあったんじゃないんですか」と強い口調で言った。

「薬のせいってことも考えられますな。一〇年前同様」

「いや、すでに先生自身がマスコミに発表されてるように、高齢者の事故についてインフルエンザとの因果関係はないんでしたよね。つまり当社の医薬品とも無関係」

「まだ調査中です」と目を閉じ、旨そうにコーヒーを啜《すす》る。

「調査中？　ああ、だから検体を取っていらっしゃるんですね」良治が嫌みを言った。

「検体？」

「そうです、亡くなった高齢者二人のものですよ」

「ほう、あなたこそ私のことをよくご存知ですね。なるほど、うちの周辺に妙な男がうろついているのは、お宅の差し金でしたか」

「まさか。狭い業界なんです、それくらい耳に入ってきますよ」

「川渕社長代行、さっきも言いましたように私は医療の未来を模索しております。とくに世界的な高齢化を前に、老年内科のいろんな可能性を追求してる。そのためのデータなら、なんでも蓄積したいと思とります。だから医者としてはあまり眼を向けたくない死亡例からも学ばせてもらうんです」

「先生が老年内科の充実に力を注いでおられるのは承知しております。またシキミリンβをご愛顧いただいていることに感謝しているんですよ。ただ一〇年前の件は互いの胸にしまってもらわないと。これまで充分に協力させていただいたはずだ」

「なにか誤解があるようですな。一〇年前のことにこだわってるのはお宅の方ですよ。こちらは未来志向で物事に対処しようとしてるのに」

「また未来ですか」

「そうです、過去ではなくてね。ちょっとこれを見てください」三品がバッグから書類を出して良治に渡した。

そこには「堺《さかい》・さいわい苑」とあり、見るからに高齢者施設と分かるパース画が描かれていた。見た感じ、代わり映えのしない建物という印象だ。

「また高齢者施設を？」

「単なる高齢者施設ではありません。この施設の中にさっき言った脳疾患や認知症など脳細胞が死滅して起こる症状の完全治療を目指す治療棟を設けるつもりです」

「完全治療って。脳梗塞とは違うんですよ」眉を寄せる。

アルツハイマーは、何といってもアンメット・メディカル・ニーズの代表格だ。どんどん特許権が切れる生活習慣病用医薬品から経営をシフトさせようとする新薬メーカーがこぞって治療薬研究開発に挑んでいる。しかし進行を遅らせることはできても、完全治療は夢のまた夢というのが現状だ。

「そりゃ、いますぐというわけじゃない。だけど近い将来必ずそうなる日がきます。認知症などは、当人はもちろん家族がとても辛い病気なんだ。これは意義深い挑戦です」三品が急に興奮気味に話す。「認知機能障害の患者は、二〇二〇年には七〇〇万に達すると予測されています。ここに家族の人数を乗じて影響を考える必要があると私は思っているんです。働き盛り世代が介護することの経済的損失、老老介護の悲惨な現状、まさにこの病気の克服こそが、長寿でよかったと思えることにつながる。身内が突然、何もかも忘れ、息子の顔さえ分からなくなる衝撃は、並大抵のもんじゃない。私にはその苦労が分かるんですよ」先代の三品病院長であった父親が認知症だったのだと自分から言った。

「ご苦労をされたんですね」

「勘違いしないでください。私は同情してほしいから言ったんじゃないですよ。身内にそうなった人間がいないと、その悲しさというのか、寂しさは実感できないと言いたいだけです。力の入れようが自ずと違うってことです。諦めなければ、老年内科の充実で認知症は必ず克服できると信じている。その思いを理解してほしいんです。またこんなことも考えてます」コーヒーを啜ると三品が続ける。「いま病気の高齢者は病院からもつまはじきされてます。それは利益にならないからです。いや下手に利益を出せば、何かしらあくどいことをしているのでは、と勘ぐられる。しかし私の高齢者施設構想は違う。もっと潔い。新薬開発に協力するということさえ同意してもらえば、ほとんど無料で施設に入所できる。最高の医療を受けることができます。それこそオプジーボ級の薬だって効き目があるのならどんどん。製薬会社をはじめあらゆる高齢者をターゲットにした企業からの出資金で賄おうと考えてるからね」

「高齢者に特化した治験ですか」

「口の悪い人は高齢者をモルモットにしているだけじゃないかって言うでしょうね。言わせておけばいい。入所者には治験を通して社会貢献してもらう。正々堂々とＡＭ

EDとも協力関係を結んでいきますよ」

「そこまで？」

「当然です。すべては高齢者本人よりもその家族のためだ。政府は在宅介護を推進してるが、家族は介護でヘトヘトなんです。一緒に暮らすのが一番だってことはよく分かってます。だから施設に預ける家族は一様に後ろめたさと闘ってる。しかし体力も気力もそして経済力にも限界がある。それが原因での家庭崩壊だって珍しくない。一人の高齢者の介護のために、労働人口が割かれるのは社会的損失だってことに気づかないといけません。私は体験的にそれを学べたんですよ、代行」

大黒柱が倒れるとたちまち収入源が絶たれ、かといって配偶者が働きに行くこともできない。長期療養のために病院を転々とする家族の金銭的負担は膨らむ一方、自宅で介護すれば家に家族を縛り付けることになり、疲弊して一家離散した例をたくさん知っている、と三品は補足した。

「年齢を重ねることが、いまのままでは不幸でしょう？　せっかく混迷する現代社会を懸命に働き、そして生きてきて、人生の第四コーナーを回ったところで、家族のお荷物、医療費の重荷だと言われるんです。だけど事実、家族から歓迎されるはずはないし、背負いたくない気持ちも分からないではない。いい悪いは別にして、治験を前提にした臨床試験コーディネーター付き高齢者施設なんて、新薬メーカーからしたらゾクゾクしませんか」三品が眉をハの字にして身をよじらせた。

「ゾクゾクするって」それを悪趣味だ、と断じることが良治にはできなかった。

「繰り返しになりますが、家族は介護の金銭的、また肉体的、いや精神的な負担から逃れられるし、上手くすれば治験薬が劇的に効いて、本人のクオリティ・オブ・ライフの向上も図れる。いいことずくめだと思いませんか」三品は舌で上唇を舐めた。

「確かに、高齢者の脳梗塞や脳溢血《いっけつ》、アルツハイマー、末期のがんなどの場合、容態が落ち着くと、病院は本当にどこも置いてくれませんからね」

「医者の立場から言うと、費用対効果を考える。そうすると、そんな患者は当然置いておけない。まあそんなことは、家族にとっては関係ないことだ。ともあれ、そういう経験をした者なら、きっと私の考えに賛同してくれるはずだ。代行だって社長の姿を目の当たりにしてれば分かるでしょう。ざっくばらんに言いましょう。私の構想に賛同して、スポンサーになっていただきたい」

良治は、もう一度パース画に目を落として細部を見ているふりをした。そして、ややあって話し始める。「先生のお考えはすばらしいと思います。しかし、先生もご存じの通り、二〇一〇年問題以降、どこの新薬メーカーも窮している状態です。それは弊社も例外ではありません。医療用医薬品分野のＴＰＰのこともありますしね。何より代行である私の一存ではどうにも……」

合議になれば、役員や株主などからの反発によって、後援することを否決されるだろうと言い訳をした。

「ほう、そうですか」三品はのけぞり、椅子の背に音を立てて背中をつけて言った。「では、矢島なにがしの取材を受けるしかないですね」

「矢島？　それは、どなたですか」しらを切った。

三品の口から矢島の名前が出るとは思わなかった。

「なにわ新報社の記者でね、なごみ苑のことを調べている男です。彼、うちの病院に何度も取材させろとやってきてうるさいんです」

「おっしゃる意味が……」首をかしげてみせた。

「彼は一〇年前の副作用事故を知ってましてね」矢島が治験コーディネーターの駒野浩美と交際していたと三品は言った。「駒野くんは覚えていますよね」

「ええ。で、駒野さんが、その矢島にシキミリンβのことを話したんですか」

「彼女自身当時のことはあまりよく覚えていないんですが、おそらく」判然としない言い方だった。

「矢島という男が、どこまで知ってると言うんですか」

「そうですね、生稲怜子さんとシキミリンβの事故とは結びつけていますから……。娘の怜花さんと接触してるのですから、守屋さんに支払ったお金のこともひょっとすると知っているのかもしれません」矢島は取材で知り得た情報を元に、方々で小遣い稼ぎをしているちんけな出版ゴロだ。どんなことも強請《ゆすり》のネタにすると、三品は吐き捨てた。

「それはまずいですね」

「小賢《こざか》しい男ですよ。ただ怜花さんにカルテを渡すということは、当然矢島にも」言葉を切って、それがどういうことか分かるだろうと言わんばかりに目を見張った。

「私には、スポンサーにならないのなら、矢島にカルテが渡ってもいいのか、とおっしゃっているように聞こえますが」

どうやら三品は脅し文句ととられる言葉を避けているようだ。

「まさか、そんなこと。私だって副作用であることを知りながら報告義務を怠ったという誹《そし》りは免れない。この意味、お分かりでしょう？」

一〇年前の口止め料にとどまらず、その後も三品のほぼ言いなりになってきたのは、副作用の報告義務を怠ったリスクを三品に負わせているからだ。そんなことまで製薬会社が強要したとなれば社会問題だ。

三品を甘く見ていたツケは大きい。

「……時間をください。本当に私には権限がないんです」

「そうですか。まあ今日は、私の老年内科への思いを直接代行に伝えられたことが、嬉しいですよ」言葉使いがよそよそしくなった。「さて、どうしたらいいんでしょうね」誰にいうでもなく独り言の体で、窓の方を見る。

「資金面での協力をさせていただく用意はあります」と言うしかなかった。「ただ、いまシキミリンβの副作用が話題になると、その道も閉ざされる可能性があります。財務環境が整えば、必ず先生の理想のお手伝いもさせていただけるはず」

「うーん」芝居がかった動きで宙を仰いだ。「まさかカルテを渡すなとおっしゃるんですか」

「何とか」声に力を込めた。

「…………」

「お願いします」頭を下げた。

「しかし、保存していることを怜花さんも知っているんでね。求めに応じない訳にはいきません」

「では、給付の申請を断念させることはできないですか」

「あの娘さんが、そう簡単に諦めるとも思えませんね」

「一〇年前の事故については、いずれ決着させないといけない。そう思うんです。しかしいまは、時期がよくないんです」

「時期というなら、私もね」三品がニヤッと笑った。

「教授選の一番大事なときですね。先生にとっても小さな疵《きず》、副作用事故みたいなものが表沙汰になることは、決してプラスに働かないんじゃないですか」

「それはおっしゃる通り。……スポンサーの件は？」三品がパース画を手にする。

「努力させていただきます」

「仕方ない。それじゃ私も努力してみましょう。川渕さん、この件はここまでということで。私は帰りの新幹線の時間があるんで、これで失礼します」三品が席を立って小声で言った。「川渕さん、あなたはシキミリンβの本当のよさに気づくべきだ。風邪薬とはちがうんだから」

「もちろん、それはよく分かっているつもりです」風邪薬という言葉が嫌みとしては的外れで、浮いている印象を持った。

何が言いたい――。

「では、これで」

「今日はありがとうございました」良治は内線で容子を呼び、三品が帰る旨を伝えた。

三品は、容子から帽子やコートを受け取ると、黙ったまま応接室から出て行った。

良治は脱力して椅子に座り、首と肩を回す。緊張していたのだろう、肩がガチガチに凝っていた。

「記録しておくべきことはありますか」システム手帳を持った容子が訊いてきた。

「いや、何も」

「そうですか」容子は手帳をしまった。


その日の夕刻、槌田に連絡した。そして三品と話した内容を伝えた。すると槌田も会って話がしたいと言った。

「何か掴んだんだね」

「ええ。重要なことなんで、直接お話しした方がいいと思います。代行のご自宅へお伺いしてもいいですか」

「構わないが」

「スケジュール外、つまりプライベートな時間にお会いしたいんです」

「プライベート……？　じゃあ一〇時に私の家にきてもらおうか」良治が自宅の住所を告げようとすると、槌田は「では一〇時に伺います」と言って電話を切った。

そうか、彼は自宅も把握しているのだ。

応接間に通すと母が友人だと思って、ナッツと缶ビールを出した。

「お綺麗な母上ですね。頂戴します」と槌田はビールを口にした。「ご自宅まで押し掛けたのは、私と会ったと知られたくないからです。特に秘書の滝本さんには」

「しかし滝本くんは君に紹介したよ」

「ですから余計に」鋭い目で良治を見た。

「彼女が問題なのか」

「グレーゾーンなので、大事を取るんです」

「グレーゾーン？　彼女と私は創薬の現場で働いていたんだ。個人的なことは別にして、新薬開発にかける情熱はよく知っている。つまり多角化よりも開発優先路線について賛成の立場のはずだ。サイモン社とのＭ＆Ａにさえ疑問を持っているほどだからね。サイモン社は」

「調べはついてます」また先の電話と同じように言葉を遮断された。「代行は滝本さんが以前から三品を知っていたっていうことをご存じでしたか」

「三品と滝本くんが……いいや」なぜか鼻に動物臭が抜けた気がした。研究室で調達したラットを検品するときの臭いだ。

「ちょっとこれを聞いてください」槌田はＩＣレコーダーを手にし、再生ボタンを押した。

「はい社長秘書室、滝本でございます」

――三品です。代行をお願いします。

「川渕は席を外しております」

——どうせ居留守でしょう。とにかくシキミリンβのことで話があるので、連絡が欲しい。そうお伝えください。

「あの先生、なごみ苑のことですが」

——あれはシキミリンβとは関係ないです。安心してください。ただ一〇年前の事故を思い出す人間もいるんですよ。その対処も考えないといけませんので。

「いずれにせよシキミリンβの副作用ではありません」

——あなたと話しても仕方ない。あなたは過去にこだわるかもしれないが、私は未来志向で進めていきたいのでね。

「副作用でないことをはっきりさせますから」

——はいはい、もういいです。伝言頼みましたよ。

槌田が早送りしては再生し、ほぼ同じやりとりを繰り返しているのを良治に聞かせた。

「これは滝本さんから提供された電話の録音データです」槌田がテーブルの上にレコーダーを置く。

「これが何か?」三品が、良治と連絡を取りたがっている様子は声からもよく分かる。それに対してひるむことなく、容子は毅然とした態度で迎え撃っている感じを受ける。

「この会話がなごみ苑の死亡事故が起こった、すぐ後にかかってきた電話だと思われます。どこかしっくりこない会話だと感じたんですが、よく分かりませんでした。それで何度も聞いているうちにやっぱりおかしいと思う箇所を発見したんです」

「どこがおかしいんだ」

槌田はもう一度再生した。

「滝本さんが研究畑の人間だったことを、三品は知っていますね」

「それは今日も言っていたよ」

「それを知っていたことを前提にしても、この会話は妙なんです。三品の『一〇年前の事故を思い出す人間もいる』という言葉に『いずれにせよシキミリンβの副作用ではありません』と滝本さんは答えています。つまり一〇年前の副作用事故も知っている。ここまではいいですね」

「うん。一〇年前の事故について、今後の改良のために私が患者の症状を彼女に伝えたから」

「『あなたと話しても仕方ない』『あなたは過去にこだわるかもしれない』と言う三品に、滝本さんは『副作用でないことをはっきりさせますから』と切り返した。そして三品が『はいはい、もういいです』と半ば辟易《へきえき》した声を出している。これは以前にもシキミリンβの副作用について二人は話したことがあるという印象を持ちませんか」

「そう言われれば、そうだけれど……」良治には槌田の指摘が強引に思えた。

「御社の場合、外線は一旦受付に回され、部署と用件を伝えて転送するようになっていますね。だから滝本さんのところに転送された電話は、誰が何の用件で電話をかけてきたのかが分かりますから、両者とも用件のみの会話になるのは当然です。ただ、それにしては二人の共通言語がすでにシキミリンβとなっていることに違和感を持ったんです。それで調べると滝本さんが三品病院を頻繁に訪れていることが分かりました」

「何だって、滝本くんが」大声を張り上げてしまった。奥の間にいる母に聞こえれば、何事かと飛んでくる。「信じられない」声をひそめる。

「この写真を使って聞き込んだんです」槌田がスーツ姿の容子の写真を見せた。「よく撮れてるでしょう。隠し撮りにしては」

槌田は結婚仲介所だと偽り、聞き合わせと称して三品病院の受付やナース、職員たちに写真を見せたのだそうだ。

「皆、口が堅い。明らかに外部の調査には警戒するよう指導されているんでしょうね。ただ病院に入っている喫茶店のオーナーが覚えていてくれたんです。助かりましたよ。最近は見なくなったが昔はよくコーヒーを飲みにきていたと言ってました。昔といってもどれくらいか、と訊いたんですが、それは覚えてません。ただ七、八年前かそれ以上前という感じだそうです」

「そんなに古いのに、本当に滝本くんなのか」

「オーナーの記憶では垢抜《あかぬ》けした美人で、それを鼻にかけた東京女だって思ってたら、何度目かの来店で彼女の口から関西弁が出たんだそうです。それで親近感を覚えたって言ってましたからね」

「滝本くんは三品とどういう関係だと言うんだ」信じている人間が、三品と会っていたと考えるだけで足下が崩れる気持ちがした。

「そこまでは分かりません。電話の音声データがすべてお芝居にしては稚拙ですし、本音だとすれば以前にもシキミリンβの副作用問題を議論している可能性がある。だからグレーゾーンだと申し上げたんです。警戒するにこしたことはないと思うんです」

「分かった。三品との話も席を外してもらって正解だったってことか」ため息交じりに言った。

「で、三品からの要求は？」

「新しく高齢者施設を建設すると言ってパンフレットを見せられた。結局は金を出せということだ」

「強請《ゆす》ってきましたか」

「いや、強要したり、脅すような言葉は使わなかった。君の言う通り録音してある」

良治も自分のレコーダーを使って彼に聞かせた。

「確かに、矢島が金銭授受を知ったとなれば厄介ではありますね」聞き終わるとメモを取っていた槌田が言った。「ただ、まだ矢島はそのことを知らない可能性の方が高いですね」

「なぜそう思う」

「金の匂いに敏感な男が、口止め料を支払ったことを知れば、それをネタに真っ先に三品に金銭を要求するでしょう。三品の話を聞いても、いままさに強請られていると いう切迫感はありません」

「そうなのか」

「ええ。ただ生稲怜子への見舞い金がヒイラギからだと娘の怜花が知れば、今後矢島に伝わらないという保証はありません。矢島と怜花が行動を共にしている点があぶない。とはいえ給付請求を断念させることが先決です。これに関しては三品が何とかすると思いますよ」

「彼を信じるのか」何だかいまは誰も信じる気になれない。相手が三品となればなおさらだ。

「認知症完全治療という理想を口にしたでしょう。高齢者施設の計画は絶対に成功させたいはずですよ。御社は有力スポンサーなんです」

「金のためか……ああいうのを戦略的というんだろうな」

「どうしました代行、感化されましたか」槌田が失笑した。

「理想を実現しようと思うと、そうでないとダメだってことだ」荒々しく缶ビールのプルタブを開けた。

「今後の調査の方はいかがしましょう。すでに三品の周辺だけでは済まなくなってきています」

「分かった。これまでの調査に加えて、生稲怜子と怜花、そして……滝本くんの動きを調査してくれ」

良治は一息にビールを飲んだ。


三月に入った初日、良治が出社して社長室に入るといつもと雰囲気が違っていた。容子の顔つきが緊張しているようだ。

「どうした？」こわばった表情の容子に尋ねた。

「応接室に、西部専務がお見えです」容子が低い声を出した。

槌田の注意に従い、これまでのように何でも容子に伝えることはなくなった。会話も極力事務的に済ませていた。

「約束してたかな?」首をかしげた。

「いえ。お約束はありません」小声で言った。

「だろうな。困るな、いくら専務でも」

「とにかく応接室へ」容子は無表情で言った。

「分かった」

良治が部屋に入ると、下座に髪が薄くなった西部の後頭部があった。

「西部さん、ずいぶんお早いですね」と言いながら西部の横を通って上座へ腰かけた。「急用ですか」嫌な予感に低い声になった。

「代行、来週の火曜日臨時の取締役会を開いて、六月の株主総会に備えたいと思てます」西部がいつもよりきつい目で睨む。

「臨時って、定例ではなく?」

「そうです」

「緊急の議題ってありましたかね」

「重大な議題があるんです」ここでいつもの張りのある声を出した。

「重大な……私は思い浮かばないんですが」

「取締役会の席上で、楠木翔氏を取締役に選任したいと思とります」

「何だって!」声をあげた。「どういうことか説明していただけないでしょうか」丁寧な言葉を使うことで、自分を落ち着かせようとした。

「それを私にお尋ねになる？」西部は目を見開く。

「おっしゃってることが、さっぱり分かりません」こちらも目をむいた。

「ご自分の胸に聞いてください。そうとしか言いようがありません」西部はしたり顔で言い放つ。

「ちょっと待ってください。もう少し、冷静に話しませんか」

「こっちはいつも通り、平常心です」

「いいや、こんなことをいきなり言われた方の身にもなってくださいよ、専務」会社の立場を思い出させるために役職名を口にした。

「ですから、今日の明日やなくて、来週締役会を招集すると言うてるんです」

「そういうことではなくて、理由です。翔くんはまだ研究者の卵で、うちの会社に入社もしていません。そんな人間を一足飛びに取締役に昇格させるなんて無茶をする訳を訊いてるんですよ」

「けど、もう社長の同意は頂戴してます」そっぽを向いた。

西部には良治の質問に答える気がないようだ。

「西部専務、いい加減にしてください。あなたがいくら私のことが気に入らないからといって、そんな馬鹿なことを社長が認めるわけないでしょう」

「そない言われるんでしたら、どうぞ、ご自分で確かめてください」西部は、腹を突き出してソファーにもたれる。

「分かりました。いいでしょう、確かめます。ですがもし偽りだったら、覚悟してください」

「よろしいですよ。いつでもクビにしてもらいましょ。こんなこと伊達《だて》や酔狂で言えますかいな」

西部にひるむ様子は見られない。額から汗が噴き出す。

沈黙が少し続き、西部がため息交じりに言った。「代行。もうちょっと商売上手やと思てました。こない言うて、分かってもらえへんのでしたらしょうがないですわ。取締役会の招集については、監査役も含めみなさんに連絡済みです。ほな私はこれで」と言って席を立った。

ドアに向かう西部に何かを言おうとした。だが言葉が見つからなかった。

西部が容子のいる秘書室を通り過ぎて廊下へ出たのを見計らい、容子を呼んだ。

すぐに彼女がドアをノックして入ってきた。

「はい、代行」

「いま西部さんが言っていたんだが、緊急の取締役会を招集する件、君は聞いていたの」取締役会招集の連絡は容子が行うはずなのだ。

「突然ではありましたが、存じております」容子に悪びれる様子はない。

「なぜ私に言わないっ」声が大きくなった。

「私は社長の指示に従ったまでです」

「それはおかしいだろう。社長の代行は私なんだ。その私に一言もないなんてことがあるか」

槌田が言ったグレーゾーンという言葉がよぎる。

「専務から社長の命令だから招集の知らせをメールでと。私はその言葉に従っただけです」

おかしい。明らかに容子の様子がおかしい。まるで反抗期の子供のような物言いだ。

「とにかくおれは聞いてない」立ったままの容子に言い捨てた。「説明してくれ。なぜだ、どうして急にこんな話になったんだ」

「それは専務にお聞きください」

「専務は自分の胸に聞けといった。何のことか分からん」

「でしたら私に分かるはずないです」

「本当に、君は何も聞いてないって言うんだな」槌田の読み通り、獅子《しし》身中の虫は容子だったのか。

「何も申し上げることはございません」

「知っているが言えないってことか」一旦立ち上がって窓際に行った。深呼吸し、再びソファーに尻を落とした。「なぜだ、どうしてだ。私も君も新薬優先の思いは同じだったはずだ。多角化路線は安定的だが、研究開発への予算は大幅に削減されるんだぞ」腹に力を入れて言った。

「代行はシキミリンβの利点をお忘れです」容子は感情を押し殺したような言い方をした。

「利点だって？」

「そうです、最大の利点」

「そんなもの決まってるじゃないか。最大の利点は副作用がきわめて少ないことだ」意地になって声を張り上げた。

「それもありますね。でも最大の利点ではありません」

「えっ？」

「ほら、やっぱりお分かりじゃなかった」容子は微笑んだ。「言いましょうか。通常の抗インフルエンザウイルス薬は発症後四八時間以内に飲まなくては効果が期待できないですが、シキミリンβは半分ワクチン的な使い方ができるところです。だから、すぐに医者にかかれる国よりも、そうでない新興国にこそ求められている薬なんです。少なくともアメリカじゃない」

「そういうことか」口をゆがめて笑った。

「代行がなさりたいのはバイオ医薬品の開発ですよね」

「時代の要請だ」

「やっぱりシキミリンβは時代遅れだと思ってらっしゃるんですね。いま申し上げた以上の利点もあるんです。それも見えないくせに」

「君こそ医薬品業界が見えなくなっているんだ。シキミリンβに拘泥《こうでい》しきってる。君のような優秀な研究者がどうした？」

「それ以上、聞きたくありません」

「そうか、聞きたくないか。これまで一緒に研究開発をしてきた仲間だったから……君を信用したし、反対におれの気持ちも分かってくれると思ってた。なのに君は三品病院を度々訪ねていたそうじゃないか。ずいぶん長い間おれを裏切り続けていたんだな」口をついて思っている言葉が出た。

「槌田さんに調べさせたんですね。やっぱり」容子はそっぽを向いた。

「三品医師とはどういう関係なんだ。いつからおれを裏切ってた」怒声を上げた。

「大きな声を出さないでください」彼女も叫んだ。

しばらく二人とも黙った。

容子はソファーに座ると静かに話し出した。「三品先生とは何の関係もありません。私はどうしてもシキミリンβの副作用が信じられなくて、カルテを見せてくれるよう頼みに行ったんです。でも三品先生は開示してくれなかった。何度も何度も頼んだんですけど。治験コーディネーターの駒野さんとも会ったんですが、ただスティーブンス・ジョンソン症候群としか教えてくれなかった」

「じゃあ君は、シキミリンβの副作用の実態を探るために三品医師に会っていたのか」

「そうです。私の作ったシキミリンβは普通言われているスティーブンス・ジョンソン症候群の発症確率三〇万分の一より、もっともっと低い確率のはず。とすれば、患者は特異体質の可能性があります。だからその体質を調べたかった。そうすればさらに副作用の確率は下がるんです」

「理論的にはそうだろうが……」

「理論的？　その通りです。なのにあなたは理詰めで考えようとしなかった。それどころかさっさと白旗を揚げた」

「そんなことはない。私も副作用などあり得ないと」

「ウソです。せっかく新薬開発者として表彰されたのに、あの事故からこっちシキミリンβを蔑《ないがし》ろにしてきた。専務はやりようによってはブロックバスター薬になるとおっしゃってたんです。あなたが代行になって、さあこれで巻き返すだろうと期待しました。ところが、言わなくても分かりますよね。もうシキミリンβのことはすっかり忘れてしまいたいんでしょう」

「誤解だ。サイモン社ならシキミリンβをさらにメジャーにしてくれるんだ」

「シキミリンβをさらに化けさせるのは外国の企業なんかじゃありません。三品先生かも」

「何だって」信じられない言葉を耳にして思考が停止したようになった。確か三品も、シキミリンβの本当のよさに気づくべきだと言った。やはり二人は通じていたのか。

「この間、三品先生がお見えになったとき、秘書室で話を聞いてたんです」

「えっ……」

「代行がシキミリンβを過去のものとしたいのも分かりました。論を尽くさず、お金で解決したんですからね。はじめから負けを認めていたなんて……許せない」

「負けを認めた訳じゃない」体に力が入らなかった。

「代行と三品先生の会話を録音した音声データは専務に渡しました」

「なんてことを……君は正気なのか」ネクタイを緩めた。「なるほど、それで取締役会か」動悸が激しく、息苦しい。「こんなことをしてただで済むと思っているのか」

「いいえ。人事権は代行がお持ちなんですから」

「そうだな。今日はもう帰れ。後のことは連絡する」

早急に何か対策を講じなくては、会社を去るのは容子ではなく、良治の方になる。まさかこんな身近に落とし穴が待ち構えていたとは。良治は胃液が逆流しそうになったのを唾液を飲み込んで抑えた。


良治は小石川後楽園のベンチに座っていた。

三月に入ってからの園内は春めいていたにもかかわらず、コートの前を閉じマフラーをしていても寒さが身にしみた。気温が低いのではなく、心細かったからだ。海渡への携帯もつながらず、何度メールを出しても返事がなかった。ますます孤独感に襲われる。

西部らは寄って集《たか》って良治を失墜させようとしている。

西部の考えは見え透いていた。翔を取締役にした後、代表取締役社長に就任させて自分が実権を握りたいのだ。それには若い翔は傀儡《かいらい》として打って付けの人間だ。西部のやりたい放題できる。

悟にしてみても、これからいくら回復したって以前のようにワンマン経営者としてリーダーシップを発揮できないことは感じている。それなら方針の違う良治よりも、従順な翔を後継者にする方がいいと判断したのかもしれない。取締役や監査役、株主は悟のお墨付きがあれば、翔の選任に異を唱えるはずもない。

しかし、翔には悟の重視する実績がないではないか。もしまだ望みがあるとすれば、そこだけということになる。

いやダメだ。

激しくかむりを振った。

サイモン社とのM&Aの手続きは容子に任せていた。彼女の方が多くのデータを持っている。そしてそれらが西部を通して翔に渡るのだ。

これでは、まるで丸腰でヒイラギ城を落とそうとする野武士だ。やはり城外へ放り出されるのは良治だ。

三品との会話は、一〇年前の副作用隠蔽工作とカルテ隠匿の要求だと取られても仕方のない内容だった。

ご丁寧に『資金面での協力をさせていただく用意はあります。ただ、いまシキミリンβの副作用が話題になると、その道も閉ざされる可能性があります』と薬剤名まで出しているのだ。言い逃れはできまい。

三品へカルテ隠匿の要求をした件で、コンプライアンスのあり方を取締役会で問題にされれば、まちがいなく破滅だ。

母の顔がちらつく。

悟は実績を重んじるがゆえに、強引な取引を容認してきた。だが、しっぽを摑まれるような失態は、これまで一度も犯していないと本人から聞いたことがある。そんな悟が、唯一禍根を残したのがシキミリンβでの事後処理だった。

ぎりぎりの駆け引きができないと会社の舵取りはできない。すなわち良治には、荒海をゆく船長の素質はない、ということだ。

ここまで良治を追い込むのはなぜだ。新薬路線はそれほど危険な道だというのか。少なくとも西部はそう思っている。この経営者は会社を潰すと踏んでいるのに違いない。

偏り過ぎたか。

リダイヤルで海渡を呼び出す。留守電にも切り替わらない。

そのまま呼び出し音をしつこく鳴らし続けるが彼は出なかった。

メールを確認したが、やはり返信はない。これまでこんなことはなかった。

よほど重要な会議でもあるのか。それとも兄の容態に変化があったのだろうか。

そうだ、そうにちがいない。

直接病院に行ってみるか。

良治はひとりごち、急いで後楽園を出るとタクシーを拾った。

二〇分ほど走ったところで、ようやく受け取った海渡のメールには、たった一言〈すまない〉とだけあった。すぐに電話をかけたが、やはり出ない。

何がすまないのか、直接会って訊けばいい。

良治は携帯電話を仕舞った。

15

いまさら母に、三品病院に行こうだなんて言っても聞き入れるはずはなかった。

母を説得するにはどうすればいいのか、何かいい口実はないかと考えながら、怜花は台所でほうれん草を洗っていた。

店の外でお腹に響くバイクの音がする。店の前で止まると、もしや矢島ではと少し鼓動が速くなった。

矢島ならどうするだろう。

ダメだ、激しくかむりを振る。矢島のことは信用しないと玄と約束したのだ。

怜花は妙な考えを追い払おうと、蛇口を目一杯開き、わざと音を立てて野菜を洗う。

「怜花、乱暴にしないのっ。水ももったいないし、何遍言っても直らないわね」母が、背後から声をかけた。

母は、右の指先を壁に沿わせるだけで家の中ならどこへでも素早く動ける。父は、母が蹴躓《けつまず》かないように足下を常に整理整頓していた。

父は本当に母を大切にしてくれていた。無口な父からは母への気持ちを聞いたことはないけれど、よほど愛しているのだと感じる。

母の過去も、目のことも受け入れ、なおかつ怜花にも愛情を注いでくれていた。温かさが怖いと思うことすらあるくらいだ。

恐ろしいのは、父のことではなく怜花の心の中でわき上がる疑念といった方がいい。そこまで優しい人間なんて、この世の中に存在するものなのか、という疑いを持ってしまうのだ。

現実に、誠一という人間がいて、一緒に暮らしているにもかかわらず、疑い続ける自分の醜さが嫌になってくる。

そして、玄を見ているときにも同じ気持ちになった。

夜明け近くまで、ネットカフェでいろいろ調べてくれたり、一緒に三品に会いに行ったりしてくれるのはありがたいけれど、そこまでする理由を探してしまう。

なぜそんなに私のことに一所懸命になってくれるの、と問えば、おそらく怜花が好きだからだ、と玄は答えるだろう。その気持ちにウソは感じないし、純粋な気持ちだとも思う。

透明すぎることに不安を感じるのだ。一緒にいると、自分の汚れが見えてしまう、それが嫌なのかもしれない。

その点、矢島のいかがわしさはむしろ楽だった。自分の方が真《ま》っ直《す》ぐだと自信が持てる。

それに、元々すべてを信用しているのではなく、まったくの嘘つきと思っている訳でもない。信じ切って裏切られたときに傷つかないようにと、予防線を張る必要もないのだ。

身勝手だと思うけれど、もう置いてけぼりの寂しさは味わいたくなかった。

「誰かくるわ」母が勝手口の方に顔を向ける。

「聞こえへんけど」

「宅配便でもないし、酒屋さんでもない。あの音はたぶんローヒール、女性だわ」

「ローヒールの女の人？　うち、見てくるわ」と手を拭いて勝手口へ向かう。ガラス越しに人影が見えた。母の言うとおり女性のシルエットだ。

「ごめんください」聞き覚えがある声だけれど、誰なのかまでは分からない。

「どちらさんです？」と声を上げた。

「香河です」

彩芽。怜花は返事せず、戸を開いた。

「すみません、突然」彩芽が会釈した。「お母さんのことでお話ししたいことが……」

「そうなんですか。えっと、ちょっと待っててもらえますか」と声を潜めて、目で裏通りを指した。

「ああ、じゃあ待ってます」彩芽は戸から離れた。

白衣ではない彩芽は別人のように若い印象だった。

怜花は台所に戻ると、母に声をかけた。「お母ちゃん、ごめん。うち、ちょっと出てくるわ」

「怜花、あなた、まだお母さんの事故のことを調べてるの？」

「ううん、調べてるんやない」

「ウソおっしゃい」

「うちは、責任の所在をはっきりさせたいだけなんや」

「そのことは、もういいって言ったじゃないの。お母さんは命が助かっただけでもほんとうによかったと思っているって」

「それこそウソとちゃうかな」

「何がウソなの」

「だってそうやないの。目が見えてたら、自転車なんかに轢《ひ》かれてへん。手も痛めんでよかったんとちゃうの?」

「怪我は時間が治してくれます」

「お母ちゃんが、お三味《しゃみ》弾かれへんさかいいうて凹《へこ》んでるの、うち見てられへんねん。なんや可哀相で、切のうて、悔しゅうて」途中で泣き声にならないように声の音量を抑えた。甲高い声を出したら台所で反響し、母の顔が歪《ゆが》む。

「目のことは、お母さんだって悔しい。本当は……本当は暗いのは大嫌いなの、怖いの。だけど、お父さんも怜花もいてくれるから耐えていけるし、いまは幸せだと思える」

「そやけど、このまま放っておくなんて、うちは嫌や。起こったことをちゃんと知りたい。何でほんまのこと知ったらあかんの?」

「忘れたいからよ」母が叫んだ。「振り返るのが怖いの。お母さんはあのとき死んだのよ。……お父さんのお陰で生き返った」

「死んだってどういうこと?」

「生きてはいけない、と思ったってこと」

「生きてはいけない? ほなお母ちゃんは……」嫌な想像をした。だけど、死のうとしていたのか、と訊けるはずがない。

「絶望したんだもの、何もかもに。目の前が暗くて、息が詰まりそうだった。窓を開けて新鮮な空気を入れようとしても、景色が見えない。はじめは風が頰に当たっても感じられなかった。何もかも麻痺してる感じ。味も匂いも……何もなくなった。そんな状態であなたを育てられると思えなかった。だから誠一さんにあなたを預けて……死んでしまおうとした」

「そんな、ほんまに死ぬ気やったんか」

母はうなずいた。

「昔、津軽で目の不自由な人が三味線を弾いてるのを見てきたから、平気やて言うてたのに？」

「それこそ真っ赤なウソだわ。見るのと自分がそうなるのとはまるでちがう。他人の痛みなんて、分かっているつもりでも本当はこれっぽっちも感じてなかったって思い知った」

「そうやったん……」本当に知らなかった。身の回りの世話をし、手足、そして目の代わりを自分は立派にやっていると思ってきた。

ずっと母と一緒にいたはずなのに、何も分かっていなかった。そんなに苦しんでいるとは知らず、母はとても強い女性なんだと思っていた。

「でもね、お父さんが、声を嗄《か》らして涙を流して本気で怒ってくれた」母の目から涙が落ちた。

「お父ちゃんが怒った……」そして泣いた。

「そう、これ以上の罪をおれに背負わせるなって」

「罪って？」悪いのは父ではない。

「それは、お母さんからは言えない」母が前掛けで頬を拭った。

子供だった怜花には言えないこともあったのだろう。いまそれを父に聞いても教えてくれるはずもない。父はそういう人だ。

「だからもう、後ろは振り返りたくないの。この気持ち、分かって」母が洟《はな》を啜りながら口を結んだ。

怜花も涙を前掛けで拭った。

そのとき勝手口が開いた。彩芽が待っていることを忘れていた。

「すみません」彩芽は勝手口から覗き込むように入ってきた。

「彩芽さん、すみません」慌てて駆け寄り、彼女を押し戻そうとした。

その気配を感じた母が言った。「怜花、さっきから外にいた方でしょう。こっちに入ってもらいなさい」さっと身を翻し、台所から店へ移動していく。

掃除のためにテーブルの上に逆さまにして上げてあった椅子を母が土間へ降ろし、そこに腰かけた。

「いや、あのお母ちゃん……」あたふたしながら、母の後ろ姿と彩芽の顔を交互に見る。

「私、一〇年前にお世話させていただいた看護師の香河彩芽です」と言ってお辞儀し、母の座る前へと歩いていく。

「ちょっと待ってください」怜花は慌てて後に続き、彩芽を追い越した。テーブルの上の椅子を全部降ろして、母の隣に座った。

「そこへ、どうぞ座ってください」母は見えているかのように上を向き、突っ立ったままの彩芽に座るよう言った。

「失礼します」と彩芽が椅子に腰かけた。

「その節は、お世話になりました。この子が枕元であやめさんのことよく言ってたのを覚えています」母が頭を下げた。

「いえ、私どもの力が及ばず……」

「いまもこの子に言ってたんです。命が助かったこと、感謝してると」

「お気遣いありがとうございます」

「かえってうちの子がいろいろご迷惑をかけているようで」

「迷惑なんて、そんな風には思っていません。今日お邪魔したのは」と言うと彩芽は、革製のショルダーバッグから大きめの封筒を取り出した。「まずはこれを見てください。話はそれから」彩芽は封筒ごと怜花に差し出した。

受け取った封筒には一枚の紙が入っていた。「何ですか。これ」

「投薬に関する説明同意書です」

「同意書？」

「何なの？」母が怜花に尋ねた。

「ちょっと待って読むさかい。『私は自分の病気の治療について説明をうけ、シキミリンβ（抗インフルエンザウイルス薬）の服用に関する注意事項を充分理解いたしました。シキミリンβカプセルの投薬を受けることに同意いたします。一二月一二日』と早口で書かれた文章を読み上げた。「こんなんお母ちゃん知ってんの？」

「知らないわ」

「守屋さんが同意されたものです」彩芽は署名欄を指さした。そこには確かに守屋の氏名があって捺印《なついん》もされていた。

「あの人がそれに同意したということね」母が怜花に確かめるように聞いた。

「また、勝手なことをしてたんや」思わず悪態をつく。「でも、彩芽さん。三品先生はこの同意書のことなんて何も言うてなかったけど」

「怜花、三品先生に会ったの！」横の母が驚いた声をあげた。

「あっちゃ」拳骨《げんこつ》で自分の額を叩いた。

「説明してちょうだい」

「仕方ない、白状するわ」

怜花は、医薬品医療機器総合機構の救済制度を申請しようとしていたことを話した。そのための必要書類を提出してもらうために三品医師に会ったのだと言った。

「……そうだったの、そんなことをやろうとしてたのね」母が静かにうなずき、「私が事故でションボリしてたから悪いのよね」とつぶやいた。

「お母ちゃんが悪いやなんて、そんなことないし」

「それで、三品先生はどうって？」

「出してくれるけど、お母ちゃんのいまの状態を診断書に書かんとあかんから診察したいて言うた。病院にきてくれって」

「行きたくない」母は言い捨てた。

「そう言うやろうと思って、言い出せへんかったんや」

怜花と母のやりとりを聞いていた彩芽が口を開いた。「三品先生から救済制度の申請のことをお聞きしたんで伺いました。書類を整理するのは一〇年前に現場にいた私の方がいいだろうということで」

そこまで聞いた怜花は、彩芽はいま三品病院ではなく、なごみ苑にいるのだと母に説明した。

「書類を見て、大変申し上げにくいのですが、申請が認められる確率が低いのではないかと」

「どういうことです。書類に何かまずいことが書いてあるんですか」玲花の頭の中で、同意書があることと、薬害だったということが証明できないというのが結びつかなかった。

「そうなんです」彩芽が小さくため息をついた。

「何でなんです、いまいち理解できないんですけど」玲花は納得できなかった。

「きちんと医師からシキミリンβを使用するに当たって、お母さんに成り代わって守屋さんが同意しています。その上でお金をもらった。救済制度には、いくつか条件がありましてね」彩芽はここで話を止めて、別の紙をテーブルに置いた。

そこには副作用救済給付の対象にならない場合として「一、法定予防接種を受けたことによるものである場合。二、医薬品・再生医療等製品の製造販売業者等の損害賠償責任が明らかな場合。三、救命のためにやむを得ず通常の使用量を超えて医薬品等を使用したことによる健康被害で、その発生があらかじめ認識されていた等の場合。四、がんその他の特殊疾病に使用される医薬品で厚生労働大臣の指定するもの（対象除外医薬品）等による健康被害の場合。五、医薬品等の副作用のうち健康被害が入院治療を要する程度ではない場合や日常生活が著しく制限される程度の障害ではない場合、請求期限が経過した場合、医薬品等の使用目的・方法が適正であったとは認められない場合」と記されていた。

それを母のためにゆっくり怜花は読み上げ、「読んでもよく分からへんのですけど」と顔を上げ彩芽を見た。

「三番目に、救命のためにやむを得ず通常の使用量を超えて、というのがありますでしょう？　まずはここが問題なんです。通常、インフルエンザくらいと言うと語弊がありますが、こんな同意書を書いていただくことはありません」

「命を救うために、そのお薬を使ったということでしょう」母が言った。

「そう解釈するでしょうね」

「そんなん、いま彩芽さんが言うたように、インフルエンザやのに？」普通、インフルエンザで救命が必要になるとは誰も思わない。

「カルテを見て当時を思い出したんですけれど、インフルエンザだけではなく、相当身体が弱っておられました。かなりの高熱が続いていて、複数の臓器にダメージを受けていたように思います。相当、お辛かったはずです」彩芽は母に視線を向けた。

「そうですね、本当に辛くて気を失うほどでしたから……」母の声は低かった。

やはり思い出したくないのだろう。

「結局のところ、お母ちゃんがしんどくて苦しんでいるときに、勝手にサインしてハンコついたんや、この男が」　見覚えのある守屋の書いた字を睨んだ。　右下がりの特徴的な文字だ。巡業先で麻雀《マージャン》や将棋に興じ、そのたびにお酒やつまみを買ってこいとお使いに出された。そのとき手渡されたメモの文字はいまも忘れられない。

「それでね怜花さん、ここからが大事な話なんですが」彩芽が改まった声を出した。

「何です？」

「それを書いたときの状況を知るために、実は守屋さん本人に会いました」

「何て？」と声が裏返り、彩芽ではなく母を見た。

母の顔に変化はなかったけれど、肩に力が入ったのを感じた。

「会《お》うたって、そんなん冗談でしょう」

「本当です」

「あいつ、どこにいたんです？」

「実は、うちの施設で保護してまして」

「保護？」母が言った。

「ええ。三品先生を訪ねてきたんですが、急に具合が悪くなって」一時病院に入院し回復したのだけれど行く当てがないということで、なごみ苑にいると言った。「肝機能が悪く、その関係で軽い認知障害がありましたので。それもだいぶんよくなってますけど」

「あいつは、ここにもきた。そのせいでお母ちゃんが事故に遭うたみたいなもんや」

「そのことについても話が出ました。守屋さんも気にしてましたよ」

「何を言うてるねん……」指先が白くなるほど拳を握った。

「落ち着いてください」彩芽は手のひらを下に向けて怜花をなだめるしぐさをした。

「とにかく私が守屋さんにその同意書の件を確かめました」

「あんな男の話なんか信用できひん」はちまきを締め直すように、後ろにまとめた髪をひっぱってシュシュを整えた。

「まあ聞いてください。守屋さんとしても命を救う一心だったということでした」

「あほらし」

「怜花、そんな言い方よしなさい。彩芽さんに失礼よ」下を向いたまま母が言った。その言い方にはいつもの迫力はなかった。

「けど、お母ちゃん。あいつはお金が欲しかっただけやで」

「そのお金ですが、あれは三品先生ではなく製薬会社が用意したものです」彩芽は怜花の手元にある紙を一瞥した。

「製薬会社のお金やったんですか」

怜花も書類を再度見た。対象にならない場合の二に、『医薬品の製造販売業者などに損害賠償の責任が明らかな場合』と書かれているのを見つけた。「ほな、すでに製薬会社が賠償したということになるの？　つまり責任は明らかやってこと」

「その辺りは解釈の問題ですね。ただ救命のための投薬であり、同時にお金には賠償の意味も含まれていたとなれば……」

「お母ちゃんの看病も放って、お金だけ持って雲隠れした人間の言うことなんか誰も信じないんとちゃいますか」

「怜花さん、副作用なのかどうかの判断は、医薬品医療機器総合機構からの判定の申し出に応じて薬事・食品衛生審議会というところの意見を聴いて、厚生労働大臣がするんです。そこでは客観的なデータしかものを言わない。守屋さんがどんな人だったかといった個人的なことは審査の対象にはなりません」彩芽の言葉に力がなかった。

急に元気がなくなったように見える。彼女は申請が困難であることを本気で残念がってくれているのだろうか。

「無理やということですか」

「そう思います。だから別の方法をとった方がいいと思うんです」

「別って、他にいい方法があるんですか」

「ええ、もっと前向きな解決策です」と言って彩芽は母を見つめた。「ただし、それはお母さん次第ですが」

怜花も母を見た。そして彩芽の方にゆっくり顔を向けながらつぶやく。「母次第」

「ええ、そうです。決断すれば年金以上のお金になると思います」

「そんないい話があるんですか」

「それはお母さんの気持ち次第です」

「うちが給付の請求を出そうと思うのは、何もお金だけの問題やありません」副作用を放置すれば、他にも被害者が出ると怜花は言った。

「怜花さんがおっしゃることはもっともです。お薬は必要なものですが、副作用はできるだけなくしていかないといけません。ただ、請求が認められないのでしたら、違う方法も検討していただけないかと思ったんです。うまくいけば、お母さんは生きがいを得て、社会貢献もできることを請け合います」

「生きがいと社会貢献……」母が呻《うめ》くような声を出した。「彩芽さん。お聞かせください」

「分かりました。あらかじめ申しておきますが、お返事をいただいてから三品先生に相談しますので、決定まで少し時間がかかるかもしれません」

「承知しました」と母が返事した。

16

良治は、埼玉友健会病院内を探し回り、三階にある給湯室の前にいる海渡の妻、早《さ》紀《き》の姿を見つけた。

「早紀さん」と駆け寄った。

「あっ川渕さん」早紀はまん丸い目を向けた。

「やっと見つけましたよ。やっぱりどこの病院も個人情報の壁が厚くて。早紀さんがいらっしゃるなんて、お義兄《にい》さんの具合がよくないんですか」

「いえ、義兄《あに》の方は相変わらずなんですけど、義姉《あね》が体調を崩したんです」一昨日から交替して看病をしていると言った。

「そうだったんですか。いや海渡と連絡がとれなくて、何かあったんじゃないかと心配してここまで飛んできたんです」

「あの川渕さん、海渡から話は？」早紀は上目遣いでそう言って、小ぶりのポットを手に後じさりしたように思った。早紀は小柄で、ぽっちゃりとした色白の可愛らしい顔立ちは、とても子持ちには見えなかった。ただ、色白なだけに目の下の隈《くま》は目立っている。

「聞いてますよ、お義兄さんの病気のことは」

「いえ、そうではなくて」早紀が困ったような顔つきになった。

「他に何か？」

「やっぱり……」沈痛な面持ちでうつむく。

「どうかしたんですか」

「…………」

「あの、海渡は病室ですか」

「いま先生と打ち合わせをしています」

「そうですか。長引きそうですか」

「とにかく、談話室でお待ちいただけませんか」早紀は義兄の部屋にポットを持って行くから、と廊下を歩いて行った。

早紀の後ろ姿には、よそよそしさのようなものを感じた。彼女も疲れているのだろう。

良治は、給湯室の前の廊下に貼ってある院内の案内図を見て位置を確かめると、談話室へと向かった。

談話室にはやや大きめのテーブルが六脚あった。そのうちの一つだけが空席で、急いでそこに座る。

部屋を見渡すと談笑しているのは、だいたいが患者とおぼしき人たちだった。最近はパジャマではなくジャージ姿が増えたようで、一様に健康そうに見える。背広姿で疲れ切った自分の方が病人に映っているかもしれない。

良治は上着を脱ぎ、ネクタイを取った。ワイシャツのボタンを一つ外し、袖口をまくる。健康的に見せたいのではなく、暖房の効いた院内を見て回ったために汗をかいていたのだ。

こんなところまで押し掛けて海渡には悪いと思うが、相談できるのは彼しかいない。番頭によるクーデターと側近の裏切りなどという難局が、いっぺんに押し寄せてきたのだ。

非常事態だといってもいい。

一五分ほど待っただろうか、談話室に姿を見せたのは海渡でなく早紀だった。

「すみません、海渡は手が離せなくなりました」早紀は頭を下げながら近づく。

「手が離せないって……。相談があってここまできたんです。何とかなりませんか」

椅子から立って、こちらも頭を下げて言った。「お願いします」

「頭を上げてください。人が見てます」早紀が室内を気にしながら小声で言った。

「緊急事態なんだと、彼に伝えて貰えませんか。至急相談したいと、何度もメールはしているんです」謝意を述べた返信が一通しかなかったことも早紀に話した。「私の一大事なんだ、と言ってもらってもいい」

「……やっぱり主人は会えないんです」早紀はうつむいたままで目を合わせようとしない。

「会えないとは？」聞き直す。

「私が……」

テレビのコマーシャルの音が大きかったのか、早紀の声が小さいのか、ちゃんと言葉が聞き取れなかった。

「えっ、何ですか」もう一度聞き直した。

「私が、会わせたくないんです」早紀が強い口調で言い放った。

良治は笑った。可笑《おか》しくないが笑いが出た。早紀の表情から冗談を言っているとは思えない。しかし、今日起こったすべての事柄がウソっぽく、現実味がなくなってきていた。

競馬場で持ち金を全部使い果たし、外れ馬券を破り捨て舞い散る紙吹雪の下で大笑いをしている男をテレビで見たことがあった。そんな人間はいないと懐疑的な視線を送っていたが、現状があまりひどいとなぜか顔がほころんでしまうことを思い知った。

「いったい何があったというんです？」緩んだ顔のままで訊いた。

「海渡が、可哀相だから」早紀が涙目になっているのが分かった。

「私が何かしましたか」

「いいえ」下を向いて首を振った。「川渕さんは何も悪くないです。悪いのは全部、私たちの方なんです、許して。でも、主人は悩みに悩んで……」険しい表情で口を結んだ。

「あの、奥さん、何を言っているのか、さっぱり分からない」

「今日は、会わないでやってください。この通りです」さらにショートカットの頭を深々と下げた。

「…………」

「主人は正直に何もかもあなたに伝えようとしたんです。でも、あんまり苦しそうだったんで、私が、私が何も言うなと……だから全部私が悪いんです。いずれすべて分かってしまうことだから、いまは、今日だけは勘弁してやってほしいんです」あえぐような声で言った。唇が震え、色を失っているように見えた。

良治は咳《せ》き込《こ》みそうになった後、嘔吐《えず》きを覚えた。何とか食道の辺りをさすって鎮める。

「ごめんなさい」早紀はきびすを返して談話室を出た。看病のためにか、履いていたスニーカーの床を擦《こす》る音が、廊下の向こうへ遠ざかって行った。

良治は呆然《ぼうぜん》と立ち尽くしていたが、背骨の力が抜けて尻から椅子へ落ちた。その振動が首へ伝わりカチンと奥歯が当たる音がした。

秘書の容子と親友の海渡に拒絶された失意は、良治の身体に悪影響を与えていた。早紀と会った明くる日から偏頭痛と吐き気が治まらなかった。

あの日だけは勘弁してくれと言ったのだから、翌朝から今日は海渡本人に連絡を取ってもいいんだ、と何度となく携帯電話を開くのだが、通話ボタンが押せなかった。

自分のクビが危なくなって海渡に助けを求めたくなったのだけれど、緊急事態は彼も同じだった。いや兄の命がかかっている分、海渡の方がより深刻なのだ。にもかかわらず自分のことしか考えず、何の配慮もしてやれなかった。

良治は槌田の携帯に電話した。「私だ。別件で頼みたいことがあるんだ。埼玉友健会病院に入院中の海渡周一《しゅういち》さんの容態を調べて欲しいんだ。どんな治療をしているか、分かる範囲でいいから。家族がまいっているようだから、家族にも目を光らせてくれ。何か変わったことがあったらすぐ連絡してもらいたい。別料金だね、分かった、じゃあ頼む」

体調不良と自己嫌悪でふらつきながら家を出た。

何とか会社には顔を出すが、社長室にほぼ閉じこもりきりの状態が続いている。容子の代わりの秘書候補を人事部に何人か挙げてもらい、面接を行った。しかし、これという適任者はいない。取締役会が、とうとう明日という日になっても良治の協力者は見つからなかった。

気持ちばかりが焦り、一段と吐き気がひどく花粉症の薬は止めて、鎮痛剤を飲んだ。吐き気だけは一時的に和らぐが、元凶の頭痛には一向に効かなかった。頭痛が治まらなければ、結局しばらくすると吐き気が襲ってくることになる。

気持ちが悪く食事ができないため、空腹時に鎮痛剤を服用する。しかし今度は胃痛を引き起こし、さらに食欲が減退していく。対症療法のいたちごっこで内臓が悲鳴を上げそうだった。

食欲がなく元気がないのは風邪気味のせいだと母には誤魔化していた。母は海渡のことを大らかな性格で、良治を支えてくれる友人だと信じ切っていたからだ。まさかその海渡が良治を避けているとは言えない。良治自身、何かの間違いか行き違いだと思いたかった。母にそのことを打ち明けたとたん、海渡との関係が完全に壊れてしまうのではないかと怖かった。

数日間で体重が減り頬の肉が痩《こ》けていく息子の様子に、母はただならぬ気配を感じ、しきりに病院の受診を勧めた。それゆえ家にも居づらくなった。

出社しても体調が回復するわけはなく、やはり仕事にならない。むしろ、刻々と悪化する事態を見届けるだけのようなものだ。

容子のいない秘書室を通り抜け、社長室のデスクに座った。ゆっくり腰かけたつもりだったのに、振動が後頭部を錐《きり》で突き刺すような痛みに変わる。両肘をデスクにつき、手で首の後ろを押さえてうずくまる。

引き出しにある鎮痛剤のリン酸コデインを取り出した。だがこれを飲んでも嘔吐してしまう気がする。確かトリメブチンマレイン酸塩があったはずだ。これで吐き気を抑えてからリン酸コデインを飲むしかない。冷蔵庫のミネラルウォーターを取り出し、頭を動かさず流し込む。

そのまま一〇分ほどじっとしていただろうか、五センチほど頭を上げてみた。少し吐き気が治まっているような気がする。素早くリン酸コデインを口に含む。

さらに一五分が経過し、ようやく暴れるような痛みが起こらなくなった。

今度は首を古い扇風機のように左右に振る。

めまいは起こらず、気持ち悪さもない。

良治は椅子に座り直し、太い吐息をつくと緩慢な動きでパソコンを立ち上げた。

秘書志望者リストとプロフィールのファイルが人事部から届いていた。今日は三名だ。ざっと顔を見ただけでファイルを閉じた。

どのみち容子に代わる人材はいないだろうし、現状のままなら暫定的な人事とならざるを得ない。明日の取締役会の決定によって、窮地に追い込まれ、おそらく次の株主総会の後、ここから出て行くことになるだろう。

いや新薬推進派の取締役もいる。音声データが皆の手に渡る前に事情を説明すれば、なんとかなるかもしれない。取締役会での形勢逆転の可能性はきわめて低いが、ゼロだとは考えたくない。そう自分に言い聞かせながら、ディスプレイと向き合った。

過去二年分の議事録の中から、各取締役の基本的なスタンスを確認しようとした。ところがファイルを開こうとするとパスワード入力画面がポップアップしてきた。もしや、と思って会社がM＆Aの候補にあげていた企業の資料にアクセスしてみた。やはりロックがかかっていた。

容子はすべての資料ファイルが開かないようにパスワード管理をしていたのだ。

再び頭蓋骨が痛みによって軋み出した。

パソコンから金属音が鳴り、監視ソフトがメールの受信を告げた。

受信の一覧を開く。いま受信したのは西部からのメールだった。彼はCC機能を使って取締役全員にメールを送っているようだ。

開いた瞬間、眼球の奥に激痛が走った。メールには例の音声ファイルが添付されていたのだ。

怖々クリックすると、この間の三品とのやり取りが鮮明に再生できた。

聞こえてくる言葉を聞けば、良治が三品にカルテの隠匿を要求し、それに応じれば彼が計画する高齢者施設のスポンサーになってもいいと言っているようにしかとれなかった。

最悪の予想が的中した訳だ。

これが取締役会の全員に渡ったということは、その会議において、社内のコンプライアンス委員会で真相を明らかにしてはどうかと提案されるだろう。

もはや翔の取締役への選任を阻止する手立てはない。楠木翔がヒイラギの代表になる日を自分が早めたということか。

大きなため息をついた。もう一錠、コデインを飲み込む。

おそらく西部は、翔を動かして会社の名誉を傷つけた良治の責任を追及した後、会社にいられなくするにちがいない。

取締役会までの一二時間で、何ができるというのか。海渡の顔が浮かんで、すぐに消えた。常に味方だった彼にも、もう頼めない。

携帯が鳴った。槌田からだった。

「私だ」

「代行、大変なことが分かりました」

「今度は何だ」投げやりな言い方しかできなかった。

「海渡氏が埼玉友健会病院から三品病院へ転院していたんです」

「ちょっと待ってくれ、何だって、海渡の兄貴が三品って、そんなこと」何をどう問いただせばいいのかさえ分からない。「なぜ、なぜそんなことが……海渡は三品がおれのアキレス腱《けん》だって知ってる人間なんだ」テーブルに両肘をついた。めまいに襲われたからだ。

「落ち着いてください」

「ここ最近、まったく連絡できない状態だ」

「そうですか。出入りするＭＲへの聞き込みでは新薬の治験に参加するんじゃないかと」

「新薬……治験」

「代行、海渡氏の弟さんとは親密な関係のはずですよね」

「学生時代からの付き合いだ。三品からのプレッシャーのことも知っている」

「そうですか」槌田が絶句しているのが伝わってきた。

「最近、連絡が途絶えていた、そのわけが分かったよ。しかしわざわざ埼玉から転院するほど、有効な抗がん剤の治験を三品病院でやっているとは思えない」

「では、この件の調査も続けますか」槌田はもう冷静な口調に戻っていた。

「別途料金なら払う。三品に関することは継続して調べてくれ」

「分かりました」

「それから。私と三品との会話を録音した音声データが取締役全員にばらまかれた。

君の言う通り滝本にしてやられた」

「そうですか。完全なる裏切りですね」

「それもそうだが、本を正せば三品だ。ヤツはおれにとっては猛毒だ」

「しかしどうしてご友人である海渡氏まで？」

「実はヤツからうちの新薬の治験に参加したいって言ってきていた。ただし二重盲検はリスクが大きすぎる。つまり……」

「なるほど。私も社長の依頼で製薬業界の調査をしてますから、海渡氏の要望はよく分かります。身内に病人が出れば、少しでも有効ならばどんな薬でも使って欲しいですものね。せっかく新薬が使えても盲検というのは酷な話です。で、代行はそれを断ったんですね」

「もちろんだ。心を鬼にするしかなかったんだよ。だからと言って、何も三品病院などに助けを求めなくてもいいじゃないか。そうだろ？」

「うーん、その辺引っかかりますね」

「引っかかるって？」

「三品なら海渡の要望に応えるかもしれないと思ったんです」

「そんなこと……だいたいこの時期だぞ」教授選を控えて、そんな危険を冒すだろうか。

「とにかく三品病院の治験数の多さは尋常じゃないですからね。人体実験だなんて言う関係者もいるほどです」

「やりかねないって言うのか」

「ええ。やりかねない、というよりそれができるほど製薬会社に対する力があるということです。それに、そうでないと海渡氏の動きに説明がつきません。代行から海渡氏に直接確かめてみてはどうですか」

「できるなら、やってる」吐き捨てるように言って電話を切った。

明日の取締役会の後、株主総会までは時間がある。代表交代の決議がされるまで諦めてはいけない。

すんなりと城を明け渡したくない。最後のその瞬間まで、社長代行として足掻《あが》いてやる。頭痛が和らいだせいで、気力が戻ってきたようだ。

埼玉友健会病院担当のMRを調べ、電話で連絡を取った。担当者は木崎恵子《けいこ》という四〇代の女性だった。履歴書の画像データを見る限り大人しそうな顔をしている。うちではベテランMRの部類に入るだろう。木崎——どこかで聞いたような気がする。

「最近まで埼玉友健会病院で入院加療中だった海渡周一という患者が急遽大阪の三品病院へ転院されたんだが、それまで投与されていた薬と転院の理由を調査してほしい」と言った。

「どんな疾病でしょうか」木崎は自社の薬剤を思い浮かべているような口調だ。

「すい臓がんだ」

「分かりました。がんのステージは分かりますか」質問にそつがない。

「うん、詳しく聞いていないがⅢ期からⅣ期だと思う」

「そこまで？」落ち着いた声でも、彼女の驚きは隠せなかった。

少し間が空いて、木崎が言った。「分かりました。内密に調べればいいんですね」

「うん。ただ、簡単ではないと思うから慎重にお願いしたい」

「承知致しました」

「あくまで内々で頼む」良治は念を押して受話器を置いた。

もしや、海渡が言っていた木崎とは、恵子のことだったのだろうか。

臨時取締役会では、翔の取締役選任の前に良治と三品とのやりとりを録音した音声データが取り沙汰された。

そして速やかに、一〇年前の生稲怜子に対する副作用事例隠蔽の事実確認をする調査委員会の立ち上げが上程され可決された。調査の結果、隠蔽工作の張本人だと判明したときは社内倫理規定により処分するということになった。

そして六月の株主総会で取締役選任決議案が上程され、そこで良治は解任されることになるだろう。会社から去る日が決まったようなものだ。

取締役会での叱責や罵詈《ばり》雑言は、何ひとつ覚えていない。

余命宣告を受けた瞬間の患者の気持ちとは、こんな感じなのだろうか。音声が鼓膜に水が入ったようにくぐもってしか聞こえてこない。まるで海底にでも潜っている気分だった。

翌日からしばらく偏頭痛を理由に会社を休むことにした。会社にいると鎮痛剤の量が増える一方だったこともあるが、とにかくいまは雑音のない場所でじっくり対策を練る時間がほしかった。残された時間はわずか三ヵ月なのだ。

次の日、周一の埼玉友健会病院での治療について調査を依頼した木崎から、報告が上がってきていた。夕刻、さらに詳しい説明をきくために、自宅まで出向いてもらった。

午後五時過ぎ、木崎を応接間に請《しょう》じ入《い》れると、母がクッキーと紅茶を用意した。

「ありがとうございます。手作りですね」と声を上げた。

木崎の社内資料に添付された写真とは別人のような派手な顔立ちに戸惑った。そう感じたのは、栗色《くりいろ》に染めた髪と化粧のせいかもしれない。

「メープル入りよ。疲れがとれるわ」母が微笑んだ。そんな顔を見るのは久しぶりの気がする。「もしお時間がよろしければ、夕飯も食べてってちょうだい」と言うと嬉しそうに部屋を出ていった。

「素敵なお母様ですね」木崎は母が閉めたドアを見つめて言った。

「本人が聞いたら、夕飯だけじゃなくてお酒まで振る舞うよ」

「ありがとうございます。でもうちで子供が待ってますので、お気持ちだけ頂戴します」

「そう」年齢からすれば子供がいてもおかしくない。「じゃあ早速、これまで分かったことを聞こう」良治は愛用のシステム手帳を開き、ボールペンを手にした。

「その前に、この度は、代行から直接の重要な役目を仰せつかり、光栄に思っております」木崎は、一旦立ち上がって深々とお辞儀をした。

「いや、こちらこそお手数をかけて申し訳なく思っているよ」

自分が社長代行の座を脅かされていることを知れば、彼女の落胆は大きいだろう、と思うと心が痛んだ。

「私、MRの仕事に誇りを持っています。これからもよろしくお願いいたします」

「分かった。で、海渡周一の件、どうだった？」心苦しさに耐えきれず、報告を急《せ》かした。

「病院を訪問する製薬会社のMRも医薬品卸会社のMSも、顔なじみばかりで、なおかつもう転院した患者ですので比較的話し易かったんでしょう。情報収集はそれほど難しくありませんでした」

「使用していた抗がん剤は何だったんだ」

「ヌクレオＮＫ２です」

「医仁のジェネリックじゃないか」思わず大きな声が出た。

「そうです医仁製薬です。代行は医仁と知っていて私に調べろとおっしゃったんではないんですか」疑うような視線を向けてきた。

「どうして私がそんなことを？」

「いえ、ちょっとした噂が流れてましして」

「どんな噂なんだ」もう取締役会の内容が末端まで漏れたのか。

「その……医仁製薬との」言葉を呑んだのが分かった。

「ああ、それか」気が抜けた。

「やはり」

「いや、Ｍ＆Ａ先についての噂は、どれも事実じゃないし、まったくのデタラメでもない。それがいまの医薬医療用品メーカーの置かれた状況だと思ってもらいたい」

「ドクターたちは実のところジェネリック薬は好きじゃありませんから」

　木崎の言いたいことはよく分かる。有効成分の特許が切れている医薬品でも添加物や製法においては権利が生きていることが往々にしてあるからだ。

その場合、ジェネリック薬製薬会社が独自で作るため、添加物などのちがいによって吸収率や効き目にばらつきが生じるといわれている。ジェネリック薬は厳密にいえばオリジナルとはやはり違う。医師たちは、期待通りの効き目のない薬を使うリスクに戸惑っているのだ。つまり木崎も、ジェネリック薬会社である医仁製薬とのM＆Aで、ヒイラギの利益はそれほど見込めないと考えているようだ。

「その辺は私も分かっているつもりだ。それらのことも調査の結果次第だと思ってほしい、分かるね？」強引な誤魔化しだと自分でも思った。「しかしヌクレオＮＫ２では、進んだがんには無力だろう」

「それが、体力の消耗が激しく強い抗がん剤は使えないと判断したみたいですね」

「転院はどのようにして決まったんだ。何も聞いてないか」

「家族の要望だそうです。大阪の三品病院で新薬が使えると言ってきたそうです」

「なんだろうな新薬ってのは」

「それは分かりませんでした。ご家族は希望が持てると明るかったそうです」

「新薬に期待しているんだな」早紀の顔を思い出す。「すい臓がんの中度以上に進んだものに有効だと言われている抗がん剤は数えるほどしかないだろう？」

「そうですね。私が知っているのは国内で三社、海外のもので二社ですね。ただステージⅣとなるとアメリカのスミス社しかないと聞いてます」

「スミス社のFUF－Hか」確かに海渡は、スミス社のFUF－Hを国内で使えるようにしてくれるのか、と言った。「アメリカで承認されているから安全性も有効性も期待できる。家族が明るくなったのもうなずけるな」

「でも代行、日本では承認されてませんから治験になるはずですよ」

「それはそうなんだが……」またしても槌田の読みが当たりそうだ。「君は大阪の三品病院のことをどの程度知ってる？」と訊いた。

「院長がマスコミにかなり顔を出していることと、当社のお得意様であることくらいは存じておりますけれど」

「治験実施の数もダントツだ」

「まさか転院先の病院で」

「可能性はあるんだ」

「治験の意義を知っているんですか、その病院」認可前の薬を臨床で試せるのは治験だけだ。その治験には厳格なルールがあり、すべては綿密な治験計画に基づいて実施されるべきものだと木崎は熱くなった。「それゆえ第Ⅲ相試験まで至りながら二重盲検が行われるんです。また、いくら劇的な薬効が認められても治験期間を過ぎればぴたっと打ち切ってしまう。辛いですが、この原則を守ることでしか新薬は生まれません」

「二重盲検と治験期間。そんながんじがらめのルールが、患者の治験参加の気持ちを鈍らせるのも確かだ」

「でもルールを無視していいのなら、製薬会社は新薬開発のために病院を作る方が早いということになってしまいます」

木崎の言う通り、自社経営の病院ならば、人体実験場のようにどんどん新薬を臨床で試せる。開発効率は、飛躍的に上がるにちがいない。医療法で株式会社が病院を経営することが禁じられているのは、そんな危険な事業を行わせないためかもしれない。

「三品病院がそんなことをするメリットが見当たらないんですけど」

「それはそうだ。三品院長は阪総大の教授になるんだから、なおさらね」

「分かりませんね」木崎はうつむいた。

「探偵社の人間に三品病院を調査してもらっているんだが、君の方からも探ってほしい。スミス社ということになれば、うちとはライバル関係にあるからね」

「確かに仇敵《きゆうてき》ですね」

「ああ。そうだ、君も聞いていると思うが、秘書室の後任人事が決まらなくて困っているんだ。暫定的な人事で申し訳ないのだが、君にその気はないか」思いつきを口にした。

どうせ新任の秘書が決まっても、西部一派にいろいろ吹き込まれるに決まっている。ならばその前に、一人でも良治のために動ける人間を手元に置いておいた方がいい。

木崎とならば馬が合うかもしれないと思えた。

「私が秘書を？」

「調査の迅速さを見せてもらったし、MRでの経験などを考えても申し分ないと思っている。私を助けてくれないか。医仁製薬との提携を進めようとする人たちも社内にいて、私はそれらと闘わないといけないんだ」

闘わなければならない相手は西部か、三品か。分かっていることは、刻一刻と自分の居場所が蝕《むしば》まれ、追い詰められているということだ。

「私もジェネリック薬はどうも」木崎は首をひねる。さらりと前髪が揺れた。

「医仁製薬は、法律でジェネリック薬を使うように規制すべきだと政治家に働きかけているらしい。医師にメリットがない以上、ジェネリック薬の比率も上がらないということに、業を煮やしているんだ。そこへ持ってきて医療費削減という大義名分に政治家は弱い。いずれにしてもTPPによって特許保護期間が短くなるようなことでもあればジェネリック薬は増加するし、質は低下するだろうな。結局のところ医師も患者も得などしない」と、現場の声を大事にしてきたであろう木崎に響くような言葉を選んだ。

少し間があったけれど木崎は真顔で頭を下げた。「私でよければ、よろしくお願いします」

17

彩芽が話した内容は、怜花を驚かせた。

まず彼女は守屋から聞いた話をした。

「……無性に音楽が恋しくなるんだ。怜子、青森から一緒に大阪まできた女なんだけど、歌手なんだ」と守屋さんは六畳部屋のギターケースを見ながら言いました。

「三味線も達者な方でした」

「達者？　達者なんてもんじゃない、あれは音楽をやるために生まれてきたような女だ」とても強い口調です。

「音楽をやるために生まれた、それは凄いですね」

「みんなひれ伏すよ。天才なんだ。おれなんて足元にも及ばない」

「でもあなたもプロだったんでしょう？」

「ガキの頃から津軽三味線を習っていたけど、それほど好きになれなかったんだ。けど指は良く動くからね、エレキに夢中になった。当時はモトリー・クルーなんかに夢中だったな」守屋さんは懐かしげな目をしました。

「ヘビーメタルと言うんですか、そのバンド」私も若い頃名前だけは聞いたことのあるグループでした。

「看護師長さんも知ってるんですか。一九八〇年代のハードロックですよ」

「でも怜子さんは、津軽三味線を弾いていたんですよね」

「彼女は、小学生の頃から県内でトップクラスの名手だった。その彼女とは高校が一緒なんですよ。おれはバンド活動なんかしてなかったんだけど、高三の文化祭で飛び入り参加をするはめになってね」

体育館の舞台から、楽器の弾ける人間に飛び入り参加の呼び掛けがあった。それに七人の高校生が応じたのだそうです。「自分からなんてとんでもない。たいがいは恥をかかせようとクラスの連中がはやし立てる」

その七人の中に自分と、一年生の怜子がいたと守屋さんは言いました。

「飛び入りでしょう、だから三味線なんて用意してなかった。怜子の評判は知れ渡ってるんで、司会をやってるヤツが用意しようとしたんだけど、それを彼女は断ったんですよ」

「あらま、どうしたんですか」

「何とエレキギターを手にしたんです」

「怜子さんはギターも弾けたんですか」

「笑っちゃうよ。ディープ・パープルってロックバンドのハイウェイ・スターという曲をやったんです。ご存じですかディープ・パープル」

「知ってます。聴いたこともあります」私はエレキギターがキーボードと対話するような間奏が特徴の曲ですねと言いました。「で、演奏はどうだったんですか」

「おれもみんなも感動しました。演奏が終わってもしばらくざわめきさえ起こらなかったくらいですよ。少し間を置いてからの拍手が、そりゃあ凄かった。それからバンドをやってるヤツらは、怜子を神だって冗談で言ってましたよ。でもおれは冗談じゃなく、彼女の演奏にはそれだけの力があると思いましたね」

「その怜子さんとユニットを結成したんですから、あなたも大したものじゃないですか」素直な感想を口にしました。

「いやおれなんか……だっておれは、怜子に嫉妬し続けてきたんだから」

「嫉妬って？」

「あいつは本物だけどおれはあくまで偽物だ。どこのレコード会社の人間も、彼女となら契約してもいいと言ってたんです。おれはあいつの邪魔をしていたんだ」守屋さんは吐き捨てるように言いました。

「女性であれだけの美人だと売り込みやすいでしょうね」

「そうじゃない。怜子の演奏を聴いた音楽関係者はみんな一瞬にして怜子の巧《うま》さに舌を巻く。それに比べておれは……。ならば彼女にひれ伏せばよかったんだ。おれを捨てないでくれってすがれば何とかなったのかもしれない。でも、ちっぽけなプライドで、それができなかった」さらに充血した目を向けて続けたのです。「たぶん信じてもらえないだろうけど、一〇年前だって好きで別れたんでも、逃げたんでもない。彼女を解放してやったんだ」

その言葉は、暴力夫によくある身勝手な言い訳に聞こえました。

「奥さんの目が見えなくなることは、あなたも知っていたんでしょう？　その彼女を一人にして、心配じゃなかったんですか」失明は音楽活動はもちろんですが、日常生活に支障をきたすことは間違いありません。

「それは、とても心配でした。ただ音楽についていえば棹《さお》は怜子の身体の一部ですから、演奏にはなんの支障もないはずだ」

「棹というのは三味線のネックのことですね」

「ああ。むしろおれという重荷がなくなって、自由に自分の音楽を求めていける。そう信じたんだ……。なのにあいつはあんな店の……」

「あんな店」

「布施にある『二歩』って居酒屋です。旅回りをしてるとき、店主の誠一さんにはずいぶん助けてもらったんです。まあその話はいいや。とにかくあんな小さな舞台で演奏するような人間じゃないんだ」と守屋さんは声を張り上げました。「いや、すまん、興奮してしまって」

「もしかして守屋さんは、怜子さんとやり直したいんですか」顔を紅潮させた守屋をなだめるように、冷静な口調で尋ねたんです。

「馬鹿な……。二度と現れるなって言われたよ」悲しげな目でした。

「怜子さんにお会いになったんですか」

「ある提案があって、一緒に三品先生のところに行ってくれるよう頼みに行ったんだ」

「提案というのは例の？」守屋さんがなごみ苑で演奏会をさせろと言ってきたと、三品先生から聞いていました。それを私も先生も、お金の無心だと解釈していたのです。

「あらゆるジャンルを聴かせる音楽会を企画したんだ」

「それを、本当は怜子さんと一緒にやりたかったんですか」

「怜子の演奏を聴かせれば、三品先生も感動するはずなんだ。そうなればうまく話がまとまると思った。なのに肝心の彼女には断られてしまった。虫のいい話だってことはおれも分かってる。けど音楽を捨てきれないんだ。怜子は昔以上に音に敏感になっていた。ギターのピックを爪で弾く、そんな小さな音も聞き分けたよ。進化してるって思った」

「進化？」

「うん。あいつは音に関して、昔から特別な力を持ってた。相手の聴きたい音というのか、旋律というのかを知っているんだ。その力に凄みが加わった。やっぱりあいつは凄いよ」純粋に怜子の音楽を身近で聴きたくなったのだ、と守屋さんは言いました。

　そのときの守屋さんの目の光りは、少しちがって見えたんです。黒目が大きくなったような印象でした。

「お金のためではなかったんですか」自分でも間抜けな質問だと思ったのですが、確かめる意味で訊きました。

「昔みたいに見舞い金が欲しかったんじゃない。物乞いではなく、音楽の対価としてお金をもらおうと考えたんだ。音楽が年寄りの心と体に凄くいいって、三品先生が言ってたのをテレビで見たことがあるんですよ。あれ、本当なんでしょう？　看護師長さん」

「ええ」と私は胸を張って答えました。

高齢者施設では、脳の活性化やリハビリテーションに音楽療法を取り入れているところも少なくありません。退屈で受け身の暮らしから、生活を楽しむ積極性を生むのも事実です。うちの施設では、寝たきりの方が車椅子になり、車椅子の方が自分の足で歩くという例がたくさんあります。音楽の力は、医学的にすべてが解明された訳ではありません。しかし事実、よくなっていく方を目の当たりにしている私たちには、医学という小さな器に入れられなくてもいいとさえ思っています。

「じゃあ、おれもその役に立てるんだ」

「ここで働きたい、ということですね。そう思っていいんですね」

「そうです。それには怜子の力が……なのにまたおれは逃げちまった」舌打ちするのが聞こえました。

「また逃げたってどういうことですか」

「怜子が自転車に撥ねられたんだ。それを、おれは見てた」

「事故、ですか」

「そうです。転倒した。ちょうど怜子に三品先生のところへ一緒に、という話をしに会いに行ったときだったんだ。断られて別れた直後、後ろで叫び声がして、振り返ったらあいつが道ばたに倒れてた。近所の連中が駆け寄ってきたから……。おれには、卑屈さが身に染みついてるんだろうな、逃げちまった」

「そんなことがあったんですか。守屋さんは、お一人でも音楽はやるおつもりですか」

「練習が必要だけど、やりたい」

「もしやっていただけるのなら、入所している方たちも歓《よろこ》ぶと思います。プロの生演奏なんてなかなか聴けない人たちだから」

「やらせて貰えるのか」守屋さんが乗り出しました。

「ある条件を満たせば、三品先生もオーケーしてくれるはずです」

「どんな条件でも呑むよ、呑みます」守屋の鼻息が荒くなった。目がさらに充血し、涙ぐんでいるようにも見えました。

話し終わると彩芽も充血した目で怜花を見た。「その後、ギターを聴かせていただきました」

「あの人の演奏はどうでした？」と訊く母の呼吸が乱れていた。

「そんなんどうでもいいやん」と言うと母が怖い顔を向けた。

怜花は肩をすくめ黙った。

「はじめは曲名が分かりませんでした。あまりにスローテンポにアレンジしてあったからだと思います」しばらく聴いていてそれがビートルズの『Let It Be』だと分かったと言った。

「彩芽さんの率直な感想をお聞かせください」

「所々指が引っかかったり、押さえる力が不足したりしていたので、まだまだリハビリが必要なのかなと思いました。何でもギターは持っていたもののこの一〇年間、演奏らしい演奏はしていなかったんだそうです。それに工事現場で働いて曲がらなくなった指もあるとおっしゃってましたから」

「それは言い訳です」母がぴしゃりと言った。

「守屋さんもそうだと反省してらっしゃいました。ただギターの音が、私には心地よかったんです。これが味というものなのだろうかと思いました。味わったことのない感覚です」

「そうですか。心地よかったですか」

母が柔和な表情になったのを怜花は見逃さなかった。

「技術的なことは分かりませんが、私は思ったんです。怜子さん、あなたの演奏を聴いてみたいと」

彩芽は母に、守屋と一緒になごみ苑でプロとして音楽活動をしてはどうか、と提案した。そうすれば年金以上の稼ぎになり、高齢者のリハビリや治療の役にも立つ。

「もちろん昼間だけの演奏会ですから、店の営業には支障がないと思います」と言った。

その惨《むご》い話を聞いたとたん、自分が殴られた場面がフラッシュバックした。怜花は悲しいのではなく、怖さから涙があふれた。

「怜花さん、大丈夫ですか」彩芽が訊いた。

「嫌や、そんなん嫌」ますます胸がいっぱいになってくる。「お母ちゃんは許せるの？」頬を涙が流れる。

「それは……」母が椅子に座り直した。

「ほら見てみいな。許せへんやろ」

「事情があるようですね」彩芽はハンカチを差し出した。

「うちらは守屋に暴力を振るわれてたんです」怜花は、守屋から受けたこれまでの仕打ちをぶちまけた。「ほんで一〇年前、うちらの前から姿を消したんです」

「そしたらお見舞いのお金は全部、守屋さんが？」

「持っていきました。うちがそれを知ったのは、つい最近です」

「酷《ひど》いですね。私たちは何も知らなかった。勝手なことを申しました。この通りです」彩芽は謝った。

「いいえ、彩芽さん。演奏会のこと真剣に考えてみます」

「何言うの！」

「怜花、あなたにはすまないと思う。だけどこれはお母さん自身の問題でもあるの。きちんと考えさせて」と母の方から怜花の手を握ってきた。「お願い」静かに言ったのに母の握る手は、痛いぐらい力が入った。水仕事のささくれとバチ胼胝《だこ》の隆起が痛々しい手だ。

「…………」

「いまでも守屋のことは怖いし、大嫌いよ。でも、音楽は、音楽だけは別なの」訴えるような口調になった。

「別ってどういうこと？」

「お母さんの命」母が固く瞼《まぶた》を閉じた。

「うちは未だに、あいつに殴られる夢見るんや。それはこの先も、ううん、一生見続けると思う。どれだけ怖かったかお母ちゃんには分かってもろてると思てたわ」言葉を絞り出した。

「分かってる」

「分かってない」と言い切った。「ほんまにそう思てるんやったら、あいつなんかと死んでも音楽やるなんて言わへん」

「自分でも分からないのよ。あのピックを手にしたときから、この辺がもやもやしてた」母が胸の辺りを摩《さす》る。「手を怪我して三味線が弾けなかったせいで、余計に音楽への思いが募ったのかもしれない。理屈でも感情でもない、音が身体の中から湧き出してきて自分でも抑えられない」母は左手首に巻かれた包帯を右手でわしづかみにした。

「ええ加減にして。そんないっぱしのアーティストみたいな台詞、言わんといて」

「怜花さん」彩芽がたしなめるような口調で言った。

「彩芽さん、帰ってください」怒りの矛先を彩芽に向けた。

「分かりました。では私はこれで。どうもすみませんでした」

「こちらこそすみません」母が立ち上がった。

「怜子さん、あの……」彩芽が何かを言おうとした。しかしお辞儀をして、そのまま勝手口へ向かった。

「勝手にし！　うちはもう知らん」

怜花は椅子から立って、店を飛び出した。

店の前の路地をなぜか駅に向かって歩く。日は傾きかけていたが、今日の風は生温《なまぬる》かった。作務衣姿でも寒さは感じない。

興奮しているせいかもしれない。

何が音楽だ。

身勝手過ぎる。母を思いやり、父を気遣ってきた。ずっと我慢のし通しだった。一度道化師役を買って出た人間は、いつまで経っても笑い物のままでいなければならないということか。

そんなの馬鹿らしい。

急に何もかも嫌になってきた。

布施駅の高架橋が見えると、ふとどこか遠くへ行きたいと思った。

券売機の前で、財布を出そうと作務衣のお腹に手を伸ばした。

しまった。涙を拭くとき外した前掛けのポケットに財布を入れていた。その前掛けを店に置いてきたのだった。

いつもは作務衣の合わせに入れていたのに、今日に限って前掛けなんかにしまっておくなんてついてない。

玄に助けを求めるしかない。幸い携帯電話は合わせのポケットに入れてある。

怜花は、携帯を手に取った。電話番号の一覧を開いてから、手が止まった。

こんなとき玄のとる態度も言うことも、容易に想像がついた。怜花の機嫌を取って家に帰るよう説得するに決まっている。

自分がいなくても五時になれば暖簾を上げて、いつものように客たちの熱気であふれかえるにちがいない。一時は客が減るかもしれないと、母に代わって怜花が演奏しようと三味線を手にしたこともあったが、あまりの下手さに断念した。ところが逆に、母を心配して客が増えていた。

いまは母の顔を見たくなかった。

画面に矢島の電話番号が出てきたところで止めた。

「連絡、ずっと待ってましたよ」と矢島が出た。

「相変わらず調子いいですね」

「そうですか。申し訳ありません」

「低姿勢に出てもあきません。なんでも謝ってすんだら、警察……」と声を張り上げたとき、交番の横を通っていた。急に声をひそめて言った。「三品先生のことでちょっと訊きたいことがあるんです」矢島が食いつくような言葉を選んだ。

「何でも言ってください」

「いま布施駅にいるんですけど……」

「そうですか、分かりました。すぐそちらに行きます」

ふと横を見ると銀行があった。「では、駅の南側にあるM銀行、その前で待ってます」と電話を切って銀行の壁に、肘を抱いてもたれた。この格好ではやっぱり寒かった。

一〇分ほどで、矢島のバイクが目の前に停止した。

「まずは乗ってください」矢島はヘルメットを差し出した。

「しばらく、走ってもらえます？」

「どこへ行くんです？」

「この間みたいに、飛ばしてほしいんです」リアシートにまたがる。最初に乗ったときは馬のように大きく思えたけれど、いまはそれほどでもないと感じた。

「しょうがないですね。ただし、捕まりたくないので法定速度内ですよ」

「早く出してください」矢島の胴に腕を回したとたんバイクが走り出した。「このガリガリのカマキリ」爆音で聞こえないのをいいことに、そう叫びながら力一杯締め付けた。

「うわっ」と矢島は叫んだ。

風が冷たかった。どこをどう走ったのか分からなかったが、お腹がすいて立ち寄ったファミリーレストランの看板には西明石《にしあかし》という文字があった。

店に入ったときすでに午後一一時を回っていた。

「何があったのか知らないけど、気分、晴れましたか」食事を終えると、コーヒーを飲みながら矢島が尋ねた。

「少しだけ」素っ気なく答えた。「だってスピードが出てないもん」拗《す》ねた顔で言った。

「だから法定速度を遵守するって言ったじゃないですか」

「矢島さんでも警察は怖いんや」

「そんなに不良記者に見えますか」

「うん。うちにとっては最悪の男です。急に現れてお母ちゃんの目は薬の副作用で、それと同じもんがなごみ苑で使われたって言う。このままやったらもっと被害者が出るさかい、何とかしたいから協力してほしい。何や勝手に巻き込まれた感じですわ」

一気に喋った。

「お陰でいろいろ分かってきたんで、こっちは大助かりです」

「でももう嫌になりました」万歳をした。

「今日は変ですね」

「母とケンカしたから」

「それで家を飛び出したんですね。『二歩』の作務衣ではまだ寒いでしょう。上に羽織るものを着る時間くらいあったでしょうに」矢島が鼻で笑った。

「だって許せへんことばっかり」彩芽が同意書を持参したこと、そして守屋との音楽療法を持ちかけたことを話した。「ほんま男女の仲は分からんわ。ひょっとすると母はあいつともう一回演奏するかもしれへんのやから」

「実の父親でしょう？　守屋さんは。それでも許せないものですか」

「DVを受けてたんやで、根深いわ」

「お母さんも暴力を受けていたんですか」

「母子ともに暴行されてました」思い出すとまた涙が出るので、「もうやめた」と天井を見上げた。大きな羽根のくせに風は起きない扇風機が回っている。

「しかし同意書があったとはね」

「よう分からんかったんですけど、給付請求しても難しいって彩芽さんが」

「彩芽さんが言うんだからそうなんでしょう」

矢島の言葉はあまりにあっさりしていると思った。

「えらい淡白ですね」

「そうですか。だって三品サイドからすれば、薬害にしておいた方が得なのに。わざわざヒイラギを助けることになってしまうなって」矢島は妙に明るい表情だ。

「なんですの、それ。ヒイラギを助ける？」矢島の目を見た。

「助ける、というのは言い過ぎかもしれないか」矢島が目を避けた。

「うちは子供の頃から大人の顔色を窺ってきた。そやから、ちょっとした表情の変化も見逃さんのです」

「どういうことですか」矢島が背筋を伸ばす。

「ほーら、身構えた。うちに心の中を覗かれんようにしたんやわ。正直に言うてください。何か隠してるんでしょう？」

「いや正直も何も。それに救済制度より香河さんの提案の方が、金銭面では得ですよ。言うなれば三方良しじゃないですか」

「母とヒイラギと三品病院、それぞれが得するってことですか」

「まあ、そういうことです」

「何か誤魔化された気がする」つぶやきながらカップを持った。

「そんなことないです」矢島がホールドアップの格好をした。

「そうかなあ」そう言って作務衣の襟を直した。「矢島さん、うちの目を見て」顔を突き出し、自分の目を見せる。

「そんなこと、急に言われても困りますよ」矢島は怜花が身を乗り出した分、顔を後ろへ下げる。

「ちゃんと目を見る！」

「照れちゃうな」矢島はわざと大きく目を開けたようだ。

「あかん、視線が合いません」さらに顔を前に出し、矢島の目を覗き込む。

「もういいでしょう」

「ちょっと静かにして」怜花は、これまでの矢島の言動を頭の中で整理した。疑問点や違和感の理由を考えた。するとある仮説を立てることで、矢島の行動が腑《ふ》に落ちた。

「うち、何となく分かってきたわ」と言って、身体を椅子の背にもたれさせた。

「分かったって何が？　そんな占い師みたいなこと言って……」そう言う矢島の笑顔はこわばっていた。

「落ち着いてるし、ことさら無表情や」

「当然でしょう、やましいことなど、ないんですから」

「あかん、あかん。ポーカーフェイスを装いたいのは分かるけど、無理に繕うから表情を消さんとあかんのです。まあそれくらいしゃちほこ張らんと、うちに何もかも見抜かれてしまうもんね。そう思うからそんな無表情にならざるを得んのでしょう」と微笑みかけた。

「そんな手には乗りませんよ」コーヒーカップを口へ持って行って、カップ越しに怜花を見る。

「じゃあ、これまでの行動を整理しますね。まず、矢島さんは、なごみ苑のお年寄りが亡くなった事故の件で、シキミリンβちゅう薬に着目した。薬の副作用だったんやないかって。ほんでシキミリンβを追うと一〇年前にも三品病院ではシキミリンβの副作用で事故があったことを知る。それがうちの母やった。さらにシキミリンβの治験を担当した旧知の仲の駒野浩美さんが、二ヵ月前に姿を消してることが分かる。それで一〇年前に三品病院にいた人々に話を聞くことにした。浩美さんの後輩看護師の長谷麻奈美さんを訪ねて八尾マリア病院、香河彩芽さんに会いになごみ苑、そして佐久山香さんの周辺を調べた。ここまではジャーナリストとして納得のいく行動やと思う。けどなんか抜けてる」

「抜けてる？」矢島の声のトーンが変わった。

間抜けと言われてカチンときたのだろう。

「そう、抜けてる。玄ちゃんに言われて、疑問を持ったんやけど。うちが止めたとはいえ、お母ちゃんに、取材をしてないのも変。でも、そんなことより、もっと単純なまちがいに、いま気づいた」

「聞き捨てならないですね」矢島も顔を突き出した。

18

矢島は怜花の目を見た。いや瞳の奥を見ようとしたと言った方がいい。澄んでいると思った。そしてきれいだと感じた。もちろん瞳だけではない。

深夜に怜花を前にしていることに、気持ちが高ぶっていた。

吉井玄とはいかにも不釣り合いだ。彼は確かに優しそうな男だ。だが何が何でも怜花を幸せにするという情熱に欠けているように見えた。風体や物腰から、男の野心を感じなかった。

怜花に、単純なまちがい、と言われた。むろんプライドを傷つける言葉だ。以前の自分なら、食ってかかるか、席を立っていた。

だが話を聞いてみたい、と彼女は思わせた。容姿だけではない、会話の魅力を怜花に感じていた。少し低めの声で喋る、関西弁の抑揚が心地いい。

「聞き捨てならないですね」と挑発すれば、もっと彼女は話してくれるだろう。うぶな中高生みたいな感覚がまだ自分にも残っていた。

「怒ったんですか」

「怒るというよりも、納得できないって感じです」ジャーナリストとしての誇りを持って取材に当たってきたと言った。

「給付の請求で困るのは誰かちゅうことやわ。医療ミスならお医者さんは恥をかく。けど薬害やなんて騒がれたらやっぱり製薬会社は評判落とすでしょ。はじめ矢島さんは薬の副作用を糾弾する体でうちに近づいた。ただそこに三品先生の判断ミスも手伝ってるんやないかと疑いの目を向けた。その辺は当然な発想やと思う。ただし、あくまでシキミリンβ、そしてヒイラギ薬品工業に矛先は向いてる。ここまではええ?」

玲花が言った。

「はあ、まあ」曖昧な返事をした。まだ何が言いたいのかが見えなかったからだ。

「ちょっと質問なんやけど、なごみ苑で亡くなったお年寄り、もしくはその家族への取材はしたん？」大きな黒い瞳を向けてきた。

「死亡した二人についてのガードは堅くて……。それは香河さんに会いに行ったときの状況を見れば分かるでしょう。佐野さんなんて本気で首を絞めてきたんだから」

「やっぱり」玲花が頬杖《ほおづえ》をついた。

「やっぱりって？」

「うちの勘は鋭い。母親譲りなんや」玲花は得意げな顔を見せた。「母には敵《かな》わへんけど。何せあの人、人間を含めた動物すべての音を聞き分けるちゅう特殊能力の持ち主やから」

玲花は奇妙なことを言った。

「音ってなんです？」

「音は音。音楽やって言うてる。それぞれちがう旋律があるんやって。話すリズムとか息づかいとか、それに瞬きする速さとか貧乏揺すりとか全部合わさってその人独特のもんがあるそうな」

「何か不思議な話ですね」と言いながら昔読んだ本を思い出していた。その本はタンパク質には音楽があるというのを分子レベルで論じていた。原子と原子、分子と分子を接着するのは律動とか旋律だというのだ。SFじみた話に思えて途中で投げ出した覚えがある。「じゃあお母さんは失明されても、見えているようなもんですね」

「そうかもしれへん。ただ目が不自由になる前から、それぞれの人の音ちゅうのは聞いてたみたいやけど。この人は怖い旋律やとか、優しい音楽やとか言うてた」旅回りの際、興行師が信頼できるかどうかは、命にかかわる問題だから守屋は怜子によく相談していたそうだ。

「で、当たってたんですか」

「もちろん。この女の人には近づくなって言うんやけど、スケベなあいつは言うこと聞かへん、ほんで案の定高いお金を……。ああ、もう止めよ、あいつの話は」

「いや、あなたがそれほど嫌う守屋さんなんですが、二人の馴《な》れ初《そ》めは音楽なんでしょう。音楽で惹《ひ》かれあった」

「あかん、もう止めよ」

「音楽がすべてなんですよ、お母さんにとっては」

「そんなん、うちかて分かってます」怜花はふくれてうつむいた。「母は三品先生に感謝してると言ってます。それはたぶんあの先生から聞こえる音に何かを感じてるからやと思う。でもうちは一一歳のときあの先生を見て、嫌なおっさんって思った。なんちゅうたらええんやろ、なんか好きになれへんかった」

「あのちょび髭かな」

「そんなんもあるかもしれへん。とにかく嫌いやった。でも、そのおっさんの態度にごっつさを感じた」怜花は言葉に迷いがあるのか、何度も首をかしげながら言った。

「ごっつさって、どういうことですか」

「そのときは、ごっついとしか分からへんかった。そやのに今日、母の言葉で、なんとなく分かってしもた」

「守屋さんとの演奏を考えてみると言ったことですね」

「守屋は嫌い。同じ空気を吸うのかて勘弁して欲しいくらい。そやのに母は、守屋に引き寄せられてる。人間性やのうて、音楽に対するごっつい気持ちに」

「ごっついって言う意味、何となく分かりました。思い入れ、いや貪欲さって言った方がいいのかな」

「貪欲さ、ちょっと違う気がする。そんなもんには引き寄せられへんと思うから」

「そうですか。貪欲でないとすれば、野望とか野心とかかな」

「野望、野心か。それを持ってると平気でゴリ押しできます？」

「まあ目的のためなら少々強引なこともやるでしょうね」

「自信過剰気味に？」

「自信がないと、野心は抱けないでしょう」

「ほなそれです。野心です。守屋のそれが、母を惹きつけてる。うちが当時三品先生に感じた嫌いやのに、ごっついと思ったのもそれ」

怜花の感性の鋭さに驚いた。矢島もけっして褒められた人間ではない。それでも高齢者を儲けの手段としか見ないような三品のやり口は嫌悪していた。だが三品の理想を知ったとき、彼のような冷徹な強引さがなければ、真の老年医療は確立できないのではないかと思えた。

「三品先生の野心、確かに凄いですね」

「母が三品先生に感謝してるって言うてるのは、その野心に免じて我慢するってことかもしれへん。ああ、またお母ちゃんの話や。いまはそんなこと言ってるん違う。矢島さんの話ですわ」

「そうでした」

「端的に言うと、被害者の影が薄い。ジャーナリストとしての立ち位置っていうんですか、そこが変、間違ってる」

「意味が分からないな」もう丁寧語では話していられなくなった。

「もっと言うたら、被害者側に立って一緒に苦しんでない感じがするんです」

「ジャーナリストとしては冷静な目が必要なんだよ」自分でも分かっていることを、

面と向かって言われるとやはり頭にくる。

「冷静な目というのは、さっき言った三品先生みたいなもんやと思う」

「三品……」

「あんたの目の中にはそんなもんを感じない」怜花はまた目を覗く。

「おれにだって野心はある」吐き捨てる。

野心などとっくになくしていた。あるのは欲望だけだ。

「野心のことやなくて、寄り添う気持ちがない。被害者の気持ちを分かろうとしてへん。どこか……上手い表現が見つからへんけど、道具というか駒みたいにしか思てへんのや」

「もう出よう！」

矢島は怜花の返事を待たず、レシートを摑みレジへ向かった。昨夜自宅マンションの部屋に残した女の痕跡を消さなかったことが、ふと気になった。「まあ、いいか」

19

やはり木崎は、秘書としても優秀だった。良治が人事部に話を通し、秘書室に入るやいなや諜報《ちょうほう》ともいえる仕事をこなし始めた。

いままでヒイラギのMRが持つ理解力や情報収集力を過小評価していた。研究者が一番と思っていたからかもしれない。それとも木崎が特別なのか、パスワード管理されたファイルを見た瞬間に良治の抱えていた問題を看破した。

木崎との打ち合わせは、秘書室ですることにしていた。彼女が知り合いの業者に頼み、盗聴装置などの有無を調査した。応接室も社長室も安全なのは確かめられたが、窓に面してビルが隣接している。唇を読まれることもあるし、レーザー盗聴器というもので離れた場所でも会話が聞けるのだそうで、念のため窓のない秘書室を選んだのだ。そこにあったデスクに重要な書類は移動させていた。秘書室にいるときはそれが良治のデスクだ。

彼女からの的を射た質問に答えているうちに、ヒイラギという会社で起こりつつある権力抗争に触れざるを得なくなった。西部の反乱と容子の裏切りが自分を窮地に追い込んでいると伝えた。そして、そこには医仁製薬との提携や、シキミリンβの副作用をネタに多額の金銭を要求する三品医師の存在が関係していると説明した。

するとまず木崎は、すぐに自分の知る弁護士を立て、容子へ私用文書等毀棄《しようぶんしょとうきき》罪《ざい》・私用電磁的記録不正供用罪での告訴も辞さないと、パスワードなどのロック解除と文書を原状回復するよう言った。会社の顧問弁護士に依頼しなかったのは、西部との付き合いが長いと判断したからだという。

良治は西部らが抵抗してくるのではと心配した。しかし弁護士が動いたその日の夕方、原状回復が実行された。

「もし専務たちが騒げば、指揮命令系統が判明したのに」と木崎は、むしろ容子がすんなり要求に応じたことが不満げだった。

なるほど、そういうことか、と良治が膝を打つほど、木崎の肝は据わっていた。

さらに彼女は槌田と連携して三品の周辺を洗っていた。槌田からすでに海渡が良治の学生時代の友人で、周一がその兄であることは伝わっていた。しかし木崎は小事にこだわらない性格だった。

「海渡周一さんの治療には槌田さんの報告と私の持っているMRたちからの情報で考えると、やはりスミス社の抗がん剤を使っている可能性が高いです。つまり日本では二重盲検の対象であるFUF－Hです」

「盲検をしていないってことか」

「たぶん、そうだと思います」

「分からない。どうしてこの時期に三品がそんな危険なことをするんだ」

彼は医師の立場より、患者の立場を優先させたというのか。

良治は、引き出しから槌田がまとめた三品に関する報告書にもう一度目を通してみた。

三品元彦という医師への疑惑は次の通りである。

高齢者施設の実質的な経営者であること、そして高齢者を急性期と慢性期とで意図的に行き来させて介護保険と国民健康保険をうまく活用して利益を操作していること、その上、老年医療に特化した人体実験とも言うべき治験構想にからむ、製薬会社からの不透明な金の流れが存在していること。

これだけの疑惑があるにもかかわらず、大多数の関係者の口から出るのは、彼に対する賞賛と期待の言葉であることに特異性がうかがえる。

それは彼の唱える理想に起因するものと思われる。

三品の主張その1

医療費の増加は国家予算を圧迫し続ける。一方で六〇歳以上の高齢者一人あたりの平均預金額は二二〇〇万円ほどにのぼる。タンス預金を含めると六〇〇兆円を超える膨大な私産が眠っていると言われている。この私産を医療分野で活用し、再生医療分野における日本発のブロックバスター医薬品を生み出して経済効果を狙う。

主張その2

治験付き高齢者施設は、年老いても、また病気になっても社会の一員として誰かの役立つことを可能にする。これこそ、高齢者自身の生きがいにつながる。重要なことは高齢者のいる家族に負担をかけないという点にある。高齢者自身に私産があればそれを使うし、なければ治験者契約をすればいい。いずれにしても家族の金銭的な負担は相当軽減できる。

主張その3

多くの有識者が在宅介護を勧めるが、リフォームや介護する人間の確保がどれだけ大変なのかを知っているのかと三品は講演会などで主張している。施設に入所させている家族が、厄介払いできたと笑っているとでも思っているのか。家族は家族なりに自分を責め続けている。家族が看《み》るのが当たり前だ、と世間の冷たい視線に苦しむ家族の心のケアができる施設を目指す。

主張その4

ここ五年以内に六五歳以上が罹患する認知症、がん、脳梗塞からうつ病に至るまで治療の道を開く。そのためのあらゆる治験を実施する。

所見

医師会のメンバーからの評判があまりに良いことに驚きました。ことに社会保険診療報酬支払基金の診療報酬明細書チェックを行う部門の関係者との信頼関係は特筆に値します。

ご存知のように社会保険診療報酬支払基金は、医療行為や投薬などが適切に行われたかをレセプトを基に審査し、保険点数に応じた金額の支払いを保険組合に請求する民間法人ですが、審査をする側ですら三品には一目置いていました。

「三品元彦、どうも摑みきれない医者だ」良治は書類から顔を上げて木崎に言った。

「これからさらに進む高齢化社会を医療の面から何とかしようという三品先生の老年医療への理想、そういったところに賛同される人が多いみたいですね」

「理想に賛同か」

三品も、自分の父親が認知症を発症したことで、何があっても老年医療を充実させねばならないと思ったにちがいない。そしてその実現のために様々な布石を打ってきた。

「海渡の兄を引き受けることの、三品のメリットって何だろうね」

「私もそれを考えてました」考えがまとまらないのだ、と木崎は嘆いた。

「海渡は薬研のMSとしてのネットワークを持っている。スミス社もその一つだと思うんだけれど、三品が利用するならそこだろうな」

「スミス社の抗がん剤を使用することがメリットになりますか」

「数多くある薬剤のひとつに過ぎないしね」

「金銭的なことはどうですか」

「その場合、スミス社が三品に金銭を渡すメリットがないとな」スミス社の社長は狡猾なローレンス・マクドナルドだ。新薬を日本マーケットに上市する目的だけで、資金を提供するとは考えにくい。

「三品病院が製薬会社なら、買収なんてことが考えられるんですけれど……」木崎がパソコンを操作しながらつぶやく。「国際データバンクの記者からの情報でも、スミス社のM＆Aターゲットに当然三品病院なんてないですもの」

「M＆Aターゲットにあがっていたのは確か、ドイツのメディカルテーラー社とうちだろう」ヒイラギに興味を示しているとサイモン社の社長も言っていた。

「そうです。メディカルテーラー社は三品病院と親しいですね」

「それはそうだろうな。三品はがん治療にも力を注ぐ構えを見せてる。そもそもメディカルテーラー社はゲノム解析を得意とする会社だそうだから。要は貪食細胞が、どのがんペプチドに反応するのかをスーパーコンピュータを利用して遺伝子レベルで分析できる……」と口に出してみて、良治はあることに気づいた。スミス社が新薬、とくにがんペプチドワクチンを開発するとき必要となるのは治験を実施する病院だ。もしその病院の医師と共に個々人の遺伝子解析をして、そのデータを元にまさにテーラーメイドの治療薬を使えば――。

「どうされました？」

「盲点かもしれない。遺伝子レベルのテーラーメイドだよ」

「何の盲点なんですか」

「二重盲検をしないで患者に使用して、その効果をもって承認させる。そして市販しておいて再審査を受けるやり方が可能だ」

「再審査で問題なければ、そのまま市販。ダメなら無効にするんですね」

「よく考えればスーパーコンピュータで遺伝子解析して薬剤をオーダーするんだから、その個体にしか使えないものだ。つまり臨床試験のデータも、その患者だけのものということになる。それを前面に押し出せば、二重盲検法なんてやる必要がない」

「患者一人一人、それぞれの遺伝子に合った薬剤の組み合わせをコンピュータに計算させるんですから、他の患者さんには使えないんですよね。その患者さんだけの薬を見つけるんだから、偽薬なんて必要ないです」

「しかも薬の有効性だけではなく、アレルギーや副作用なんかのリスクも明らかになるんだ。これからの創薬は、動物実験や治験に加えて、遺伝子レベルでの薬効解析データも承認の材料となり得るはずだ。無駄な動物実験や危険な治験の数を減らすためにもそういう流れになるよ、きっと」

「じゃあスミス社はそれを見越して、まず三品病院とパイプを結びたかったとおっしゃるんですか」

「うーん、スミス社がそんな悠長な計画を立てるとも思えない」

「メディカルテーラー社に直接Ｍ＆Ａを持ちかけたくない理由でもあるんでしょうか」

「それだ。スミス社はメディカルテーラー社とはあくまで無関係だということにしたいんだ」

「どういう意味ですか」木崎がきょとんとした目を向けた。

「スミス社は、いま言ったようにスーパーコンピュータの遺伝子解析によって新薬開発に拍車をかけようとしている。ただ、いまのところ、アメリカ食品医薬品局《FDA》も日本の厚生労働省もそんな方法での承認をしていない。というか気づいていない。だけど市場の反応はどうだ」

「データ上とはいえ有効打となれば、株価に反映します」

「だろう。データの発表だけでもスミス社にとっては強烈なパブリシティのネタとなる。だから、そのためにもメディカルテーラー社は公平な第三者企業でないといけない。うちうちで処理しているんじゃないってところを演出したいんだ」

「解析の信憑性《しんぴょう》を担保するためですね」

「そういうことだ」

「でも一方でＭ＆Ａのターゲットにしてるのはどうしてでしょう？」

「他の製薬会社への牽制だろう。うちの名前もそうだろうと思う。現にサイモン社が気にしていたからね」

スミス社とは陸続きではないとしながらも、競合他社の傘下に入ってもらっても困るはずなのだ。

「もう一つ疑問があるんですが」木崎の瞬きの回数が増えた。

「なんだい？」

「第三者の公平な解析というのは分かるんですが、スミス社に有利なデータとなるのかは未知数です。必ずしも株価を上げる結果が得られるとは限りません」

「だからこそ三品病院の存在が重要になる」

良治はホワイトボードの前に立った。木崎もボードに近寄る。

二つの円を一部が重なるように描き、「交わりが三品病院だ」と言って斜線で塗りつぶす。「ここは治験参加者を潤沢に確保しているラボみたいなものだ。つまりスミス社もメディカルテーラー社も三品とは協力関係でいたいんだ」

「三品先生の機嫌は損ねたくない？」

「ある治験データに基づく二社の見解が違ってもいいんだ。しかし三品に不利に働くものは発表できないことになる。三品が老年内科で実績を出せるよう二社はバックアップする。それは二社にとっても相当な利益になっていく。ある意味新しい創薬のビジネスモデルだ。これで遺伝子レベルの薬効が承認に結びつくようになれば……」

「恐ろしい……もはや政府の成長戦略となるビジネスモデルですね」と木崎が長い息を吐いた。

「海渡はその辺りを上手く利用したんだ」

「盲検飛ばしは確実ですね」

「実際、海渡の兄の病状はどうなんだ？」良治はデスクに戻る。

「小康状態のようです。ただ院内はガードが堅くて、海渡さんの家族の様子や弟さんの動きから類推しているらしいんですが」

「そう劇的に効く薬でもないか」

「まだ分かりませんね。あっ、それから、なごみ苑の香河看護師長が、生稲さんの店を訪ねたそうです」

布施駅にほど近い「二歩」という居酒屋に入ったのを確認したと槌田がメールしてきたと木崎が言った。

「なごみ苑の看護師長が？」

「何なんでしょうね。その後、怜花という娘さんが店から出てきて、矢島のバイクに乗ってどこかへ行ったんだそうです」

「三品に聞いてるよ、怜花のことは。矢島と接触してることもね」木崎に、矢島は出版ゴロで、なごみ苑の死亡事故や一〇年前の三品病院であった事故を調べ、強請のネタ探しをしているのだと伝えた。「怜花はその事故の被害者生稲怜子の娘なんだ」

「そんな男と娘さんが?」

「危険だな」三品への口止め料のことを木崎に言うべきか迷った。

木崎には容子の裏切りの内容も具体的には打ち明けていない。そんな状態で、この難局を打開できるだろうか。三品、矢島、怜花。社外にも要注意人物がいる。

「代行、どうされました」一点を見つめたままの良治に木崎が声をかけた。

「実はね、君に話しておきたいことがあるんだ」

「何でしょう」木崎が怪訝な表情でデスクの前までやってきた。

「専務たちと路線の違いで対立していることは話したね」

「はい、伺いました。その余波で滝本さんも裏切り、代行を窮地に追い込んだと」

「それはその通りなんだが、さらに根深い事情がある」

専務が悟の息子、翔を担ぎ出し、良治を失脚させた後に次期社長として担ぎ上げる公算が大きいと説明した。「滝本くんは、ここにきた三品と私との会話を録音していたんだ。その内容は音声データで、取締役連中に行き渡ってしまった」

「それで秘書を解任されたんですか」

「そうだ。問題はその内容なんだ」

「代行、それは私に仰ってもよろしいのですか」木崎が確かめた。

「聞いてもらう」

「分かりました」木崎がスーツの袖を整え、両手を膝に置いた。

「一〇年前にシキミリンβで起こった副作用事故に際し、研究主任だった私は三品に口止め料を支払った。それゆえ三品にも副作用報告義務を怠らせた」

「そんなことが」木崎が息をのんだ。

「あの表彰の重みが私の判断を誤らせたんだ」いくら悟の指示があったとしても、それを断る勇気さえあれば、実行はしなかった。いや悟の温情に甘えていた自分がそこにいたのだ。

「私も東京から新幹線に乗って、あの会場にいました。凄い熱気だったのをよく覚えています」

「そうだったね。社長も元気だったし、私も……」平成のブロックバスターを生み出そうと燃えていた。「市販後調査に入って一年あまりで出てきた副作用だった。それもスティーブンス・ジョンソン症候群という重篤なものだ。副作用がほとんどないのが売りだっただけに、素直に認められなかった。滝本くんは副作用そのものが間違いだと、三品の元に再調査を持ちかけたらしい。彼女にとってシキミリンβは一つの新薬じゃない。産み落とし、育てようとした我が子同然の存在だったんだ」

「その滝本さんが、お金で闇に葬った事実をお二人の会話で知ったんですね」

察しのいい木崎は、容子の裏切りが良治への復讐だと感じているようだ。

「私は彼女に席を外すよう言って、三品と隠蔽工作の件を話した。間抜けなことに私自身も、三品が私や会社を強請るようなことを言わないかと録音していたんだ」

「その内容が取締役会の方へ……」

「驚いただろうが、私はそこまで追い詰められている」

「何となく想像がついていました」木崎はあっけらかんとしている。

その言葉に良治の方が驚いた。「想像がついていた？」

「ええ。MRの私に秘書をだなんて、あり得ませんもの」微笑むといつものように木崎の前髪が揺れる。

「すまない。専務の息がかかっていない者をと考えた。それに私が失墜しても君は元のMRに戻ることができるだろうと思ってね」

「お気遣い無用です。ヒイラギ薬品工業がどうなるのか岐路に立っている訳ですから、むしろやりがいがあります。腹をくくります」

「そう言ってくれると私も助かる。しかし、とにかく時間がないんだ」

「時間？」

「先日の取締役会で弟の翔が取締役に選任された。私の方は、三ヵ月後の株主総会では音声データによって不正を糾弾され、取締役の地位を失うことになるだろう」

「じゃあ代行、もう向き合うしかないです」

「私も向き合っているよ」

「代行は三品先生には会っていますが、被害者の生稲怜子さんとは話してません。この際、会うべきです」

「被害者にか」

「ええ。私たちMRは、副作用の問題も、また薬効がまったくなかった事例にも遭遇してきました。あまりに悲惨な患者さんの話をドクターから聞いて、ときには製薬会社に勤めていることを恥じたこともあります。でも人間の生活の質を向上させるために、お薬は絶対に必要なものなんです。それだけを信じて仕事をしてきました」

「それは私も同じだ。人の役に立ちたいと思って新薬の研究開発に取り組んできた」

「なら、それを貫きましょう。信じ切りましょう。この『堺・さいわい苑』のパンフレットに添付されている企画書に三品先生の言葉があるんです。代行、読まれました？」

「いや、パンフレットは読んだが、企画書は見てない」

「では聞いてください。いま世間で自然な死に方を求める風潮がありますね。三品先生のセミナーの参加者が、それについての考えを質問したんだそうです。そのとき先生は、こんなことを言ったんだと紹介してるんです」

元気なときは皆人工呼吸器や点滴につながれたくないし、そんなにしてまで生きるのは家族に迷惑をかけるだけだ、という。また近頃の世の中には、そう言わざるを得ない空気が蔓延《まんえん》している。しかし、目の前に虫の息の患者がいれば、全身全霊を傾けて命を救おうとするのが医療に携わる人間の習性なんだ。それはもう業《ごう》だと言っていい。なぜなら、何も考えなければ、生物というものは何が何でも生きようとするものだから、と。

「本能は、決して諦めないって言うんです。もし、自然な死に方というのなら、患者の本能と医者の業とががっちり四つに組むことだ。だから彼の関係する施設では生きて生きて生ききることこそが終活だ、と言い切ってます」

「本能と業、それがむしろ自然か」

何も考えず、何にも邪魔されなければ、確かにそれが自然なのかもしれない。社会や家族の迷惑になる、という考えが命の区切りをつけさせるのだ。

延命拒否した患者でも、ほんの一瞬、呼吸器を外すと、とたんに虚空を摑んで暴れるという。それは生きたい証ではないのか。そう考えると自然でもなんでもない死に方のような気がする。

「槌田さんも言ってましたが、三品先生に対するMRの評判がここまで高値安定というのは珍しいです。そんなこと、一朝一夕には無理だと思います。長い年月をかけて信頼関係を築いてきたとみるべきなんじゃないですか」

「一〇年前、いやもっと前から三品は理想に向けて行動を起こしていたと言うんだね」

「そうです。その計画の途中で、たまたま怜子さんの副作用事故に遭遇した。だからそれを資金調達のひとつに利用しようと考えた」

「西部専務は、ただそれを代行失脚に利用しようとしたのか」

「滝本さんはあまりに純粋過ぎた。実は専務がＭＲの全国大会でおっしゃっていたことを思い出したんです。確か五、六年前だったと思うんですが……あ、そうです息子が年長さんのときだから五年前です」

「何を言ったんだ、専務が」ラボにこもっていた頃だ。

「シキミリンβほど画期的な抗インフルエンザウイルス薬は世界に類を見ない、自信を持って売りまくれって。まあその続きはドクターへのプロモーション技術を磨けっていつもの説教だったと思うんですけど」

「あの専務が、そんなことを」胸の奥の方に小さな痛みが走った。

「そんな言葉をかけられたら、滝本さんだって。私は裏切るようなことはしませんけどね」

「滝本くんも西部専務も不満だったんだろうと思う。シキミリンβの副作用隠蔽を知っていたのは私と社長だけだった。事故以来、社長も積極的なプロモーションを展開するようには言わなくなっていったからね」

「どっちにしても、副作用事故が、代行を失墜させるための切り札です。そこに当たって砕けろしかないんじゃないですか」

「どうせ砕けるならね」

「さっき言った息子ですが、いまは五年生で少年野球チームに所属しているんです。四番でピッチャーなんですよ」

「凄いじゃないか」代行の立場をセットアッパーだと愚痴っていたことを思い出すと、海渡の巨体がふと目に浮かんだ。

「試合前いつも監督からやかましく言われている言葉があるんです」

「ほう」

「バッターの一番苦手なコースのボール一つ隣が、最も得意コースであることが多い。だから気を付けろって」

「私の弱みのすぐ近くに、強みがあるかもしれないってことか」

木崎は真顔で大きくうなずいた。

20

留守電もメールも二十二、三通までは数えた。それ以上は数えるのも億劫《おっくう》で、携帯電話をベッドの上に放り出した。

うち、何をしてるんやろ。

先日初めて朝帰りを経験したばかりなのに、それほど日を空けずまた一晩家に帰らなかった。

母のことも父のことも、一番考えているのは自分なのに、それを二人は全然分かっていない。それならいなくてもいいだろうと思った。

だから店に戻らなかったのは、少しは心配させてやろうという気持ちからだ。でも心配になっているのは怜花の方だった。

母が困っている姿、父の沈痛な表情、玄の泣きっ面がランダムに頭に浮かんでは消える。

身体を起こした。後悔の念しか湧いてこない。

身体を起こした。手も腕も、腰も膝も皆痛い。その痛みが、筋肉痛か打撲によるものか、分からなかった。

昨夜、矢島が無理矢理ホテルに連れ込もうとしたから、顔面にグーパンチを食らわした。仰向けに転倒した華奢なカマキリの上に馬乗りになって、数え切れない平手打ちをお見舞いしたのだ。観念した矢島から一万円を借り、タクシーで布施に戻った。目に付いたビジネスホテルに泊まったところまでは覚えている。興奮しすぎて、記憶は断片的だった。

小さな窓にかかったカーテンを開けると、まぶしいからか寝不足だからだろうか、目の奥が痛い。窓の下には駅前の商店街が見える。見慣れた風景も五階の高さから見ると、どこか別の町にきたように新鮮だ。

枕元の時計を見た。九時を過ぎている。

怜花は髪の毛を束ねながら、汚れた作務衣を着た。湿った感じで気持ち悪い。鏡台の前に座り、顔をチェックした。顔面に青たんはない。殴られてはいないようだ。

すぐ下の開きから真っ白いカップを取り出す。電熱器で湯を沸かし、まずい緑茶を飲んだ。

父が煮干しと鰹節《かつおぶし》で取った出汁《だし》の利いた味噌汁が無性に飲みたくなった。

自分らしくないことをしている。家を飛び出したことも、外泊したことも。

ベッドで簡単なストレッチをする。そうしながら、少しずつ自分を取り戻そうとした。

外泊の言い訳をあれこれ考えた。何を言ってもウソっぽい。母は何も言わないだろうが、父の悲しげな目の方が辛い。

玄はべそをかくにきまっている。でも、何もなかったという怜花の言葉を信じてくれると思う。

怜花は足を投げ出した。ため息ばかり出て、ストレッチにならない。

あの日矢島の携帯番号にかけたのは、他でもない自分なのだ。

カマキリのどこがよかったんだろう。

チェックアウトは一〇時だから、そろそろ部屋から出なければと立ち上がったとき、携帯電話が振動音とともに鏡台の上をのたくった。やや躊躇したけれど、これ以上状況を悪化させたくないと決心して携帯を拾い上げた。

家からだった。覚悟して電話に出る。

「お客さんがみえている。すぐに戻るんだ」父だった。

「わ、分かった」

なんの言い訳も抵抗もできず、また客が誰なのかも聞けず怜花はその声に従った。有無を言わせない迫力が、父の声にはあったのだ。これまで感じたことのない殺気のようなものがこもってもいた。

父の過去は知らない。けれど絶対に暴言や暴力に訴えないことで、むしろ強い人なんだろうと思ってきた。もしかしたら相当な修羅場を経験してきたのかもしれない。

店に戻ると、見覚えのない客が二人テーブルについていた。真面目そうな中年男性と雑誌にでも登場しそうな三〇代くらいの女性だ。

二人は怜花を見ると、素早く立ち上がり名刺を差し出した。「初めまして、私はヒイラギ薬品工業株式会社社長代行の川渕といいます。こちらは秘書の木崎です」

「木崎です。突然、ごめんなさいね」木崎は微笑んだ。

「えっ、ヒイラギ」

目の前にいるのがヒイラギの代表者。

怜花は川渕の顔を見ながら椅子に座る。気が弱そうで優等生タイプの浜の息子、駿馬を連想した。

二人が椅子に腰かけるのを待って怜花が言った。「お宅は、母の目を不自由にした薬を作った会社ですね」わざと確認しながら、二人を睨みつけた。

「そのことでお話をしにきたんです」と怜花に視線を返してきたのは木崎だった。

ただ木崎の目に争うという険しさはない感じだ。

「そのことって？」

「先ほどご両親にお話をさせていただきましたが、お嬢さんが副作用のことで、給付請求を提出するべく、診断書などの書類を三品医師に要請されていることで参りました。ただ、その件については、お嬢さんに聞いてほしい、ということでしたので」話す間も、木崎は目をそらさない。

「ははん。給付請求を出されると困るさかい、出さんように説得しにきたんやな。彩芽さんと同じように」ムキになって木崎の目を見る。

「彩芽？」木崎の目尻が下がった。

「あ、香河彩芽さん。入院してたときの看護師さんです」

「なごみ苑の看護師長さんですね？」

「何や知ってるんですか。そうです、その彩芽さんも給付請求しても認められるのは難しいって言いにきはったんですわ」

「そうですか」木崎は川渕を見た。

驚いている様子だ。彩芽のことを知らなかったのだろうか。いや看護師長だと木崎は知っていた。

「どっちにしても、うちを脅しても無駄やし」

「とても元気いっぱいのお嬢さんですね。あなたの目、キラキラしてます」と言って木崎が笑みを浮かべた。

場慣れしている、と感じた。

「おだてにも乗らん。話をそらさんといてんか」

「ごめんなさい。ではお聞きください。当然、薬害などという汚名を、甘んじて受けるつもりはありません。ですからお嬢さんの申請は取り下げていただきたいと思います」女らしい高音だ。だけどキンキンした声ではなく聞き取りやすかった。

「やっぱりな。けどあんたらの薬で母は失明したんや。シキミリンβちゅう薬が危険なことを世間の人に知ってもらわないと、これからも被害者が出ます。現に鶴橋の方にある高齢者施設で二人もお年寄りが死んではる」

「なごみ苑のことですね。あの患者さんたちの死亡と、当社のシキミリンβとの因果関係は認められていません」木崎の表情は柔和なままだ。「それにお母様もお父様も、一〇年前のことはすでに終わったことだとおっしゃいました」

「それは……」痛いところをついてくる。怜花は厨房に控えている両親の方を向いた。「それはただ、三品先生に遠慮してるだけや」木崎に向き直って吐き出した。

「なるほど。では、ものは相談です」木崎はさらにゆっくりとした口調になった。

「その三品先生への給付請求書類要請自体を、なかったことにしていただけませんか」

「なんやて？　うちが三品先生に書類のお願いもせえへんかったたってことにしろ、と言うのん？」

「そうです」

「なんで、そんなことせなあかんのです」

「申請が他の思惑に利用されている可能性があるからです。それをきちんと調査したいんです」

「他の思惑って何？」

「それぞれの利害と言った方がいいかもしれません」

「利害て、うちらは被害者やで。当然の権利を主張してるだけや。申請を出す前から、ごちゃごちゃ言わんといてほしいわ」

「では、守屋さんについて伺います」木崎は、怜花の反応がどうあれ、言いたいことはきちんと言うという態度だ。

守屋という言葉が聞こえた瞬間、厨房の椅子が軋む音がした。

「あいつが三品先生と同意書を交わしてたって言うんやろ？」その上でヒイラギから金銭を受け取ったから、副作用救済給付の対象にならないと言いたいのだろうと、先回りして言った。

「同意書？」木崎の表情が初めて崩れ、隣の川渕と顔を見合わせた。

「すみません。同意書のことを詳しくお聞かせ願えませんか」川渕が割って入る。

「えっ、なんや同意書のこととちがうの？」二人の顔を見る。

「ええ。確かに守屋さんに見舞い金をお渡ししたことについては、当社も承知しています。その部分ではお嬢さんが言ったように、すでに賠償の意味合いのあるお金ですから、給付の対象から外れると木崎は申し上げようとしました。しかし同意書のことは知りません」川渕が首を振った。

木崎は黙ったままで、手帳を開いた。そして川渕との会話をメモし始めたようだ。

「けど、三品先生が守屋に書かせてちゃんとハンコもついてました」

「お嬢さんは、その同意書を見られたということですね」川渕が確かめる。

「ええ、見ました。間違いなくあいつの字でした」

「あいつ？」

「守屋のことです」

「……筆跡も確認されたんですか」

「筆跡なんて、たいそうなことやないけど、特徴のある字やから。あの同意書がそんなに問題なんですか」川渕がきれいな言葉を使うせいで、怜花の言葉にも時折丁寧語が混じり出す。

「お母さんのおられるところでは言いにくいのですが、あのシキミリンβは副作用がきわめて少ないことが特長の薬剤でした。同意書を書いてもらうこと自体珍しいことなんです。他のインフルエンザの薬でも、副作用の説明はしますが同意書までは交わしません」

「それはそうかもしらんけど……」

「薬剤には確かに危険なものもあります。けれどシキミリンβに関しては、同意書まで交わすことはないんですよ。他の病院でもシキミリンβを使用していますが、同意書を交わしたという報告はありません」と言う川渕の目は真剣そのものに見える。

「けど、なごみ苑では高齢者が……」と言いかけて、怜花はあることに気づいた。

「どうしました？」川渕が訊いた。

「二人が亡くなった高齢者施設でも、同意書があったんやろかと思って」

「ちょっと待ってください」メモの手を止め木崎が携帯を取り出した。話してる相手は槌田という人で、その人に調べるよう指示をしているようだ。

木崎の対応の素早さに、怜花はあっけにとられていた。

「すぐ分かりますので」と木崎は川渕に告げる。

「ところでお嬢さん、三品先生はその同意書のことをどういったニュアンスで話したんですか。たとえば同意書を交わしているから薬害の認定は難しいよという感じだったんですか」としきりに瞬きをしながら川渕は訊いてきた。

「いえ、三品先生からは何も聞いてません。第一、同意書のことだってうちが会うたときは何も言うてなかったんです」

「じゃあ同意書のことは、その彩芽さんという看護師長から初めて聞いたんですか」

「ええ」

「そうですか。それでその同意書をあなたに見せた」川渕が念を押してきた。

「そうです。ここに持ってきました」テーブルを指で示した。「ほんで、これがあるから薬害の認定は難しいって」

「つまり、看護師長さんとしては、給付請求を止めた方がいい、と言いにきたんですね」

「ええ、まあ」と返事するしかなかった。

「どうも妙ですね」メモをとっていた木崎が、顔を上げて川渕に言った。

木崎の言葉にうなずき、川渕が怜花に言った。「いま守屋さんはどこにいらっしゃるんですか」

「なごみ苑に保護されてるはずですけど」

「その同意書は一〇年前のものに間違いないですか」

「なんで、そんなこと訊きますのん?」古くはなかった印象だ。しかし新しいと断言できるほど注視していなかった。「そんなこと言われても」

「そうですね」

「もしかしたら、彩芽さんがウソを言ってるって疑ってはるんですか」

「正直にいいましょう。我々はあなたに給付請求を思い留まってほしい。その気持ちは申し上げた通りです。また三品先生にも、被害者の方が申請したいといってきてもやめるよう説得してほしいと申し上げました。そんな立場ですが、不正をしては何もなりません」

「ほなやっぱり彩芽さんが……」と言った瞬間、捺印欄が脳裏に浮かぶ。「ちょっと待ってください……あっハンコが」当時守屋が使っていたハンコの印影と違う。

「何か思い出しましたか」川渕が訊いた。

「ちょっと」メモ用紙に印影を描いてみた。「うちが知ってるあいつのハンコは、こんなんやったんです。屋の方は何となく分かったけど、守の方は冷蔵庫の裏のワヤワヤみたいやったから、母に聞いたことがあった」

印影を大きく描いたメモを二人に見せる。

「これは篆書《てんしょ》体だね。よく実印で使うものですよ」

「あいつの場合は実印とちがう。実印は姓名の四文字のんやったさかい。三文判を作ったとき験担《げんかつ》ぎで、たいそうな文字にしたんや。芸能人気取りで」

「で、同意書はこれではなかったんですね」

「同意書はこんなんと違いました」母が見えていたらすぐに分かっただろう。

「急なことで持っていなかったのかもしれない」

「持ってなかったら、サインか拇印《ぼいん》と違いますか。こないだ母が自転車事故に遭うたんですけど、一晩の入院手続きをするのに父はサインしてました」

「わざわざ三文判を用意するのも変だな」

「あの同意書も怪しいということなんか」怜花は唇を嚙んだ。

「それでお嬢さんは、守屋さんの同意書に書かれていた文言を覚えていますか」と川渕が尋ねた。

「いや、そこまでは」怜花がかむりを振る。

すると厨房から母が、柱を頼りに姿を現した。

「お母ちゃん」手を貸そうと立った。

母は怜花の手を握ると椅子に座り、言った。「こう書いてありました。『私は自分の病気の治療について説明をうけ、シキミリンβ（抗インフルエンザウイルス薬）の服用に関する注意事項を充分理解いたしました。シキミリンβカプセルの投薬を受けることに同意いたします』そして日付は一二月一二日です」

「母は、何でも一遍聞いたら覚えるんです」

「木崎さん、メモした？」慌てた様子で良治が木崎を見た。

「ええ、走り書きですが」木崎が手帳を差し出す。

川渕がメモに目を通す。「うーん、やはりシキミリンβでは交わさない同意書だな」

「あり得ませんね」と木崎は返事した。担当医には医療用医薬品添付文書を薬と一緒に手渡し、それを元に医師は患者に説明することになっている、と木崎が説明した。

当時はシキミリンβが認可されたばかりの新薬で、市販後調査の対象となっている旨を患者には伝えていたという。

「私は臥《ふ》せっていましたから、すべて任せてました」と母は申し訳なさそうに言った。

「ご本人が臥せっておられる場合は、当然ご家族に説明しますが、同意書まで求めることはないと思うんです」木崎は母に目を遣る。

「添付文書とやらには、副作用のことも書いてあったんですか」と質問した。

「もちろんです。医師用の取扱上の注意といったもので、むしろ効能や効果よりも副作用に関する記述の方が多いくらいです」実物は一六ページもあって一〇ページ強が副作用もしくはその関連事項に割かれていることを木崎は説明した。「とくに警告事項は朱文字で書き、アレルギー体質とか飲み合わせについては禁忌事項として別枠にはっきりと」

「そこには、母みたいなことになる副作用のことも載ってるの？」母親を横にしては言いにくい。

「ええ。お母さんの場合は、スティーブンス・ジョンソン症候群と呼ばれるものだと思います。市販の鎮痛剤や風邪薬などでも希《まれ》に起こる副作用の一つです。発熱と共に全身に薬疹《やくしん》、水疱《すいほう》ができたり、目に炎症が起きたりして重篤な場合は、亡くなることもあります。シキミリンβの場合、アレルギー症状を緩和する漢方薬成分を配合するなどして極力、薬疹を起こさないような工夫を施していますが、その成分と、ある解熱剤が反応すると危険です」

川渕の口調に熱意を感じた。

「薬の副作用って、そないに複雑で怖いもんなんや。うち、何も思わんとお薬飲んでました」用量用法を守るようにコマーシャルで言っているから、無茶な飲み方をしたり、分量を無視しさえしなければいいと思っていた。

「異変に気がついてすぐに薬を止めれば、回避できると思いますし、重篤なものは本当にごく希なんです」川渕の口調は強かった。

「そしたら、三品先生はすぐに止めへんかったってことですか」

「その辺りは、分かりません」すでに高熱が続き怜子の身体は限界にあったため、副作用との見分けは難しかったと三品は答えるだろう、と川渕は言った。

21

良治は帰りの新幹線の中で、ずっと怜花のことを考えていた。あれほど率直な女性は見たことがなかった。話していると、こちらの方がどんどん等身大になっていく。

いか。

彼女がむき出しの心で接してくるので、本来の自分をさらけ出してしまったのではないか。

計略、姦計《かんけい》が渦巻く職場で、気持ちに鎧《よろい》を着けて常に予防線を張るのが当たり前の良治には、とても新鮮に映った。

「代行、あのお嬢さん、面白い子でしたね」隣席の木崎が話しかけてきた。

「うん、そうだね」

「素直なお嬢さんでよかったです。怜子さんも冷静な方だったし」

「もっと早く会うべきだったな」

「ずっと弱点というか、汚点だと思ってこられたから、仕方ないですよ」

「今日のこと、矢島に言うかな」それが気がかりだった。彼に伝われば、すぐ三品の知るところとなるだろう。

「隠し事はしないかもしれません。でも彼女は勘のいい子だと思います。たとえ矢島と会ったとしても、言葉は選んでくれるんじゃないかしら」木崎は良治を見た。

「そうだね、あの子、真っ直ぐって感じだから、正しいと思うことをやるだろう」

「ええ。とにかく社に戻ったらシキミリンβの添付文書を彼女の携帯にメールしないといけません。それに興味を示してくれたってことは、母親の病状を思い出す気があるんですよ、きっと」

「母親の方は、三品に病室で言われたことをほとんど記憶しているようだね」

「凄い能力です。怜子さん、言いましたでしょう、はじめは恨んだって」

怜子は自分の気持ちを話した。「はじめは病気を呪い、その後は三品先生への恨みに代わりました。しかし三品先生の理想をラジオで聞いたとき、この人は世の中に必要だと思いました。だから悔しかったけれど、残った感覚で生きようという覚悟ができたんです。昔郷里で見た盲目の三味線弾きの演奏を思い出しました。あまりにすばらしい演奏だったんで、尋ねたことがあるんです。そうしたらその人、その道しかないことを嘆くより、それしかないことを歓びに変える努力をしてきたと。何もかも揃っていることはいいことですが、それに感謝できなければ何もつかめない。自分は残った感覚にこれしかないという愛おしさと感謝の気持ちが強いから、そこを磨いたんだっておっしゃったんです。その言葉を嚙みしめて私なりに頑張りました。もちろん未熟です、いえ未熟だから、挑戦していきますよ。いまお二人に、善き人の音を感じました。あなた方も必要な人たちです」

「凄《すさ》まじい母親だ」

「人に音があって、それがそれぞれにちがってるなんて、考えもしなかったですね」

「でも、私たちの音を気に入ってくれてよかったよ。あの言葉で、怜花さんが日記で確認すると言ってくれたんだからね」

「驚きました。日記をつけてたなんて」

そしてこちらからは医薬品添付文書を怜花に見せることになっている。

「何かつかめるといいんだけどな」ため息交じりにそんな言葉が出た。

「同意書の件、あの子、いいところに気づいてくれました。あれは変です」

「そうだね。お陰で今日は飲まなくてすみそうだ、リン酸コデイン」と言って後頭部の辺りを拳で叩いた。

「元は鎮咳剤《ちんがいざい》ですから、咳が出ないのなら多用しない方がいいですよ。便秘しますし依存症にもなりますし。あら、いやですね、代行の方が専門家なのに。すみません」

「いいや、君だって専門家じゃないか。それにきちんと人間を相手にしてる。研究室でデータとばかり向き合ってきた者とは違うよ」

悟も西部も、そして三品も人間を相手に仕事してきた。人間に揉まれないと身につかないものがあることを今回思い知らされた。

「それなら、研究室にいる翔さんだって、ずっとラボ暮らしなんじゃないんですか」

木崎が思い出したように言った。「彼の研究費、うちから出ているようなんですが、代行はご存じですよね」と言って木崎は手帳を開く。

「いや、私は知らんよ」

「翔さんが大学に入学した六年前から始まって、総額で一二億七〇〇〇万支払われています」と木崎が言った。

「年間二億円、そんなの知らんぞ」悟がどんな名目で計上していたのか分からないけれど、まったくノーチェックだ。「しかし、恵まれてるな」医療用医薬品関係の実験にはお金がかかる。かつ実験データがないと論文一つ満足に仕上げられない。そして論文がないと研究とは認められず、学内での研究予算も計上できない。

そんなときの強い味方が医薬品メーカーからの奨学寄付金だった。良治が学生の頃は、本人のためにならないと言って悟は金銭的寄付はしなかった。なのに翔に対しては寄付していたということか。

「そうですね。ナノカプセル研究班の独り占めみたいなもんだって、他の研究室からやっかまれてるみたいです」

「翔の研究は、人工の低比重リポたんぱく質をカプセルにして薬剤を運ぶ研究なんだ。すでに医療機器の治験でⅢ相まで至っていると本人が言ってたよ」

「ナノカプセルって、そんなに有望株なんですか」木崎が手帳を閉じてつぶやく。

「少なくとも専務たちが重要視するのは分からないでもない」

「もしやジェネリック薬ですか」

「そうとは限らないけれど、新薬ではなく既存薬の復活が見込めるからね。いや抗がん剤市場にも食い込めるな」

「どういうことですか」

「がんの狙い撃ちができるからさ」

抗がん剤がうまく効かないのは、がん細胞へのピンポイント攻撃ができないことにある。がん細胞を狙い撃ちしようと思うと、がん細胞の毛細血管の壁に開いている小さな穴を通過させないといけない。そこで考え出されたのがこの穴よりも小さな高分子のナノカプセルだ。抗がん剤を注入したカプセルが、穴より小さければ血管の外に出て、近くのがん細胞に取り込まれ、わずかな量でもがん細胞そのものを狙い撃ちできると言った。

「私には少し難しいです。代行、一服しませんか。携帯のチェックもしてきます」車内の自販機で飲み物を買ってくると木崎は席を立った。

「じゃあコーヒーの冷たいのを」と背広の内ポケットに手を入れたとき、彼女はもう通路を歩き出していた。

席に戻った木崎の手には冷たい缶コーヒーがあった。「代行、どうぞ」

「ありがとう」

千円札を渡そうとすると、木崎が笑みをたたえて言った。「私のおごりです」

「いや、いいよ」

「そのかわり今回の騒動が終わったら、ご褒美をいただきます」

「褒美？」宙に浮いた紙幣に目を落とした。

「そうです、ご褒美です。実は私、離婚するんです。それで、これから子育てにお金がかかるんで、暫定的ではなくこのまま正式な秘書にしていただきたいんです」木崎の顔から笑みが消えていた。

「正式に秘書と言っても……。いまの私の立場を君は分かっているはずだ」

このままなら、秘書どころか、良治自身が転職先を探さなければならないのだ。

「乗り切れない難局なんてない、と私は思っています。絶対うまくいくと信じたら、好転するもんだと」

「自信家なんだな、君は」

「まさか。自信なんて全然ないです。ですが私は守るべき子供がいます。だから負けるわけにはいきません。できると信じるんです。人は信じ始めると、ない知恵だって湧きます。突破口は必ず見つかるはずです。それに」木崎は言葉を切って良治を見た。「絶対に勝つと信じれば、その気持ちは他の人にも伝播《でんぱ》します。現に怜子さんや怜花さんにも伝わったじゃないですか。ここから化学反応が起こると信じます」

「化学反応か。しかし、私は君の守るべきものまで、責任は持てない」

「そんな弱音、聞きたくありません」周囲に聞こえるような声だった。

「ちょっと君」前の席の背広の男を見遣った。聞き耳を立てた気がした。

「代行は、私みたいに子供一人を守るんじゃないんです。五四〇〇人の従業員を守る立場なんですよ。そんな弱気でどうするんですか。どんなことをしてでも、ヒイラギを守り抜く勇気と覚悟を持ってください」険しい顔で木崎は言った。

言葉が見つからず、コーヒー缶を開けて飲む。

「いまのうちに正秘書として働けることを約束してください」木崎は、低い声を出した。

「分かった。約束する」彼女より低い声で答えた。

「ありがとうございます」木崎が引き締まった表情を見せた。「そこで提案があるんですが」

「もう、何でも言い給《たま》え」笑顔で言った。

「国内では未承認のスミス社の抗がん剤FUF－Hを、患者に投与している医師がいるってマスコミに流してみようと思うんですが」

「怪文書か」小声になる。

「ええ。具体的な薬剤の名前を出せば、マスコミだけではなくMRたちは色めき立つはずです。化学反応が起きると新たな情報が得られるかもしれません」

木崎の目だけが笑ったような気がした。

「そうか」怜子、怜花、そして木崎と、女性の強さを思い知った出張だった。

二日後、秘書室に入ると、木崎が思わぬ方向で化学反応が起きたと言った。だが、その表情は硬かった。

「なにがあった？」

良治の問いに木崎は、三品自らが、情報を開示したのだと言った。

「薬機法違反の疑いがかかるのを恐れたようです。それで出入りしているMRに、治験コーディネーターを伴わせて治験実施計画書《プロトコル》を公開したんです」

「三品は本当に機を見るに敏だな。まあしかしプロトコルは厳密に確認しないといけない」

「そのプロトコルを作成したのは、治験コーディネーターの駒野浩美さんです」

「何だって。彼女、いたのか」

シキミリンβのプロトコルを作成した浩美に海渡の兄の治験をコーディネートさせる。それは三品の挑戦状みたいなものだ。浩美の計画書の不備を追及することは、シキミリンβの治験にも不備があったかもしれない、と言うようなものだ。良治に対して精神的な錠前をかけた形になる。

「したたかだ」舌打ちした。

「一枚上でした」木崎が床に目を落とした。

「むしろ薬機法遵守の立場を強調したということか」良治はソファーに座った。

木崎が茶をテーブルの上に置き、自分のデスクからファイルを取ると良治の前に腰かける。

「うちのMRからのファクスです。治験薬はスミス社の分子標的系抗がん剤FUF－H で、AMED、PMDAその他企業との連携による臨床試験となってます。直接説明を聞いた者によればまったく通常の治験だろうと言ってました。違法性はないということです」さすがに木崎も残念そうな顔つきをした。

「いや、予想通りだ。その他企業というがメディカルテーラー社だろう」拳で手のひらを叩いた。

「引き続き詳しく調査してみます」

「公開したほどだ、自信があるだろう」とつぶやき、茶を啜る。「専務らからは、何か言ってきているか」

「いえ、まったく。社長室を完全に孤立させようとしているんじゃないですか」

「いっそのこと……」早く解任してくれ、という言葉を呑み込んだ。

三品に対するカルテ隠匿要求の調査結果が出れば、西部は臨時取締役会を招集して、満場一致で取締役解任を決するのではないか。

「代行、ダメです。自分でそんなこと言っては。マイナスの言葉は、できるだけ慎んでください。ヒイラギの代表なんですから」

「すまない」

22

昨日から怜花は再び一一歳の自分と対話していた。日記を開ければ、いやでも一〇年前に戻る。

何度も見た文面、つたない文字。記述そのものは短いから、すぐに読める。けれども行間から思い出される場面に悔恨の情ばかりがあふれ出てくるのだ。それに耐えるためには、お酒の力が必要だった。

朝早く、玄が訪ねてきた。

頼んでおいた木崎から送られてきた添付ファイルをプリントアウトして持ってきてくれたのだ。ファクスにしてもらえばよかったが、あのときは言える雰囲気ではなかった。

玄は家を飛び出した日のことに触れなかった。だから怜花も何も言わないし、謝ってもいない。ただそれも怜花には辛かった。どこか遠慮がちで、いつものように言いたいことをぶつけることができないからだ。

　このところ陽気がよかったので、怜花はコタツをしまい、部屋に桜色のラグを敷いておいた。そこにちゃぶ台を置き玄と向かい合う。

　こうしていると、ごくたまに客のリクエストで母が歌う昔のフォークソングの歌詞に出てくるカップルみたいだと、怜花は思った。たぶん会話のぎこちなさが、そんな雰囲気にしているのだろう。

　怜花が出したサイダーを飲むと玄が口を開いた。「それにしても、おれらがよう見る薬の箱に入ってる説明書と、ぜんぜんちゃうな」玄は医師用添付文書をパラパラとめくった。

「ほんまやね」一六枚という枚数だけでもめげそうなのに、後半には専門用語ばかりが並んでいた。「電化製品とかの取扱説明書かて、ちゃんと読んだことないさかい、見てるだけでカイカイできそうや」首筋を掻《か》く格好をした。

「怜ちゃん、ほんまに読まへんもんな取説」

「そやかて、はじめのページからあれやったらあかん、これやったら壊れるって、買うた喜びに浸れへんのやもん。いっそのこと『使うな』て、書いてくれてたら笑えるんやけどな」笑顔をつくってみたが、口角の上がり方が足りないと思った。

「まあ、そうやな。これからがまた凄いで、効能よりも副作用の記述の方が多い。こんなん見たら怖くて使う気になれへん。怜ちゃんが言うみたいに、使うなというのがまんざらウソやないみたいや」玄が失笑して、紙の束を差し出す。

玄の言う通り、薬の効能または効果について書かれているのは一ページ分もない。その他は申請のときに提出された書類の抜粋のようだった。

一ページ目に、分類や正式名称、形状、添加物、有効成分、そして川渕が言っていたように赤文字の警告文、と禁忌事項の赤枠があった。

そこから先は「重要な基本的注意」「副作用等発現状況の概要」「重大な副作用」「その他の副作用」「その他の副作用の注意」「妊婦、高齢者への投与」「薬物動態」「臨床成績」「予防試験成績」と怜花にはさっぱり分からないことが記されていた。

「玄ちゃん、こんなん分かる？」文書から顔を上げた。

「いいや、ちんぷんかんぷんや」

「せやな。こんなもん見てもうちらには分からんし、嫌がらせみたいなもんやな」とあっさり玄に文書を返す。

「けど、これを参考にして、おばちゃんの病状と合う部分があったら言うてほしいっていうことなんやろ？　たとえば副作用のところに『ショック、アナフィラキシー様症状があらわれることがあるので、観察を十分に行い、蕁麻疹《じんましん》、顔面・喉頭浮腫、呼吸困難、血圧低下等があらわれた場合には投与を中止し、適切な処置を行うこと』ってある。当時のおばちゃんの病状はこんなんやったかっていうことや」

「じんま疹は出たわ。その顔面と喉頭なんたらって何？」と訊いた。

「浮腫か？　字面からして、むくみとちゃうか」

「むくみはなかったわ。お母ちゃん、頭痛が続いてて気持ち悪いさかい、ご飯も食べられへんかったんや。そやからむしろやつれてた」怜花は日記を開く。「日記では『お母ちゃんはきのうの夜から熱が下がらず、食べたものをもどした』って書いてるけど、後で聞いたら、実は熱は入院する二日くらい前からあったんやそうな。頭痛は、その前からしてたって言うてた。咳はずっと続いてたし、そら何にも喉を通らんわ」苦痛に歪む母の顔は、いま思い出しても可哀相で辛い。

「我慢してはったんやな」優しいまなざしで玄が漏らす。

「我慢強いのも考えもんや」

「ええと、呼吸困難は？」

「あった。そらもう苦しそうな息してた」母が死んでしまうと思ったのは、その激しい息づかいがあまりに苦しそうだったからだ。「なんとかしてって、看護師さんらに言うて回った」

「そうか。じんま疹、呼吸困難はあったと」

「なんやお医者はんみたいやな」

「茶化しな。血圧はカルテを見んと分からんしな」玄が添付文書を黙読する。「その次の肝機能の数値がどうのっちゅうのも、要カルテや。で、あっこれか、おばちゃんに出たんは」声をあげる。

「何？　ドクター玄ちゃん」

「あんな、こう書いてある。『皮膚粘膜眼症候群（Stevens-Johnson 症候群）、中毒性表皮壊死《えし》症（Lyell 症候群）等の皮膚障害があらわれることがあるので、観察を十分に行い、このような症状があらわれた場合には、投与を中止し、適切な処置を行うこと』って」

「難しいな。うちをじんま疹で殺す気か」

「おれかて分からんけど、この皮膚粘膜眼症候群ちゅうのが失明の原因なんやろと思う」

「ほな、副作用ってことでまちがいなしやな。川渕はんに、そう言うわ。で、責任取ってんかって。あの人、大企業の社長さんにしては優しい感じやったし」川渕は悲壮な顔をしていたが、目が大人しい印象だった。

「結局、おばちゃんの命を守るために、シキミリンβを使うことを三品先生は決めはったんやろな。そやから同意書を書いてもろたということになるんやないか」再び玄が添付文書を渡した。

「副作用が出ても、命を優先したちゅうことで、決着か。あっけないな」書類を見ながら、ちゃぶ台に片肘をつく。

「そんなもんやろ」

「ほな、ここの赤文字かて意味なかったんや」と一際目立つ赤文字を見る。年齢と体重制限が書いてあるが、母には該当しない。

禁忌の赤枠にはこうあった。

禁忌（次の患者には投与しないこと）
一、本剤の成分に対し過敏症の既往歴のある者。
二、消化管運動機能調整剤との併用。
怜花は日記を手に取る。そしてもう一度読む。

一二月一二日
神さま、お母ちゃんを助けて。
お母ちゃんはきのうの夜から熱が下がらず、食べたものをもどした。気持ち悪くて先生からもらった薬もはいてしまう。苦しそう。わたしが何度だいじょうぶって聞いても、うーんうーんとうなっているだけ。このままだとお母ちゃんが死んじゃう。
なんとかして、とあやめさんにたのんだ。あやめさんが、気持ち悪いのを治すお薬をくれ、それを飲むとお水が飲めた。

少しおいて、またお薬を飲んだ。その様子をみて、あやめさんが、いま飲んだ新しいお薬がきっときくからと、なぐさめてくれた。

「玄ちゃん、禁忌ってあるやろ」その箇所を指し示す。

「うん。それがどないしたん」

「本剤の成分に対し過敏症の既往歴って言われても、新薬なんやから分からへんのと違う？」

「そらまあそうやけど、そんなん言うたら初めて使う薬、みんなそうや」

「それは仕方ないってことか」

「そうやな」

「ほな二番目の消化管運動機能調整剤との併用ってあるやろ。これは何？」

「消化って書いてあるんやから胃腸薬みたいなもんやろ、おばちゃん胃腸薬飲んでたんか」

「ううん。飲んでない」

「三品先生は、禁忌も犯してないってことやな」

「ほんでな、ここ見て。他のところは見たらあかんで、恥ずかしいから。ここだけ読んで」玄の目の前に日記を置き、問題の箇所以外は手のひらで隠した。「子供の文章やから、分かりにくいんやけど『気持ち悪くて先生からもらった薬もはいてしまう』と『気持ち悪いのを治すお薬をくれ』と『いま飲んだ新しいお薬がきっときく』ちゅうのは、それぞれ何の薬やと思う？」と訊いた。

「そやな、何か薬をもらったけど吐いたんは、その前に熱が下がらずとあるから、熱冷ましやろな。で、気持ち悪いのを治すのは酔い止めみたいなもんとちゃうか。新しい薬はそのまま新薬」

「シキミリンβか」

「そうやな」

「ほなシキミリンβを飲む前に、別のお薬飲んでるということになるな」言葉に力を込めた。

「うん。そういうことになるけど、胃腸薬と思うような表現はないな」

「それもそうか」

「ええ線いってたのにな、怜ちゃんおしい」玄が大きな声を出した。

「玄ちゃん声大きい。お母ちゃんに怒られる」後ろに身体を倒す。「あーあ、川渕さんにここまで考えたけど、あきませんでしたって電話しよかな」

「せやな、早い方がええやろ」

「うん？　待って。あのおっさんが書いた同意書、やっぱりおかしい。同意書の日付が一二日やったんやけど、その日あいつ病院にいいひんかった。とにかくお母ちゃんが一番苦しんでるとき、あいつは飲みに行っとった。いま、はっきりと思い出したわ」怒りは時間が解決すると気休めを言う人がいるけれど、そんなことで色あせるのはそもそも大したことではないんだと思う。本当に頭にきたことは、時空を越えていつでも再燃するものだ。「ああ、ろくでなし、おたんこなす！」今度は怜花が叫んでしまった。

「怜ちゃんこそ、おばちゃんに怒られるで」

「ほんまや、くわばら、くわばら」

「つまり守屋さんが、三品先生から病状を聞き、これから飲むお薬の説明を受けるチャンスはなかったたっちゅうねんな」玄が確認した。

「彩芽さんはニセの同意書をうちに見せたんや」玄の顔を見た。「このことだけでも川渕さんに言うたげんとあかん」

怜花は川渕にその旨を伝えた。そして禁忌について考えてみたが、それらしいことは日記の中になかったと言った。

「そうですか。いやありがとう。いろいろお手数をおかけしてすみませんでした」

「お薬はいろいろ飲んでたみたいなんですけど、子供やったからどんな薬なのかまでは書いてないんです。薬を吐いてしまうとか、気持ち悪いのを治すお薬とか書いてるだけで、はっきりしてなくて」

「いま何とおっしゃいました」電話の川渕の声が大きくなる。

「いや、うち子供やったから、どんな薬かまでは書いてなかったんです」

「その後です」

「薬を吐いてしまうとか、気持ち悪いのを治すお薬とか」

「怜花さん、あなた凄いです」川渕の鼻息が荒い。「それは吐き気止めだと思います」

「うちもそうやないかと思ってたんですけど」

「それこそ禁忌の二番にあった消化管運動機能調整剤なんですよ」

「えっ！じゃあ」言葉が出なかった。

「ありがとう、本当にありがとう」と川渕が礼を言っている間、放心状態だった。

23

良治が携帯を握って礼を述べる姿を見ていた木崎が、小声で言った。「何か見つけてくれたんですね、お嬢さん」

良治は目で返事し、電話の怜花に続けた。「吐き気止め、消化管運動機能調整剤を飲んでシキミリンβを服用したとすれば、お母さんに出たような副作用が出ることが希にあるんです。だからこそ、わざわざ添付文書で禁忌と赤枠をつけているんです」

「それは三品先生が、添付文書をちゃんと読んでなかったっちゅうことですか」

「それは分かりません。吐き気があると薬が飲めないので、とりあえず飲ませた。その後インフルエンザだと判明したので慌ててシキミリンβを使ってしまったということも考えられます。禁忌事項の確認を怠ったのか、本当にうっかりミスなのか」

「どっちにしろ、それを誤魔化してるんやったら許せへん」語気が荒くなった。「当然やらなあかんことをしなかったんやから、医療過誤でしょう」

「可能性はあります。その辺りはこちらで調査します。そこでお嬢さん、頼みたいことがあるんです。もう一度三品医師にお母さんのカルテを請求してもらえませんか」

「三品先生、出すかな」

「本当に保存されているのなら、出すはずです。カルテがあれば、薬が何だったのか、また医療過誤があったのかを調べられると思います」

「合点承知」

「よろしくお願いします」

「けど、お薬の添付文書って、えらい難しいですね」怜花は嘆くような声で言った。

「馴れないと、難解でしょうね」

「それにあかんことだらけや。あないに副作用が心配なもんなんですか」

素朴な質問だ。

「薬というものの宿命ですよ」

「薬も毒やから副作用は仕方ないんやって聞いたことがあるけど。お医者はんも、その薬が患者の体質に合うか検査したらええのに」

「抗生物質とかで皮内テストというのを前はしていましたけど、いまはしない病院が多いと聞きますね」

「なんでです？」

「アナフィラキシーショックという言葉を聞いたことがあると思うのですが、それはとても危険なんです。その危険なショック症状はテストしてもなかなか予測ができない。何よりそのテスト自体が危険なんです。だから、十分な問診でアレルギーを起こした薬はないかを確認するしかない。すべての薬でちゃんと体質と合うか調べられれば、確かに副作用も減るし、添付文書ももっと簡略化できるでしょうけどね」

「その辺の努力も頼んまっせ、社長さん」怜花の笑い声がした。

「怜花さんには、かなわないな」良治も笑いながら言った。

「そうや。社長さんええ人そうやったから、とっておきのこと教えたげます」

「何ですか」

「お母ちゃんが、社長さんから大勢の人の役に立ちたいという音がしてたって言うてました」

「それは、どうも」返答に困ったけれど、気分は悪くない。

「ほな、カルテを手に入れたらファクスします。さいなら」怜花は電話を切った。

大勢の人の役に立ちたい。それが原点だった。

「一一歳の怜花さんがちゃんと目撃していたんだよ」と木崎に言った。そして日記の内容から、消化管運動機能調整剤が併用されていた可能性を話した。「三品は禁忌を犯していたんだ」

「起死回生のホームランになるかもしれませんね」

「ああ。あの子やってくれたよ」弱みの近くに強みがあった。

「禁忌を犯したことを三品医師がどう認識しているかが問題だな」

「そうですね。そのためにはカルテを確認する必要があります」

「カルテに禁忌薬剤との併用を記載していれば、そこを医療過誤ではないか、と三品医師を追及できる。もし消化管運動機能調整剤の記載がなければ、日記と矛盾が生じる」

「その場合、三品先生が、怜花さんの思い違いだと言い張る可能性がありますね」

「日記は禁忌を犯した状況証拠になるが、物的証拠ではない。だが三品医師攻略のとつかかりには充分だ」

「ええ。後は、こちらで何とかしましょう」木崎が緊張した顔で言った。「カルテを入手するまでの間、消化管運動機能調整剤が何だったかを調べましょう。当時三品病院を担当していたMRに話を聞きます」

MRが分かれば、一緒に行動していた卸会社のMSが判明する。MSはその病院に卸している薬剤を把握していた。そこから当たりをつけて、絞りこむ。

「問題はナースたちだな」槌田の調査からも、病院に勤める人間は三品に心酔しているということだった。病院で使う薬剤をいくつかに絞っても、最終的に怜子に投与した薬剤を特定するにはナースの証言が必要だ。

「いえ代行、三品病院に卸している消化管運動機能調整剤のすべてが、シキミリンβと相性が悪いものだったら、それでいいんですよ」

「シキミリンβはそんなに親和性がない薬じゃないよ」むっとしてしまった。

「代行、小さなことにこだわっている場合じゃありません。代行は、代表として大局的な視野に立ってください」

良治は黙ったまま立ち上がった。

それに構わず、木崎が引き締まった表情で言った。「代行、海渡さんのお兄さんの具合、芳《かんば》しくないそうです」良治の心を乱すのが嫌で、昨夜報告を受けていたのだが伏せていたと続けた。

「そうか。いや、海渡のことは、もういいんだ。大局的な戦略を練らねばならんから」と言って、社長室のドアを開けた。

いかに三品の不当性を証明すればいいか、あれこれと考えていたが、これという妙案は浮かばないまま五日が経った。

海渡の兄の容態はますます悪くなっているらしい。結局海渡は新薬の治験に踏み切ったのだ。患者本人は新薬が合わなかったと諦めもつくが、製薬業界を知り尽くした海渡はいくら遺伝子解析を行っても、抗がん剤そのものの実力に限界を感じているにちがいない。あるいは副作用の予測まではできなかったのかもしれない。海渡が一番恐れていた結果になろうとしていた。

人を裏切った人間は、また人に裏切られるんだ、と嘯《うそぶ》き笑ってやろうとした。だができなかった。そんなことを一時でも思った自分に寒気がした。

海渡が苦渋している顔がちらついて、落ち着かない。

そのとき木崎が社長室をノックした。

「どうぞ」

「代行。間もなく、怜花さんからのファクスが届きます」

「そうか。そっちへいくよ」

送る前にファクスをする旨を木崎に確認する辺り、こちらの事情をきちんと理解していると思った。

秘書室へ入るとファクス機が用紙を吐き出し始めた。

送信用紙には、「たいそうにも、お母ちゃんを伴い、その上診察までしてやっと出してくれた、貴重な書類です。あんじょう頼みます。生稲怜花　追伸、大阪にきたときは、お店に寄ってくださいませ。健康長寿の元を用意してます」とあった。

良治はカルテを見た。病名として「インフルエンザ（疑い）」とあり、「既往症・原因・主症状・経過等」の欄には「二日ほど前から三八度以上の高熱、咳あり、頭痛および関節痛等、インフルエンザの感染の疑いあり」とあり「処方・手術・処置等」の欄には、「尿一般、沈渣《ちんさ》、インフルエンザ簡易検査の結果、A型陽性を確認の上、シキミリンβ七五ミリカプセルを投与。発症から四八時間以上経過しているためタミフル、シンメトレルよりもシキミリンβが適していると判断。併用した薬剤、鎮痛解熱剤」と記載されていたが、消化管運動機能調整剤の記述はなかった。

怜子の症状は重篤で、そのまま入院したため入院診療計画書もあった。それを確認したが、こちらにも、やはり鎮咳、鎮痛剤、解熱剤はあるが消化管運動機能調整剤の投薬記録はない。

「カルテにも入院診療計画書にも消化管運動機能調整剤の記述はない。これは三品が禁忌を犯したことを自覚している証拠だな」

「意図して、記載しなかったことが明らかですからね」

「このカルテは改ざんされている。後は、怜花さんの日記を子供の思い違いだと言い逃れした場合の物的証拠だな」

「スティーブンス・ジョンソン症候群と思われる症状が出てからの対応はどうなってますか」

「そうだな、発症原因薬剤を直ちに中止。ステロイド、ビタミン類、抗生物質製剤の投与、皮膚面に対しては外用抗生物質製剤、外用ステロイド製剤、目に対してはステロイド点眼を使用となってる。医師じゃないから分からないけれど、対処としては間違ってないと思う」ファクス用紙を木崎に渡しながら言った。

「そうですか」

「当時の三品病院担当のMRは、なんと？」

「三品病院を担当していたMRは転職してましたので、話は聞けてません」

「消化管運動機能調整剤の納品状況はどうだった？」

「MSからの注文書を確認してます。消化管運動機能調整剤としてはトリメブチンマレイン酸塩製剤、メトクロプラミド製剤、ドンペリドン製剤も納品してますが、特定はできませんね」

「そうか、そもそも副作用がないのがシキミリンβの……いや、すまん」言葉を呑み込み、木崎の視線を避けた。「もし三品が、カルテ上の記載漏れを認めても、禁忌でない消化管運動機能調整剤の使用を主張したら、結局はシキミリンβの副作用だったということになってしまうな」

「そうですね、何より禁忌を犯していないんですから」

「シキミリンβが単独で副作用を出したってことになって、ますます不利になっていく。どうすればいいんだ」手を後頭部の後ろで組み、背もたれに身体をあずけた。

「だいたい薬剤の添付文書を医師が熟読しないから、薬の副作用のせいにばかりされている気がするな。薬害訴訟をされた薬だって本当は医療過誤だなんてのもあるはずだ」

「添付文書をほとんど読まず、MRに概要を説明させる医師もいますからね。下手すると、何でもMRのせいにしかねません」そういう医師を何人か知っていると木崎は言った。「長い上に、どれも似たり寄ったりの添付文書なんて誰が読むんだ、と露骨に文書のせいにするんですから困りものです」

「それはひどいな。そんな素人みたいなこと現場の医者が言ってるのか」

「ですから、いくら赤文字で警告しても、目立つように赤い線で囲っても医師にちゃんと読む気持ちがないと無意味なんです」木崎の口調が強くなった。

たぶん彼女の頭には、いい加減な数人の医師の顔が浮かんでいるのだろう。

「文書を読めば、自ずと慎重になるはずなんだけどな。怜花さんも言ってたよ。『あかんことだらけや。あないに副作用が心配なもんか』って」聞き覚えの関西弁で言った。

「とても心配なことです、副作用は。なのに同じ文書を読んでも、怜花さんに伝わって、ベテランの三品先生には伝わらなかったんです。馴れって怖い」木崎は首を振った。

「馴れか……」とつぶやくと、電話での怜花の言葉が頭の中に出てきた。

「どうかしました？」

「うん？　いや、怜花さんはこんなことも言ってたんだ。医者も、その薬が患者の体質に合うか検査すればいいのにって。素人は単純に考えられて苦労がないと思ったんだが」

「そりゃ確立されれば、重大な副作用はかなり減るでしょうけれど」

「そうなんだ。しかし、……できるテストがある」

「テストと言いますと？」と言いながら、木崎が姿勢を正したのが分かった。

「怜子さんの協力が要るがね」

「怜子さんの協力……。もしかしてリンパ球刺激試験ですか」そう言って、木崎が大きな目を向けてきた。

「そうだ。どうしていままでこんな簡単なことに気づかなかったんだろう。ラットを使ったリンパ球刺激試験なんて新薬開発の現場ではしょっちゅうやっているというのに。シキミリンβがアレルギーを起こさせるかどうか、リンパ球刺激試験で明らかにするんだ」

怜子の血液を採取して、そこからリンパ球を分離し、抗原、つまりシキミリンβを加えて刺激を与える。するとリンパ球の中にある主にT細胞の増殖（DNA合成の増加）が起こればスティーブンス・ジョンソン症候群の原因であった可能性が高くなる。

「それは諸刃《もろは》の剣です」抗議口調で木崎は言った。

「シキミリンβでアレルギーを起こしたんじゃない。三品が禁忌を犯したことが原因なんだ」

「万が一ということがあります。読めないのがアレルギー反応です」木崎は悲痛な面持ちだった。

木崎の言うことは尤《もっと》もだった。リンパ球刺激試験で陰性だったとしても、現在の医学では必ずしもアレルゲンではないと断言はできないと言われている。とはいえ逆に陽性と出た場合、三品はことさら自らの正当性を主張するだろう。彼の完全勝利ということになる。

「だけど、これしか物的証拠とはならないじゃないか」

「賭に出るおつもりですか」

「……ああ」とうなずくまでに、少し間を空けてしまった。

「腹をくったと言われるんですね」

「うん」今度は即座に答えた。

「分かりました。その準備にかかります」怒ったような顔で木崎がゆっくり立ち上がる。

彼女が自分の席に戻り、会社の研究機関へ電話をかけようとデスクの受話器をとり、短縮ボタンを押そうとした。

その瞬間、良治が声をあげる。「待った。木崎くん、普通の試験じゃダメだ。メディカルテーラー社に連絡をとってくれ。社長代行の川渕が直接話したい、と伝えてくれ」

それから五日後、良治は木崎を伴いメディカルテーラー社ジャパン代表取締役のエドモンド・向井《むかい》と会うために大阪に向かっていた。

主たる目的は、怜子のリンパ球刺激試験で遺伝子レベルの解析依頼だ。しかし代表同士の話し合いはそれにとどまるはずがなかった。

良治はこの間、寝る間を惜しんで考え続け、ある決断を胸に抱いていた。そして今日、その決断を実行に移すときがきたのだ。

事前に、怜花と怜子にリンパ球刺激試験のことを話した。

「その検査で、シキミリンβの副作用か、三品先生の医療過誤かはっきりするんですね」と怜子が訊いてきた。

「そうです。シキミリンβの副作用のせいなら給付請求を行ってください。そうでなく医療過誤なら裁判で三品先生の責任を追及できます」

良治は腹をくくってから、恐れを感じなくなっていた。たとえ薬害であっても、きちんと受け止められ、正々堂々としていられると思えた。もし向井との交渉がうまくいけば怜子の血液を採取したいと言った。

「川渕さんの申し出を承ります。でも、給付請求も裁判もするつもりはありません。私は三品先生の関連する施設で、リハビリのための音楽演奏をするつもりです。そのお給料を障害年金の代わりにしようと思っていることを、お伝えしておきます」

「三品先生の元で働く……それは年金の代わりにはなりませんよ。働いたことの対価ですから。もしや働きたいから、何もしないということですか」

「いいえ。私が三品先生の目の届くところにいること、それこそが最大の復讐だと思っています。たとえ薬の副作用だとしても、判断ミスをしたのは三品先生です。過ちを誰よりも知っているのがご本人のはず。私が先生の元で働けば、そのミスの結果どうなったのかを常に間近で見ることになるんです。二度と同じ過ちはしないでしょう。ならば三品先生は高齢者医療に必要な人となります」と怜子は電話口で笑った。

「それで試験を？」

「ええ、いずれにしても真実を知らずに復讐はできませんから……」

怜子と話してから、復讐という言葉を反芻《はんすう》していた。何も相手を駆逐してしまうことだけが復讐ではない。そんなことを怜子は主張したかったのだろうか。

その人間を駆逐してしまって、また別の人間に被害が及ぶのであれば、それは正義とは呼べなくなる。溜飲をさげることのみを目的とした行為からは何も生まないと言われたような気がした。

メディカルテーラー社の応接室に案内され、挨拶と名刺交換を終えると、良治は翔の取り組んでいるナノカプセルを紹介した。

やや戸惑った表情を浮かべたが、すぐ笑みをたたえ、向井の方から翔の研究はがんの画期的治療に結びつくものだと賞賛した。彼は五十がらみで中肉中背、太いフレームの眼鏡をかけている。尖《とが》った鼻以外は、日本人と変わらない。

良治は三品病院を中心に置いたスミス社のビジネスモデル構想へ参画したい旨を伝えた。

向井はさらに驚いた顔を見せる。「それはどういう意味にとればいいのですか」

「当社もスミス社同様、今後世界に広がる老年医療の巨大マーケットを狙っています。三品医師の老年内科への考え方、メディカルテーラー社の解析技術、さらにヒイラギ薬品工業の新しいナノカプセルを使ったドラッグ《D》デリバリー《D》システム《S》を事業展開するつもりです。こう申し上げればお分かりだと思うのですが」

「なるほど。では今後はM＆Aアドバイザーを通すということで」

「改めて初期調査資料などの確認後申し出るつもりですが、弊社は貴社との技術提携を考えています」

「技術？」向井が怪訝な表情を見せた。

「弊社のナノカプセル事業と御社のゲノム解析技術の提携です」

「いや、それは……」向井が困惑している様子が手に取るように分かった。

「弊社の資産内容はすでにお調べになっていてお分かりだと思います」一拍置き、向井が小さくうなずくのを確認して続けた。「うちはスミス社をM＆Aのターゲットにすることにしました」

「本当ですか」向井は声をあげ、眼鏡のフレームに手をやった。

「むろんこれも、会社レベルでは何も動いていませんが」

「そうでしょうね」

「そこで提案です。私は三品氏の取り組みをとても重要だと考えています。高齢化は地球規模の問題になっていくはずですから。ただし三品氏のやり方には問題も多い。彼が教授選に当選すれば、老年内科の充実は急速に図られるでしょうが、落選すれば足踏み状態です。当落を左右する情報を私は持っている」

「何をおっしゃっているのか」向井は首をひねった。

「彼を当選させて、老年内科を確立させませんか」

木崎と、三品の性格を分析した。彼は自分の理想の実現のためだけに動いていると、結論づけた。その理想とは老年内科を医療の中核にまで押し上げることだ。その実験場として、高齢者施設を活用している。つまりそのための資金をサポートしてくれる人間にはしっぽを振るはずだ。

「そして弊社と御社でタッグを組むんです。つまり提携関係によって企業価値を上げるんです」

「で、スミス社と？」また眼鏡に手をやる。

「そうです。でないとミスター・マクドナルドとの対等な交渉は難しい。御社をスミス社のお抱え解析会社にしておくのは業界の損失です」

「なるほど」

向井もマクドナルドの豪腕ぶりは知っているようだ。

下手をすれば、何もかもスミス社の思い通りにされてしまうことに不安を抱いているのは間違いない。向井の表情からそう読み取れた。

「楠木社長の方はどういう風におっしゃっているのですか」

「この話はまだ誰にも言っていません。また代行ごときの発言だと軽視されることも承知でお話ししているんです。確かに入院中ではあってもすべての決定権は楠木にあると言ってもいいでしょう。ですが、代表者は私なんです」

「お話は分かりました。ただ、いまの段階では世間話として承っておきます」と言った向井の顔つきに険しさは感じなかった。

「結構です。まずは御社の分析力を見せてください。高齢者のアナフィラキシーショックは死に直結しやすいので、今回お願いしたリンパ球刺激試験の細密データはとても重要です。世界屈指の解析技術をお持ちの御社にしかできないと考えました」わざと高齢者という言葉を使った。

「確かに、副作用は怖いですね。お役に立てるのでしたら」と向井が笑った。「いいでしょう。どこにも真似ができない分析データをお目にかけますよ」

無事に怜子の血液採取を終え、良治はその足で三品病院へ立ち寄った。海渡に会うためだ。今日は何があっても彼に話さなければならないことがあった。MRの調べで周一のいる病室は分かっていた。別館の三階の特別病棟だ。病室の戸をノックした。

「はい」懐かしい海渡の声が返ってきた。「ちょっと待ってください」戸が開いた。

「良治」海渡が睨んだ。「お前と話すことはない。帰れ」

「帰らん。いまはヒイラギ社長代行として薬研のMS部長に話があるんだ」戸に手をかけて言った。

「うるさい、帰れ」戸を閉めようと力を入れる。力では到底勝てない。右足先を戸に挟んだ。靴が軋む音がする。「お前の兄貴を助けたいんだ」足の痛みに唸り声を上げた。

「気休めを言うな」

「いまよりは、まだ望みがある」戸自体もガタガタと音を立てている。

「放っておいてくれ」

「放っておかない。思い上がるな！　お前の命じゃないだろうが」と言ったとき、戸の力が抜けた。

「おれを憎んでいるはずだ……」巨体から小さな声がした。

「ああ、恨んでいる。だが憎いのはお前で、お兄さんじゃない。本当に助けたいんだ」芳しくないことは聞いていると言った。「抗がん剤効いてないんだろう？」

「ああ。大きくなってるし、肝臓にも転移しはじめた」海渡は泣きそうな顔をした。腹を揺らして大きな口で笑う以前の海渡からは、想像もつかない姿だ。

「翔のナノカプセルは成功してると思う。あれを使おう。お前の意見は？」戸から靴先を抜いて、「廊下で話そう」とじんじん痺《しび》れている足の向きを変えた。

「分かった」海渡は一旦病室の中に入ってから出てきた。

中庭へ出た。風が吹く度咲き誇る桜の花びらが舞う。その中のベンチに二人は腰かけた。

「小石川後楽園もこんな感じだろうな」地面に敷かれた花びらを見た。一面桃色だ。

「いまは何も訊かん。とにかくおれの思いついた考えを伝える」

「頼む」

「いいかよく聞いてくれ。うちのＨＯＢ－００３を使おう」

「何だって、あれは毒みたいな抗がん剤じゃないか。兄貴を殺す気か」と立ち上がった海渡の怒鳴り声が頭上から落ちてきた。

「待て、話を最後まで聞いてくれ」良治も負けじと声を張った。

海渡が、尻を置く振動を感じた。

「おれはこれまで副作用を最も怖がっていた研究員だった。そのおれがあえて副作用の強い抗がん剤を使うというのには理由がある」

「しかしHOB－003は、あまりに強い副作用ゆえにお前の会社も使用を制限している曰《いわ》く付きの薬剤だろう。いまの兄貴には毒薬に近い。だいたいお前だってあれはダメだって言ったじゃないか」

「だから理由があるんだ。毒を薬に変えるんだよ。まず分量を減らす。そして翔のナノカプセルに注入してがん細胞を狙い撃ちするんだ。がん細胞へのインパクトはスミス社のFUF－Hの比じゃない。いいか、ナノカプセルの利点はがん細胞に直接デリバリーすることだが、言い換えれば正常細胞へは行かない。もし行ったとしても限定的だ。つまりその分、HOB－003の副作用も小さくて済む」海渡を見ずに正面を向いたまま話した。それでも彼の視線は充分感じられた。

「……副作用を最小限にとどめ、効果を最大に上げるということか」

海渡のつぶやきが聞こえた。彼も聞こえるように言っているのだろう。

良治は海渡の方を向き顔を見て言った。「海渡、やってみないか。会社をあげて協力する」

「良治、いいのか。しかしナノカプセルも治験が必要なんじゃないのか」

「治験は要るが、安全性の確認だけだから、盲検である必要はない。だいたいお前は、三品の元で一度治験飛ばしをやってるじゃないか」

「テーラーメイドか」

「やっぱり、そうだったんだな」

海渡は視線をそらした。

「まあいい。ナノカプセルがお前の兄貴に適合するか、安全性を遺伝子レベルで解析する。そして適合するように改良するんだ。そうすればそのカプセルは周一さんのためだけの薬の運び屋となる」

「良治……」

「さあ、やるのか、諦めるのか」詰問した。

「兄貴を助けたい。これまで兄貴の真似ばかりして大きくなった。レスリングだってそうだし、薬学の道に進んだのもそうだ。兄貴は化粧品の方に行ったけどな」酒もタバコも、そして女も兄の後をたどったのだと海渡は涙声で言った。「その兄貴がいなくなるなんて、考えただけでも……」

「助けよう、おれたちが青春時代に学んだ化学で」

「うん、助けてくれ……おれを許してくれるのか、良治」

「ああ。さあ、いますぐ主治医に治療をやめるように言うんだ。その話が終わったらうちの秘書とMRに説明させる。分かったか」海渡の大きく岩のような肩を叩いた。

「うん」と返事した後、また海渡は謝ったようだが、良治は無視してベンチから立ち上がった。

海渡が病室に行って担当医と話す間、良治は院長室を訪ねた。

幸い三品は在室していた。

「先生、あなた、無茶苦茶な人だ」顔を見るなりそう言った。

「無茶苦茶だって？　何だひとの部屋に急に入ってきて」三品は顔をしかめる。

「ある意味先生を尊敬し始めていたのに、カルテまで改ざんするルール無用の医師だったとは、残念です」

「カルテ改ざん……」

「一〇年前の生稲怜子の事故ですよ。あなたは禁忌である吐き気止め、消化管運動機能調整剤を使った。それで生稲怜子はスティーブンス・ジョンソン症候群を発症した。ところがカルテのどこにも禁忌薬剤の記載はない。これは明らかに改ざんです。まあ、どうせ否定するでしょうが、近いうちに決定的な証拠をお目にかけますよ」

「そのことか。どうぞ好きに」口元が笑ったように見えた。

「居直りですか」

「まさか。うちは治験でお宅らお薬やさんに貢献してきたつもりです。だからこれだけは言っておきます。私は信用が大事な治験事業で、信頼をなくすようなことは絶対にしない」

「すでに二重盲検のルールを破ってるじゃないですか」口調が強くなってしまった。「海渡周一さんのことですか。確かにMSをやっておられる弟さんから、スミス社を通じて盲検でない方法で新薬を使いたいと申し出がありました。私は、はい分かりましたと了承しましたよ。しかしあれは純然たる二重盲検です」

「何言ってるんだ！　テーラーメイドで個人に適合すれば盲検しなくてもいいと判断したんだろう」

「うーん、何か誤解があるようだ。二重盲検というのはね、患者さんに新しい薬がきっと効くと信じてもらって受けさせるものだ。それをこれは偽物かもしれませんなんて言って使えというのかね」

「そんなことは言っていない」

「あのね、海渡さんが本物を使ってくれと言ってきたら、私は、はい分かりましたと言うだろう。私が二重盲検を実施するかどうかさえ、誰にも言わない。二重盲検が、治験の担当医にだって本物か偽物か分からないシステムであることは、あなたもよくご存知のはずだ。治療にかかわるすべての人間が、騙《だま》し騙されている。そうでないと本物の新薬は生まれない。新薬によって多くの人の命を救うということは、それだけ厳しいものなんじゃないか！」

「じゃあ、海渡は騙されたのか」

「何を甘いこと言っているんだね。海渡さんも業界人なのだから、治験がどういうものか分かっているはずだ。薬は毒なんだ。その毒を飲む検査が、治験なんだよ」

「甘い……」確かに三品の言う通りだ。彼は最初から二重盲検を実施するつもりだったのだ。むしろルールを曲げろと言ったのは海渡の方で、それに自分も荷担することになる。この件で三品に文句など言えるはずはない。「海渡さんの治験については、どうやら私の勇み足だったようです。すみません」

「分かればよろしい」重厚なデスクに着いている三品が毛髪をなでつけた。

「改めてお願いがあります。海渡周一さんの治療ですが、当社が提供する抗がん剤HOB－003とナノカプセルを使用させてください。明後日、プロトコルを提出しますので、お願いします」良治は深く身体を折った。

「ナノカプセルは治験中だろう？」

「安全性は遺伝子で確認します」良治はナノカプセルも遺伝子レベルの解析を行って、周一にだけ使用できるものにすると説明した。

「君も、分かってきたようだね」三品が柔和な笑みを向けてきた。

良治は力なくうなずく。

「それならこっちにもいい提案があるんだ」三品が鼻の下の髭を中指で撫でた。

「提案？」

「ああ。そうだ川渕さん、滝本くんは優秀だね」三品が唐突に言う。

「だから、彼女をけしかけたんでしょう？」

「ずいぶんな言い方だ。彼女はね、心の底からシキミリンβを愛してる。川渕さん以上だ。彼女、膀胱《ぼうこう》がんの細胞の動きを強めたり、抗がん剤への抵抗力を強くしているアルドーケト還元酵素をフルフェナム酸が抑制するという研究論文を私のところに持ってきた」

「フルフェナム酸が……」

「ああ、市販の風邪薬にだって含まれてるもんだ」

良治は三品が以前言った「シキミリンβの本当のよさに気づくべきだ。風邪薬とはちがう」という言葉を思い出した。

「風邪薬……」

「ああ。滝本さんがシキミリンβで、がん細胞の守りを固めている制御性T細胞を弱体化させられないかと言ってきてね。ラットの実験と遺伝子レベルの解析を依頼した。その結果が今朝方、テーラーメイド社から届いたんだ」

「彼女がそんなことを。それで、け、結果は、どうだったんですか」胸が高鳴り、うまく声が出せなかった。

「オプジーボに勝るとも劣らない抑制効果をもたらした」

「そ、そんな、あのシキミリンβが……凄い、凄い薬だったんだ」背筋に悪寒が走り、歯が鳴った。

「川渕さん、あんたが牽引して創り上げたシキミリンβ、大した薬だった。これを海渡周一さんに使ってみないか。治験じゃない形で、な」三品はがん治療中の周一がインフルエンザに罹患したっておかしくはない、と言った。

「あくまで抗インフルエンザ薬として使用するんですね」

「その上で君が持ってきたプロトコルを実施しようじゃないか」

光明が見えてきた。

「先生、三品先生、よろしくお願いします！」頭を下げた良治の胸に熱いものがこみあげてきた。

一週間後、良治は悟の入院している病院にきていた。

エレベーターから特別室へ向かう廊下で、翔の姿を見た。

「翔くん、久しぶり」と声をかけた。

「見舞いですか、良治さんもきっと、びっくりしますよ」

「何が？」

「まあそれは自分で確かめてください」

「そうか。社長に重要な話があるんだけど、君にも大事な話をしておきたい。一階の喫茶コーナーで待っててくれないか」

「分かりました。じゃあ先に行ってます」翔が歩き出す。

その姿を見ながら「おう」と言って病室へ向かう。

部屋の前に立つと、両手で二回、顔面を叩いてからドアをノックした。

紗子の返事が聞こえる前にドアを開ける。ソファーの紗子は雑誌を読んでいた。彼女に会釈するとアコーディオンカーテンを開け、悟のベッドサイドに立つ。

「社長、取締役を辞めていただきたい」と大きな声で言った。

ベッドに座る悟の目が大きく見開かれた。

背後から紗子が「あなた、何言ってるの」と声をかけてきた。

「社長、あなたを解任します！」とさらに力を込めて叫んだ。

「自分の言っていることが分かってるの！」紗子が怒声を上げた。「出て行きなさい。クビになるのはあなたの方よ。早くここから出なさいよ」

悟が両手を突き出し、紗子を黙らせた。

「あなた、言ってやりなさい。クビは良治さんの方だって」

紗子は悟の傍らに行き、彼の腕を持って揺する。「どうして、黙ってるの。早く言ってやるのよ」

悟はじっと良治を見つめ動かない。

良治も目をそらさず仁王立ちだった。「一〇年前のシキミリンβ副作用事故の隠蔽工作を指示したことの責任をとってもらいます」声が震えた。言い終わってから頬が痙攣《けいれん》し始めている。

「馬鹿なこと言って、そんなこと社長がするはずないじゃないの。この子、おかしくなってるのよ。やっぱり代行の荷が重かったんだわ。あなた、早く良治さんをクビにして、翔を代行に指名してください」紗子が叫ぶたび、悟の身体が揺れた。

しかし禅僧のように表情は固まったままだ。

ホワイトボードを手にした。しかし何も書かない。

その代わりにゆっくり唇が動く。「勝兵は先《ま》ず勝ちて而《しか》る後に戦いを求む」

声が震えていたが、はっきりと聞こえた。勝利の軍は開戦前にまず勝利を得てそれから戦いをしようとする、孫子の言葉だった。

「しゃ、社長、話せるように……」

悟は左手で追い払うような動作をした。

「ありがとうございました」お辞儀をすると頬に熱いものが流れる。

紗子の罵声を浴びながら、良治はきびすを返し、ハンカチで頬を拭いながらエレベーターに飛び乗った。

翔に会うまでに泣いた痕跡を消さないといけない。一階に降りて院内を二周回り、喫茶コーナーの翔の向かいの席に着く。

「凄かったでしょう、親父。間葉系幹細胞治療の治験に参加して二週間、もの凄い数のリハビリメニューをこなしたんだそうですよ。いち早く会社に復帰するためだからって、そこまでやるかって感じ。話すのは少し遅いけど、はっきり分かるようになってたでしょう。おれびっくりした。やっぱりトップに立つ人のモチベーションって違うんだ。まじ感動して泣きそうになりました。良治さんもやっぱり感動したんですね。でも、そんなに号泣しなくても。これおしぼり……意外に涙もろいんですね……大丈夫ですか。おれもまた涙出てきちゃいました」

24

六月の最終週に入った木曜日、怜花は店の前を掃除していた。昨夜激しい雨に降られたせいで、道も店の壁も汚れている。店の戸を雑巾がけしようと、勝手口に回りバケツに水を汲《く》んでいると背後に人の気配を感じた。

彩芽が、浩美と香を連れて「二歩」にやってきたのだ。それは母のリンパ球刺激試験の結果が出た二日後のことだった。ヒイラギ薬品工業から三品医師にも報告書が届いたそうだ。

難しいことは分からないが、シキミリンβ単独では、リンパ球の中にある主にT細胞の増殖は見られなかったけれど、消化管運動機能調整剤中のドンペリドンと併用した場合に強い増殖反応があったと書いてあった。つまりシキミリンβの薬害ではなく、禁忌に注意を払わなかった医療ミスだということがはっきりした。

隣の病室の患者に使う吐き気止めの薬を間違って使ったのは彩芽だったと、畳に額を付けて謝罪した。浩美も香も、同時に頭を下げる。

「異変に気づいたとき、すぐに飲み合わせの禁忌を疑えばよかったんですが……」浩美は、シキミリンβをよく知る自分が注意を怠ったことが招いた事故なんだと涙声を出した。

「謝ってもうても、お母ちゃんの目は治らへん……」何も言わない母の代わりに、怜花はそう言うしかなかった。

「怜花、繰り言はやめて」

「そやかてお母ちゃん」

「本当に、すみません！」三人はまた頭を下げた。そして浩美が顔を上げて口を開く。「取り返しのつかないミスをおかしたと、後で気づいて、三品先生に申し出たんです。目を守るには手遅れでした。そしたら先生、すべての責任は自分がとると言われて……、このミスを役立てることを考える、患者さんにとってベターな方法をと……」

確かに、こちらが動く前に慰謝料が支払われ、その後の治療も責任をもって行われた。お金は守屋が持って逃げてしまったが。やっぱり、三品はごっついヤツ。怜花は心の中でつぶやいた。

「よく分かりました。今日はありがとうございます」隣の母が凜《りん》として言った。

三人が帰っていった後、また誰かが背後に立った。振り向くと、浜が抜けた歯で笑っている。頭はスイカに被せる網のようなものを被っていた。「なんや浜さんか」笑いをこらえて言った。

「なんやって、ずいぶんな挨拶やな」

「妙なもん被って、真面目に挨拶できますか」

「これか？」浜は、競馬新聞とスポーツ新聞の両方を頭にかざす。

近くで見るとやっぱり吹き出した。

「笑いなや。いわば勲章なんやから」浜は貧弱な胸を張って見せた。

「勲章って、燻製《くんせい》みたいに網被せられてるだけや。どこで怪我したん」

「先週の宝塚記念で予想が外れてな。外れ馬券を持った酔っ払いに石投げられたんや」

七針縫ったのだそうだ。

「そら災難やな。けど予想が外れていちいち怪我させせられてたら、命がいくつあっても足らへんやんか」

「そこや。昔、おっちゃん刺されたことあるねんで。金返せっちゅうて、刃物もって追いかけられてな。ここにぐさって」浜は太ももを刃物に見立てた新聞で突き刺す格好をした。「そのときわし、負けて悔しいこの人らを背負って生きなあかんと思たんや」

「マゾかいな」

「アホ、そんなんちゃう。ものすご痛かったんやぞ。考えてもみい、わしの商売は圧倒的に外れ馬券のお客さんで成り立ってる。悔しい思いをしてる人の銭で食わしてもろてるんやって気づいた。みんなが当たるなんてあり得へんさかいにな」

「へえ、おっちゃんもいろいろ考えてるんやな」感心してうなずいた。「で、何で勲章なん?」

「ちゃんと話聞いてたか。久しぶりにお灸《きゅう》を据えられたんやがな、勝負の神さんから。さらに腕を磨く好機であるって」刺された直後のレースで大穴の大当たりを予想したことがあるのだそうだ。

「なんや、結局験担ぎかいな。感心して損したわ」

「そや、これ読んだか」浜がスポーツ紙を見せた。「女将さんが診てもろうてたお医者が載ってるで」

「何かやらかしたか」怜花は新聞を受け取って目を通す。


六五歳以上の高齢者に特化した老年内科の新設と研究の拠点を大阪に！　認知症を完治できる病気にすることが目標。

大阪総合大学医学部の第四内科教授に就任した三品元彦氏は、これまで三品病院や医療顧問などを務めてきた高齢者施設で培った治療技術や収集したデータを生かし、さらに多くの研究機関や製薬メーカーなどの協力を得て、高齢者が健やかに天寿を全うできるための医療を確立したいと抱負を語った。「そのための治療薬開発に当たっては、厚労省の認可制度や場合によっては薬機法、医師法の改正をも視野に入れる必要があるでしょう。現状では研究費がかさむ上にスピード感がない。どこの国よりも早くいい薬を開発し使えるようにする、それが高齢国家が衰退しないで、繁栄する唯一の道だと私は考えています」

「ええことをやらかそうとしてるんやで、怜ちゃん」浜が笑った。

「ほんまや、ごっついこと言うてるな」

「ほんま凄いな」と浜が新聞を返してくれと手を伸ばした。

怜花も彼に渡そうと、新聞を持ちかえたとき、別の記事が目に入った。

「浜さん、これちょっと貸してんか」

「えっ。おっちゃんまだ、エッチな記事読んでないねん」いかにも残念そうな声を出す。

「ちょっと見たら返すよってに、それまで我慢して競馬新聞でお馬さんのこと勉強してて。ほな借りるな」と怜花は店に戻る。

その後ろから浜のよく通るだみ声がした。「今晩、お店に顔出すよって、そのときに新聞返してや、怜ちゃん」

居間で三味線の稽古をしている母のところに行く。「お母ちゃん、ちょっとええか」静かに声をかけた。

三味線の音が止《や》み、母がこっちに顔を向ける。

それを見てから「三品先生が大学教授にならはったで。ほんでな、昨日、ヒイラギの株主総会があったんやって」その記事がスポーツ新聞に載っていると言った。

はしょるけど」と言って咳払いをする。
土間にいた怜花は、居間の框《かまち》に腰かけた。「読むで、あんまり難しいとこは適当に
「そう」三味線の棹を布で拭きながら返事をする。

「『昨日行われたヒイラギ薬品工業の株主総会において、代表取締役社長に川渕良治氏の就任が決まった』まあこのへんはええとして、『川渕氏は、メディカルテーラー社との技術提携を発表。自社のナノカプセル事業と組み合わせて、がんやアルツハイマーなどの新しい治療薬の開発に乗り出す意向を示した』ほんでな、ここで川渕はんの言『進行したすい臓がんの患者に対する、新型ナノカプセルを用いた治療はすでに成功しています。このシステムでは以前は副作用がきつく、患者に負担を強いていた抗がん剤も治療の第一線に復帰できる可能性が出てきました。このことは、ジェネリック新薬の活用の幅を広げ医療費負担軽減への道筋を作ったといえるでしょう。さらにもう一つ、ご報告したいことがあります。私自身がたずさわったシキミリンβは、極めて副作用の少ない抗インフルエンザ薬であることで高い評価を得てまいりました。さらにこのたび、大阪総合大学医学部の第四内科・三品教授との共同研究で、がんを免疫細胞から守っている制御性T細胞を抑える効果のあることが分かりました。この研究成果を踏まえ、シキミリンβとナノカプセルを組み合わせることで難治性がんへの治療効果が期待できます。今後もよりいっそう三品教授との共同研究を進めま

すとともに、ナノカプセルとシキミリンβを両輪として病に苦しむ世界の人々のお役に立ちたいと思っています』やって」

そこまで読んで怜花は母に言った。「難しいこと書いてあるけど、お母ちゃんの血を調べた会社と、ヒイラギがタッグを組んで、さらにがんの薬にシキミリンβいうのを使い回すいうことやわ」その検査でシキミリンβ単独では母にアレルギー反応を起こさせる薬害はなかったことが分かった。そうした結果が、次なる展開につながったことは間違いない。

「そうね」

「ほんで、ここからが大事なんや『ことに認知症においては、大阪で高齢者医療の充実に力を注ぐ三品病院グループとなごみ苑など七つの高齢者施設との共同で、老年内科薬の開発に乗り出すことも発表した。三品病院の院長は、先頃大阪総合大学の第四内科教授に就任した三品元彦氏。川渕代表は、関西に新型ナノカプセル推進のための研究施設を建設する予定であることも明らかにした。研究所所長には、楠木悟前ヒイラギ薬品工業社長の子息に当たる楠木翔氏を選任する。さらに抗インフルエンザウイルス薬シキミリンβの高い予防効果を生かし、新興国向けのワクチン開発に着手。このプロジェクトの責任者はシキミリンβの生みの親で研究開発部主任研究員の滝本容子さん』やって。何やけったいなことになってるで。川渕はんって、三品先生に嵌《は》められたんとちゃうの？」

「それは、それでいいのよ」

「あれ、びっくりせえへんの。熱でもある？　またインフルエンザちゃうか」

「ちがう。それが川渕さんなりのけじめの付け方でしょう。毒を薬に変えたのよ。お薬も元々は毒じゃない？　怜花みたいに、カッとなってすぐに仕返しするのは考え物なのよ」

「うちの場合は、毒をもって毒を制すちゅうやつや」

「もう、ああ言えばこう言う」微笑んで三味線の棹を握り直す。「演奏会の稽古させてちょうだいな」

「そうか、日曜日からか」母の意志は固く、なごみ苑での音楽療法演奏会が日曜から始まる。「ようお父ちゃん許したな。信じられへん」

「お母さんを信じてるからよ」と嬉しそうに笑った。

「アホらし。リハーサルなんかもするん？」

「うん、あっちは今日からしてるはず。お母さんは明後日合わせに行く。玄ちゃんが送って行くって言ってくれてるんだけど、大丈夫って伝えておいてくれる？　なごみ苑の香河さんが迎えにきてくれるんだって。だから怜花も心配しないで」

「分かったけど、音合わせまでやるんか、気色わる」身震いする格好をした。

「過去に振り回されて恨みごとを言うのは惨め。いまを、前を向いて生きることを私は選んだの。許す、許さないだったら、許してない。でも勝ち負けなら、私の勝ち。だって三品先生もあの人も私の姿を見るたび過去を思い出さないといけないのよ」

「うわっ、お母ちゃんもごっついな。うちやったら、耳の穴から手ぇ突っ込んで、奥歯ガタガタ……やめとこ、嫁入り前の乙女やし」

「この子ったら」と母が笑った。

その姿を見ているとなぜか胸が詰まって、表へ飛び出した。

演奏会のリハーサルの日、怜花の体は気づくとなごみ苑に向かっていた。なごみ苑の最寄り駅から、タクシーに乗る。しばらくすると携帯が鳴り、見ると矢島だった。

その後矢島はしつこく謝ってきたから根負けして許してしまった。

「怜花さん、新聞に凄いことが載ってたのを知ってるかい」

「矢島さんも好きなんか、エッチな記事」

「はあ？　エッチ？」

「スポーツ新聞のことやろ」

「えっ、スポーツ紙読むの？　あ、それでエッチな記事って」

矢島の笑い方にいやらしさがにじむ。

「うちは興味ない。勘違いせんといて」

「記事を読んだのなら話ははやい。みんな収まるところに収まったのに、この矢島の堕落ぶり」

「エッチな記事よりもっと興味ないわ。うちいま忙しいから切るで」

「冷たいね。でもそこがいいんだなあ。君の言葉のパンチ、快感になってきてる」

「きもっ、切る」

「待って。真面目な話なんだ。てっきり川渕さんは飛ばされると思ってた。それどころか社長に就任だ。取締役を解任されなかったんだ」

「よかったんやない、矢島さんに薬害の犯人にされなくてすんだし」

「相変わらずきついな。ところで駒野浩美と会ったんだ。君には報告しておかないと」

「こまさん、どないしてはったん」うちにきたことは矢島には伝えていない。いやあの三人のことは忘れようと心に決めている。

「彼女たちは、ある薬の治験を買って出ていた。米国製の脳を活性化するという薬だそうだ。例えば睡眠をとらずに脳にストレスをかけて、記憶力を試し、データをとっていた。脳梗塞とかでダメージを受けるとその部分が死ぬだろう。死んだ部分がやっていた仕事を肩代わりする神経細胞を活性化させることにつながれば、認知症の改善に役立つからって」その治験中に、一時的な記憶障害を起こしたのだという。

「そんなん違法やないん？」

「薬は用途が違うけれど治療薬として使われていて、違法なものじゃないし、医師がついていて、なにより治験に参加するのが看護師だからね」

「けど、危ないんやろ？」

「そうでもないらしい。データを見ても安全で、効きそうだったというんだ。ただ、いくら自分から志願したとはいえ治験だから、とても人に言えない。とくに佐久山さんのところはお母さんと妹さんも看護師で、感づかれる恐れがあった。だから八尾マリア病院に入院した。つまり身内に悟られないための一芝居さ。みんな三品先生への忠誠心から家族を避けたんだそうだ」

「医学の進歩には危険を承知で、やらなあかんこともあるいうことなん？」

「そうだな。それになごみ苑のお年寄りのことも分かった」

「亡くなったんは、シキミリンβのせいとちがうんやろ」人にもよるだろうが、母への試験ではシキミリンβの副作用は認められなかった。

「うん。同じ薬でも老人特有の反応があるんだ。そのデータを集めるのに苑のお年寄りに協力してもらっていた。だから、原因究明のために検体をとってあるそうだ。三品先生は、行きすぎてる感があるけど真剣だな。いまじゃ国立大学の教授だ。ますます期待されていくだろう」

「うちには分からへん。さっきもお母ちゃんとしゃべってたんやけど、お薬といわれてるもんが、ほんまに薬なんか毒なんか。ううん、それは人にもいえる。悪人なのか善人なのか」

「そういうことか。だから今度は三品が暴走しないように、ジャーナリストの一人として監視していくつもりだ」

「ジャーナリスト？　何言うてるの、あんたは、自分のことだけ考えてたんやんか」

「仰せの通り、はじめは金になるネタだと三品病院周辺を探ってた。人捜しのふりまでしてね。でも三品先生には歯が立たなかった。だから君と組んで……みんな失敗したけど」

「悪いことばかり考えてるよって」

「最大の失敗は、君だ」

「当たり前や。そう簡単にだまされへん。そこらのねんねと一緒にせんといて」玄がいてくれて助かったとプリンスメロンの顔を思い出した。

「そうじゃなくて、自分にもジャーナリストとしての良心が残っていることに気づかされたんだ。生稲怜花というおてんばにね」

そのときちょうど、なごみ苑の建物が見えてきた。

「変なこと言うて、うちの気ぃ引こうとしてもあかん。もうええやろ、さいなら」と電話を切り、「ここでええです」とタクシードライバーに告げた。

日差しが強く、なごみ苑の玄関の前にある大きな木の陰に一旦避難した。日差しだけは、すっかり夏のものになっている。そういえばタクシーでは微かに冷房が効いていた。

守屋に一言、文句を言わないと気が済まない。そうしないとこの先も、悪夢にうなされる気がした。明日から母が守屋と仕事をするというのなら、今日決着をつけてやる。

拳を握って歩き出した。

玄関口に目を遣ると、見慣れた男性の背中が見えた。

まさか玄ちゃん？

確かに玄の背中だ。誰かと話している様子だった。いやな予感がする。

玄関を避けて壁に背中をくっつけた。ここからだと玄の横顔と相手の横顔が見えるはずだ。玄がいつになく真剣な顔つきで話していた。

ゆっくりと近づく。相手の顔が見えた。予感が的中した。話している相手は守屋だった。

いったい守屋と玄が何を話しているのだ。

声が聞こえるくらいにまで近寄る。

「守屋さんが怜花さんを虐待してたんは知ってる。けど、これからはおれが許さへんから」

「何を言ってる。娘の彼氏か何かしらんが、くだらんこと言うな」

「くだらんこととちゃう。あんたの顔見たら、怜ちゃんはまた苦しむことになるんや」

「父親だよ、おれは」

「そやから、余計にたちが悪い。とにかくおばちゃんは自分で決めたことやからしょうがないけど、怜ちゃんに対して父親面せんといてくれ。いまは『二歩』のおっちゃんが怜ちゃんのお父さんなんや」

「誠一がか？」

「いままで育ててきはったんや」

「おい若造、教えてやる。あいつが、旅回りの売れないユニットにコンサートをさせてくれたのは、はじめから怜子が目的やったんだ」

「なんやて？」

「ああ、前の女房に自殺されて一生女とは暮らさないと思っていたらしいけど、怜子に一目惚《ひとめぼ》れした。怜子が入院していたある日、あいつ、当時持ってた全財産の二三〇万円を俺の前に差し出しやがった。何の真似だって訊くと、将棋で勝負しないかって持ちかけてきた。賭け将棋をしようっていうんだよ」

「おっちゃんが賭け事やなんて」

「しかも、自分が勝っても金はやるってさ。その代わりに自分が勝ったら、怜子さんを自由にしてほしいってぬかしやがった」

「そんなアホな」

「俺もびっくりしたよ。だけど金が欲しかったから、その話に乗った。賭け将棋で怜子はあそこにいるんだ。そんなこととはつゆ知らずな。病気の女に用はないと思っていたからうまい話だったよ」

母が賭け将棋のコマだったなんて考えられない。

「うそや」

「信じなくてもいいさ」

「信じられるか、そんなこと。ええ加減なことばかり」玄が守屋の襟元をつかんだ。

「おう殴るのか？　いいよ、だけど指だけは勘弁してくれな」守屋は笑っているような声だった。

玄が手を離して言った。「おれは怜ちゃんを守る。それだけは覚えとけ」

「若造、あんた、まっすぐだね。娘を頼んだぜ」と守屋は大きな口を開けて笑った。

玄と鉢合わせしないようにその場から逃げた。走った。走りながら涙が流れた。

頭の中が、ぐちゃぐちゃで考えがまとまらない。

いま聞いた話の断片がシャワーのように降り注ぐ。

母が賭け将棋の戦利品。父は守屋にお金を出した。守屋は病気の母と自分をお金に換えた。

もし負けていたらどうしたのだろう。父は全財産を失い、母はまだ守屋に連れ回され暴力を受けていたのだろうか。一か八かでつかんだ暮らしに母は日々感謝し、怜花も父を慕って育った。

明日から、母が守屋と父の間を行き来するのをどんな顔をして接すればいいのか分からない。

開店の五時が近づくと、やっぱり布施駅まで戻ってきていた。しかし「二歩」に戻る気になれなかった。

それでも開店時間は気になる。

あと一筋で店の前の通りだというところまできた。一筋、後に戻ろうかときびすを返したとき、玄の姿が見えた。慌てて涙を拭く。

「ああ、怜ちゃん。もうじき開店やろ？」と言って走ってきた。

「オッス。今日は暑いくらいやな。汗かくわ」ハンカチで顔全体を拭いた。

「そやな、今年の夏も暑なりそうやな」玄も手で汗を拭く。

どちらからともなく店の方へ歩き出す。

もう逃げ出せない。

「今年は海、行こか」歩きながら玄が言った。

「どこの？」

「そうやな、天橋立《あまのはしだて》なんかええんちゃうか」

「水着買わんとあかんな」

「あんまりきわどいのはあかんで」

「何で？」

「鼻血出るさかい」

「アホ」

「アホいうもんがアホや」

クスッと笑ってしまった。

店が見えてきた。歩みが遅くなる。

店の戸が開いて暖簾を持った父が出てくるのが見えた。

怜花が立ち止まると玄も立ち止まった。守屋から聞いた話を玄も思い出したにちがいない。

二人に気づかない父は、店の前をチェックして、植木鉢を整頓した。そして店先に落ちていたゴミを拾うと勝手口の方へ姿を消した。

「おっちゃん、店大事にしてはるな」

「うん」

「いま植木の位置直さはったやろ。あれ、おばちゃんがお客さんを見送りに出るとき、けつまずかんようにやで」

「知ってる」

「おっちゃん、ほんまにおばちゃんのこと愛してはるわ」

「………」

「おれ、おっちゃんみたいな、大人の男になろうと思てる」

「大人の男……」

「辛いことがあっても、耐え忍ぶ、ごっつい男のこっちゃ」

玄は守屋から聞いたことを呑み込むつもりだ。自分を陥れた人間を包み込んでしまった川渕もごっついが、いまの玄も――。

「お母ちゃんを一番愛してるのはお父ちゃんや。それはまちがいない真実や」と言ったとき、「二歩」の看板の電灯が点《とも》った。「おれ店の名前、ずっと気になってた。なんで『二歩』いうのか知ってるか」

「将棋が好きなんやろ？」

「おっちゃんの戒めなんやそうやで」

「何の？」

「おっちゃんが若い頃、プロ棋士になる一歩手前の対局で、やってしもたんや、『二歩』を」

「プロ棋士？　そんなん聞いたことない」

「ここ一〇年ほど、将棋指したはらへんさかいな。けど東大阪では敵なしやったそうや」

「玄ちゃん、今日はお店に同伴出勤しようか」と怜花は、玄の腕を抱き込んだ。そして、そのまま店の戸を開けた。

「お父ちゃん、ただいま。ネギがカモ背負ってきたで」と明るい声で言った。

解説

大矢博子（文芸評論家）

　この文庫が刊行される二〇二〇年は、「新型コロナウィルス禍の年」として世界史に刻まれることになるだろう。

　世界中が戸惑い、恐れ、息を潜めて災禍が過ぎるのを待った。だが、ただ待っているだけでは終わってくれないことがわかり、私たちはウィルスとの「共存」を余儀なくされた。これまで当たり前だったことができなくなり、その中でもなんとか現状と折り合いをつける方法を摸索した。いや、今も摸索の最中にある。

　何より、移動も集会も控えたままでは経済への影響が大きすぎた。感染症以前に、生活が立ち行かなくなるケースも少なくなかった。さまざまなことを我慢する日々にストレスが溜《た》まった。感染症対策をとった上でという条件付きで規制が少しずつ緩和される中、出かけたい、友達に会いたい、故郷に帰りたい、仕事をしたい、好きなお店や舞台やスポーツを応援したいという思いが膨《ふく》らんだ。だがその一方で、本当に大丈夫なのか、自分が感染を広めてはしまわないか、周囲から責められはしまいかという不安も拭《ぬぐ》えなかった。

相反するふたつの思いが、ひとりの人間の中で鬩《せめ》ぎ合う。

このような気持ちを、ジレンマと呼ぶ。

多くの人がかつてないほどのジレンマに直面した二〇二〇年。だがこういったジレンマは常に私たちの中にある。理想と現実。気持ちと行動。鏑木蓮『疑薬』は、そんなジレンマについての物語だ。


インフルエンザの治療のみならず予防にも使える画期的な薬、シキミリンβ《ベータ》が厚生労働省の認可を受け、ヒイラギ薬品工業の開発者・川渕《かわぶち》が社長表彰を受ける場面で物語は幕を開ける。副作用がゼロに近いことも売りのひとつで、新薬開発こそが人類を救うのだと川渕は創薬という仕事に誇りを持っていた。

それから十一年。舞台は大阪へ移る。両親が経営する居酒屋を手伝う生稲怜花《いくいなれいか》は、その明るさでお客さんたちの人気者だ。だが彼女には忘れられない過去があった。十年前、母の怜子《れいこ》が突然体調を崩し、生死の境を彷徨《さまよ》ったあげく、命は助かったものの失明してしまったのだ。それでも得意の三味線で店を盛り上げる母を、怜花は尊敬していた。

そんなある日、怜花のもとに矢島《やじま》と名乗る記者が現れる。怜子の失明について調べているという矢島は、高齢者施設でインフルエンザの感染が起き、二名が亡くなったという新聞記事を怜花に渡した。その施設の顧問は怜子失明時の担当だった三品医師。それが母の一件にいったい何の関係があるというのか。だが怜花が当時の日記を読み返したところ、そこには母に「新しいお薬」が処方されたことが記されていて――。

怜花と矢島の視点が交互に進み、高齢者施設で死亡した患者と十年前の怜子に同じ薬が投与された可能性があること、そして怜子の失明はその薬のせいかもしれないことが徐々に明らかになっていく。それはたまたま副作用が出てしまった不幸な事故なのか、それとも何らかの医療ミスなのか。十年前にそのようなことがあったのだとしたら、なぜ今も変わらずその薬が高齢者施設で使われているのか。ヒイラギ薬品工業内部のお家騒動も絡む中、怜花と矢島はそれぞれの立場から真実を追う。

この医療ミステリとしての側面が、本書の第一の魅力だ。少しずつ与えられる手がかり、何気なくちりばめられた伏線、そして薬害という社会派テーマ。重要な証拠を持っているはずの証言者が行方不明になったり、製薬会社でこの秘密を巡る駆け引きがあったりというサスペンスもたっぷり。怜花という被害者に近い一般市民の立場、矢島という報道の立場、そして川渕という企業の立場など、複数の視点で語られた事件がひとつの場所に収斂《しゅうれん》されていく様は、終盤のカタルシスとあいまって実に見事だ。読後に残る問題提起も含めて、本書は薬・医療・介護を巡る骨太なミステリである。

だが、謎を解いて真相に到達するミステリの要素は、構成のメインではあっても、決して本書の核にあるものではない。

むしろ著者が本書に込めたテーマはその過程と、その先にある。彼らが事件をどのように捉え、どのように動いたか。そして真相がわかったあと、どうしたか。あくまで物語の主眼は、事件を巡る多くの人々の思いと行動の描写にあるのだ。

どういうことか。それが冒頭に書いた「ジレンマ」である。


本書の登場人物は皆、なんらかのジレンマを抱えている。相反するふたつの感情の間で揺れている。二律背反と言ってもいい。

辛い出来事を乗り越え、ようやく穏やかな生活を送れるようになったのだから、もう穿《ほじく》り返さないでほしい、思い出したくないという思いと、ここで目をつぶれば同じ被害に遭う人がこれからも出てくるのではという思い。

安全の保証のない新薬を使わせるわけにはいかないという思いと、末期の病気で放っておけば遠からず死ぬのだから、新薬でも未認可でもいいから試させてほしい、文句は言わないからという思い。

副作用が出たのかもしれないのならすぐに報告し、使用を止めて調べるべきだという思いと、本当に副作用かどうかもわからないのに会社や病院に不利益を与え、開発員の努力を無にするようなことはしたくないという思い。何より、自分が責任を問われる事態から逃げたいという思い。

　これらのジレンマはいずれも、簡単に「こっちだろう」と選べないものばかりだ。外からなら、何とでも言える。自分の感情より同じ被害者をこれ以上出さないことの方が大事だろう。安全かどうかわからない薬をルールを無視して投与できるはずがないだろう。事故が起きたのなら速やかに報告して対策をとるのが当然だろう。――そう言える。なぜなら、他人《ひと》事《ごと》だから。

　でも、当事者だったら？

　鏑木蓮は、苦労を乗り越えてようやく平穏な日々を手に入れた怜花一家を描く。ルールの何たるかは重々承知していても、それでも死病から救えるかもしれないのなら、たとえそれが藁《わら》であってもつかみたい患者の家族の懊悩《おうのう》を描く。誇りとやりがいを持って創薬に取り組み、認可が下りたことを心の底から喜ぶ開発者たちを描く。そういう登場人物たちに感情移入し、彼らの立場に立ってみると――わかる、のだ。自分も今の平穏を守るために黙ってしまうかもしれない。自分もルール違反を承知で治験前の新薬をせがむかもしれない。いや、間違いなくせがむだろう、と。特に治験前なる。
の薬を使うか否かについては、今回のコロナ禍でまさに私たちが、そして医療機関が直面した問題でもある。決して他人事ではないのだ。

どうすればいいのか。何が正解なのか。読んでいる間、読者はずっと考えることになる。

他にも本書の登場人物にはさまざまなジレンマがある。社会正義のために始めた仕事が、いつの間にか金のためになっていた記者。家業を継ぐかどうか悩む息子。家の手伝いを続けたいという気持ちと結婚の間で揺れる娘。企業としての利益追求と道義的責任。

さらに本書には社会の大きなジレンマが描かれる。ある人物の言葉を引こう。

「年齢を重ねることが、いまのままでは不幸でしょう？　せっかく混迷する現代社会を懸命に働き、そして生きてきて、人生の第四コーナーを回ったところで、家族のお荷物、医療費の重荷だと言われるんです」

人生の最後になって立ち塞がる構造的なジレンマである。

答えの出ないこれらのジレンマに、著者はひとつの解答例を示した。それは「辛い過去を掘り返されたくない、今の暮らしを大事にしたい」という気持ちと、「同じ被害者を出したくない、こんな目にあわせた医者に復讐したい」という気持ちの両方を持つ怜子の決断だ。そのふたつの思いを両立させた彼女の選択を、どうかじっくり嚙《か》み締めていただきたい。

また、十年以上にわたって副作用の問題を隠し続けた挙句、会社での権力闘争にも負けそうになった川渕の最後の選択にも注目だ。

これらの例から私たちは、ジレンマの解消とは決して二者択一ではないことを知るだろう。その象徴が、本書の題材となっている薬だ。効能と副作用の両方を持つ薬は、ジレンマのメタファである。多くの関係者が、副作用を最小限にとどめ、効果を最大に上げるべく——つまり、そのジレンマを少しでも解消すべく努力している。それと同じように私たちが向き合うジレンマも、白か黒かで断ち切ったり諦めたりするのではなく、視点を変えて、最も幸せになれるような落とし所を見つけることが可能なのではないか。

先の見えないコロナ禍の中、本書が文庫化されたのは時宜を得たものと言える。かつてないジレンマに苛《さいな》まれる私たちは、本書を読むことで、一度立ち止まって考える機会を得ることだろう。

どうか最良の形で私たちの——あなたのジレンマが解消されますように。これはそんな祈りの物語でもあるのだ。

この作品は、二〇一七年五月に小社より単行本として刊行されました。

|著者| 鏑木 蓮　1961年、京都市生まれ。2006年、『東京ダモイ』で第52回江戸川乱歩賞を受賞しデビュー。社会派ミステリー『白砂』（双葉社）が大ヒットした。他の作品に、「片岡真子」シリーズや、『屈折光』『救命拒否』『真友』『甘い罠』（以上、講談社）、『思い出探偵』（PHP研究所）、『喪失』（KADOKAWA）、『残心』（徳間書店）、『黒い鶴』『見えない轍《わだち》』（ともに潮出版社）などがある。

疑薬《ぎやく》
鏑木《かぶらぎ》 蓮《れん》

講談社文庫
定価はカバーに
表示してあります

2020年11月13日第1刷発行

発行者――渡瀬昌彦
発行所――株式会社 講談社
東京都文京区音羽2-12-21　〒112-8001
電話 出版（03）5395-3510
　　 販売（03）5395-5817
　　 業務（03）5395-3615
Printed in Japan

デザイン―菊地信義
本文データ制作―講談社デジタル製作
印刷―――豊国印刷株式会社
製本―――株式会社国宝社

ISBN978-4-06-521611-8

講談社文庫刊行の辞

二十一世紀の到来を目睫に望みながら、われわれはいま、人類史上かつて例を見ない巨大な転換期をむかえようとしている。

世界も、日本も、激動の予兆に対する期待とおののきを内に蔵して、未知の時代に歩み入ろうとしている。このときにあたり、創業の人野間清治の「ナショナル・エデュケイター」への志を現代に甦らせようと意図して、われわれはここに古今の文芸作品はいうまでもなく、ひろく人文・社会・自然の諸科学から東西の名著を網羅する、新しい綜合文庫の発刊を決意した。

激動の転換期はまた断絶の時代である。われわれは戦後二十五年間の出版文化のありかたへの深い反省をこめて、この断絶の時代にあえて人間的な持続を求めようとする。いたずらに浮薄な商業主義のあだ花を追い求めることなく、長期にわたって良書に生命をあたえようとつとめるところにしか、今後の出版文化の真の繁栄はあり得ないと信じるからである。

同時にわれわれはこの綜合文庫の刊行を通じて、人文・社会・自然の諸科学が、結局人間の学にほかならないことを立証しようと願っている。かつて知識とは、「汝自身を知る」ことにつきていた。現代社会の瑣末な情報の氾濫のなかから、力強い知識の源泉を掘り起し、技術文明のただなかに、生きた人間の姿を復活させること。それこそわれわれの切なる希求である。

われわれは権威に盲従せず、俗流に媚びることなく、渾然一体となって日本の「草の根」をかたちづくる若く新しい世代の人々に、心をこめてこの新しい綜合文庫をおくり届けたい。それは知識の泉であるとともに感受性のふるさとであり、もっとも有機的に組織され、社会に開かれた万人のための大学をめざしている。大方の支援と協力を衷心より切望してやまない。

一九七一年七月

野間省一

講談社文庫 最新刊

太田尚樹
世紀の愚行
〈太平洋戦争・日米開戦前夜〉
リットン報告書からハル・ノートまで、戦前外交失敗の本質。日本人はなぜ戦争を始めたのか。

木内一裕
ドッグレース
最も危険な探偵が挑む闇社会の冤罪事件。警察×検察×ヤクザの完全包囲網を突破する！

鏑木蓮
疑薬
集団感染の死亡者と、10年前に失明した母にはある共通点が。新薬開発の裏には――。

町田康
ホサナ
私たちを救ってください――。愛犬家のバーベキューに突如現れた光の柱。現代の超訳聖書。

伊与原新
コンタミ 科学汚染
悪意で汚されたニセ科学商品。科学は人間をどこまで救えるのか。衝撃の理知的サスペンス。

逢坂剛
奔流恐るるにたらず
〈重蔵始末(八)完結篇〉
破格の天才探検家、その衝撃的な最期とは。著者初の時代小説シリーズ、ついに完結。

マイクル・コナリー
古沢嘉通 訳
素晴らしき世界(上)(下)
ボッシュと女性刑事バラードがバディに！孤高のふたりがLA未解決事件の謎に挑む。

ジャンニ・ロダーリ
内田洋子 訳
緑の髪のパオリーノ
イタリア児童文学の名作家からの贈り物。不思議で温かい珠玉のショートショート！

講談社文芸文庫

笙野頼子
海獣・呼ぶ植物・夢の死体
初期幻視小説集

解説=菅野昭正　年譜=山﨑眞紀子

体と心の「痛み」と向き合う日々が見せたこの世ならぬものたちを、透明感あふれる筆致で描き出した初期作品五篇。現在から当時を見つめる書下ろし「記憶カメラ」併録。

ＬＬ4
978-4-06-521790-0

笙野頼子
猫道
単身転々小説集

解説=平田俊子　年譜=山﨑眞紀子

自らの住まいへの違和感から引っ越しを繰り返すうちに猫たちと運命的に出会い、彼らと安全に暮らせる空間が「居場所」に。笙野文学の確かな足跡を示す作品集。

ＬＬ3
978-4-06-290341-7

講談社文庫 目録

風野真知雄　潜入　味見方同心(一)〈恋のぬるぬる膳〉
風野真知雄　潜入　味見方同心(二)〈陰膳だらけの宴《うたげ》〉
風野真知雄　昭和探偵1
風野真知雄　昭和探偵2
風野真知雄　昭和探偵3
風野真知雄　昭和探偵4
カレー沢　薫　負ける技術
カレー沢　薫　もっと負ける技術〈カレー沢薫の日常と退廃〉
カレー沢　薫　非リア王
下野《かばた》康史　ポルシェより、フェラーリより、ロードバイクが好き〈熱狂と悦楽の自転車ライフ〉
野崎雅人　佐々原史緒　戦国BASARA3〈真田幸村の章／猿飛佐助の章〉
矢野　隆　映島　巡　戦国BASARA3〈伊達政宗の章／片倉小十郎の章〉
タタツシンイチ　鏡　征爾　戦国BASARA3〈長曾我部元親の章／毛利元就の章〉
タタツシンイチ　梶　よう子　戦国BASARA3〈徳川家康の章／石田三成の章〉
風森章羽《しょう》　渦巻く回廊の鎮魂曲《レクイエム》〈霊媒探偵アーネスト〉
風森章羽　清らかな煉獄〈霊媒探偵アーネスト〉
加藤千恵　こぼれ落ちて季節は
神田　茜　しょっぱい夕陽
神林長平　だれの息子でもない

神楽坂　淳　うちの旦那が甘ちゃんで
神楽坂　淳　うちの旦那が甘ちゃんで2
神楽坂　淳　うちの旦那が甘ちゃんで3
神楽坂　淳　うちの旦那が甘ちゃんで4
神楽坂　淳　うちの旦那が甘ちゃんで5
神楽坂　淳　うちの旦那が甘ちゃんで6
神楽坂　淳　うちの旦那が甘ちゃんで7
神楽坂　淳　うちの旦那が甘ちゃんで8
加藤元浩　捕まえたもん勝ち！〈七夕菊乃の捜査報告書〉
加藤元浩　量子人間《クオンタムマン》からの手紙〈捕まえたもん勝ち！〉
梶永正史　銃の啼《な》き声〈潔癖刑事・田島慎吾〉
梶永正史　潔癖刑事　仮面の哄笑《こうしょう》
川内有緒　晴れたら空に骨まいて
金田一春彦　安西愛子編　日本の唱歌　全三冊
岸本英夫　死を見つめる心〈ガンとたたかった十年間〉
北方謙三　汚名の広場
北方謙三　試みの地平線〈伝説復活編〉
北方謙三　抱影
菊地秀行　魔界医師メフィスト〈怪屋敷〉

北原亞以子　深川澪通り木戸番小屋
北原亞以子　新地橋〈深川澪通り木戸番小屋〉
北原亞以子　夜の明けるまで〈深川澪通り木戸番小屋〉
北原亞以子　澪つくし〈深川澪通り木戸番小屋〉
北原亞以子　たからもの〈深川澪通り木戸番小屋〉
北原亞以子　歳三からの伝言
桐野夏生　新装版　顔に降りかかる雨
桐野夏生　新装版　天使に見捨てられた夜
桐野夏生　新装版　ローズガーデン
桐野夏生　OUT(上)(下)
桐野夏生　ダーク(上)(下)
桐野夏生　猿の見る夢
京極夏彦　文庫版　姑獲鳥《うぶめ》の夏
京極夏彦　文庫版　魍魎《もうりょう》の匣《はこ》
京極夏彦　文庫版　狂骨《きょうこつ》の夢《ゆめ》
京極夏彦　文庫版　鉄鼠《てっそ》の檻《おり》
京極夏彦　文庫版　絡新婦《じょろうぐも》の理《ことわり》
京極夏彦　文庫版　塗仏《ぬりぼとけ》の宴《うたげ》—宴の支度
京極夏彦　文庫版　塗仏の宴—宴の始末

講談社文庫　目録

京極夏彦　文庫版 百鬼夜行―陰
京極夏彦　文庫版 百器徒然袋―雨
京極夏彦　文庫版 百器徒然袋―風
京極夏彦　文庫版 今昔続百鬼―雲
京極夏彦　文庫版 陰摩羅鬼《おんもらき》の瑕《きず》
京極夏彦　文庫版 邪《じゃ》魅《み》の雫
京極夏彦　文庫版 今昔百鬼拾遺―月
京極夏彦　文庫版 死ねばいいのに
京極夏彦　文庫版 ルー＝ガルー〈忌避すべき狼〉
京極夏彦　文庫版 ルー＝ガルー2〈インクブス×スクブス 相容れぬ夢魔〉
京極夏彦　分冊文庫版 姑獲鳥《うぶめ》の夏 (上)(下)
京極夏彦　分冊文庫版 魍魎《もうりょう》の匣《はこ》 (上)(中)(下)
京極夏彦　分冊文庫版 狂骨《きょうこつ》の夢《ゆめ》 (上)(中)(下)
京極夏彦　分冊文庫版 鉄鼠《てっそ》の檻《おり》 全四巻
京極夏彦　分冊文庫版 絡新婦《じょろうぐも》の理《ことわり》 (一)(二)
京極夏彦　分冊文庫版 絡新婦《じょろうぐも》の理《ことわり》 (三)(四)
京極夏彦　分冊文庫版 塗仏《ぬりぼとけ》の宴《うたげ》 宴の支度《したく》 (上)(中)(下)
京極夏彦　分冊文庫版 塗仏《ぬりぼとけ》の宴《うたげ》 宴の始末《しまつ》 (上)(中)(下)
京極夏彦　分冊文庫版 陰摩羅鬼《おんもらき》の瑕《きず》 (上)(中)(下)

京極夏彦　分冊文庫版 邪魅《じゃみ》の雫 (上)(中)(下)
京極夏彦　分冊文庫版 ルー＝ガルー〈忌避すべき狼〉(上)(下)
京極夏彦　分冊文庫版 ルー＝ガルー2〈インクブス×スクブス 相容れぬ夢魔〉(上)(下)
京極夏彦・原作 志水アキ・漫画　コミック版 姑獲鳥《うぶめ》の夏 (上)(下)
京極夏彦・原作 志水アキ・漫画　コミック版 魍魎《もうりょう》の匣《はこ》 (上)(下)
京極夏彦・原作 志水アキ・漫画　コミック版 狂骨の夢 (上)(下)
北森　鴻　花の下にて春死なむ
北森　鴻　香菜里屋《カナリヤ》を知っていますか
北森　鴻　親不孝通りラプソディー
北村　薫　盤　上　の　敵
北村　薫　紙　魚　家　崩　壊〈九つの謎〉
北村　薫　野球の国のアリス
木内一裕　藁　の　楯
木内一裕　水　の　中　の　犬
木内一裕　アウト＆アウト
木内一裕　キ　ッ　ド
木内一裕　デッドボール
木内一裕　神様の贈り物
木内一裕　喧　嘩　猿

木内一裕　バードドッグ
木内一裕　不　愉　快　犯
木内一裕　嘘ですけど、なにか？
北山猛邦　『クロック城』殺人事件
北山猛邦　『瑠璃城』殺人事件
北山猛邦　『アリス・ミラー城』殺人事件
北山猛邦　『ギロチン城』殺人事件
北山猛邦　私たちが星座を盗んだ理由
北山猛邦　猫柳十一弦の後悔〈不可能犯罪定数〉
北山猛邦　猫柳十一弦の失敗〈探偵助手五箇条〉
北　康利　白洲次郎 占領を背負った男 (上)(下)
北　康利　福沢諭吉 国を支えて国を頼らず (上)(下)
貴志祐介　新世界より (上)(中)(下)
北原みのり　木嶋佳苗100日裁判傍聴記〈佐藤優対談収録完全版〉
岸本佐知子 編訳　変《ヘン》愛《アイ》小　説　集
岸本佐知子 編　変愛小説集 日本作家編
木原浩勝　文庫版 現世怪談《うつしょかいだん》(一) 主人の帰り
木原浩勝　文庫版 現世怪談(二) 白刃の盾
木原浩勝　増補改訂版 もう一つの「バルス」〈―宮崎駿と『天空の城ラピュタ』の時代―〉

今野　敏　特殊防諜班 諜報潜入
今野　敏　特殊防諜班 聖域炎上
今野　敏　特殊防諜班 最終特命
今野　敏　茶室殺人伝説
今野　敏　奏者水滸伝 白の暗殺教団
今野　敏　フェイク〈疑惑〉
今野　敏　同期
今野　敏　欠落
今野　敏　変幻
今野　敏　警視庁ＦＣ
今野　敏　継続捜査ゼミ
今野　敏　蓬莱〈新装版〉
今野　敏　イコン〈新装版〉
後藤正治　天人〈深代惇郎と新聞の時代〉
幸田　文　崩れ
幸田　文　台所のおと
幸田　文　季節のかたみ
小池真理子　冬の伽藍
小池真理子　ノスタルジア

小池真理子　夏の吐息
小池真理子　千日のマリア
幸田真音　日本国債(上)(下)〈改訂最新版〉
五味太郎　大人問題
鴻上尚史　あなたの魅力を演出するちょっとしたヒント
鴻上尚史　あなたの思いを伝える表現力のレッスン
鴻上尚史　八月の犬は二度吠える
鴻上尚史　鴻上尚史の俳優入門
鴻上尚史　青空に飛ぶ
小泉武夫　納豆の快楽
近藤史人　藤田嗣治「異邦人」の生涯
小前　亮　李《り》世《せい》民《みん》
小前　亮　趙《ちょう》匡《きょう》胤《いん》〈宋の太祖〉
小前　亮　朱元璋 皇帝の貌《かお》
小前　亮　覇《は》帝《てい》フビライ〈世界支配の野望〉
小前　亮　唐玄宗紀
小前　亮　賢帝と逆臣と〈康熙《こうき》帝《てい》と三藩の乱〉
小前　亮　始皇帝の永遠〈天下一統〉
香月日輪　妖怪アパートの幽雅な日常①

香月日輪　妖怪アパートの幽雅な日常②
香月日輪　妖怪アパートの幽雅な日常③
香月日輪　妖怪アパートの幽雅な日常④
香月日輪　妖怪アパートの幽雅な日常⑤
香月日輪　妖怪アパートの幽雅な日常⑥
香月日輪　妖怪アパートの幽雅な日常⑦
香月日輪　妖怪アパートの幽雅な日常⑧
香月日輪　妖怪アパートの幽雅な日常⑨
香月日輪　妖怪アパートの幽雅な日常⑩
香月日輪　妖怪アパートの幽雅な食卓〈るり子さんのお料理日記〉
香月日輪　妖怪アパートの幽雅な人々〈妖アパミニガイド〉
香月日輪　妖怪アパートの幽雅な日常〈ラスベガス外伝〉
香月日輪　大江戸妖怪かわら版①〈異界より落ち来る者あり〉
香月日輪　大江戸妖怪かわら版②〈異界より落ち来る者あり 其之二〉
香月日輪　大江戸妖怪かわら版③〈封印の娘〉
香月日輪　大江戸妖怪かわら版④〈天空の竜宮城〉
香月日輪　大江戸妖怪かわら版⑤〈雀、大浪花に行く〉
香月日輪　大江戸妖怪かわら版⑥〈魔狼、月に吠える〉
香月日輪　大江戸妖怪かわら版⑦〈大江戸散歩〉

講談社文庫　目録

2020年9月15日現在